恸哭

〔日〕贯井德郎 著　李讴琳 译

人民文学出版社

著作权合同登记:图字 01-2016-8417 号

Original Japanese title：DOUKOKU (HE WAILED)
© Tokurou Nukui 1993
Original Japanese edition published by Tokyo Sogensha Co., Ltd.
This Simplified Chinese edition published by arrangement with Tokyo Sogensha Co., Ltd.
through The English Agency (Japan) Ltd.

图书在版编目(CIP)数据

恸哭/(日)贯井德郎著;李讴琳译.—北京:
人民文学出版社,2017
ISBN 978-7-02-012297-4

Ⅰ.①恸… Ⅱ.①贯… ②李… Ⅲ.①长篇小说-日本-现代 Ⅳ.①I313.45

中国版本图书馆 CIP 数据核字(2016)第 325788 号

责任编辑　卜艳冰　王皎娇
装帧设计　汪佳诗

出版发行　人民文学出版社
社　　址　北京市朝内大街 166 号
邮政编码　100705
网　　址　http://www.rw-cn.com
印　　制　山东德州新华印务有限责任公司
经　　销　全国新华书店等
字　　数　236 千字
开　　本　890×1240 毫米　1/32
印　　张　12.75
版　　次　2017 年 3 月北京第 1 版
印　　次　2017 年 3 月第 1 次印刷
书　　号　978-7-02-012297-4
定　　价　48.00 元

如有印装质量问题,请与本社图书销售中心调换。电话:01065233595

恸哭

1

他的眼前是强烈而刺目的阳光。

无风的空气中,只传来阵阵蝉鸣声。即使一动不动地坐在长椅上,他都会感觉汗水从身体各处喷涌而出。

令人生厌的炎热夏季。

他已经在这张长椅上坐了大约一个小时。虽然是在树阴下,但是要坐得纹丝不动,依然热得难以忍受。他的衬衫已经被汗水濡湿得不成样子了。

尽管如此,他依然没有离开这里的意思。对于他刚刚出院的虚弱身体来说,这无情的夏季阳光就是一剂毒药。他明明知道,却实在没有力气起身回家。

在这接近一个小时的时间里,他的视线一直在看似漫无目的地逡巡。在他的视野中,散布着秋千、滑梯、沙池一类司空见惯的公园设施。不惧酷暑的孩子们欢呼雀跃来来回回奔跑其间,陪伴他们的母亲们则躲在树阴下闲聊。

这是常常出现在图画中的夏日午后。

除了孩子和母亲,没有其他人。工作日的白天,理所当然是这样。这是普通男性正在某处工作的时间——只要不是像他这样停了职的人。

他那无法聚焦的视线倾注于这恬静的景象中。两个男孩和一个女孩正在沙池里建造城堡。看他们的年龄，差不多该上幼儿园了。其中一个男孩正在用黄色塑料桶运水，女孩挥动着小铲子，还有一个男孩乐此不疲地徒手堆砌着城堡。

视线一移，能看见貌似兄弟的两个男孩正在一心一意地荡秋千。哥哥站在秋千板上，而弟弟似乎还办不到，所以是坐在上面的。当然，秋千来回晃荡的速度也是哥哥的更快，弟弟看上去很不甘心，使劲儿前后晃动自己的身体，小脸涨得通红。

平静而祥和的午后。

回过神来，他发现自己正陷于无可救药的混乱思绪中。毫无意义的留恋与后悔。

他知道，存在于漫长思考尽头的是虚无。是连这强烈的夏日阳光都无法触及底部的、深渊一般的虚无。

他觉得，自己的胸口有一个空洞。一个任何医生都无法填补的、无可奈何的痛苦空洞。洞里刮着风。虽然是夏天，可这一遍又一遍穿过空洞的寒风却足以让一切都冻成冰。

救救我吧，他小声呢喃。不知不觉中，他已经双手抱头，紧紧闭上了双眼。他用力地拿手掌按压头部。头疼。间歇性地袭来的、不明原因的头疼。

头疼时而减弱时而加剧，在他的脑中反反复复、执拗地流窜。医生告诉他，这毛病和精神状态有关系，等心情平静下来很快就会痊愈。

庸医！他忍不住在心里暗骂。都过去这么长时间了，不还是头疼吗？难道让我跟它一辈子斗争下去？

就是这个洞。就是这个洞。全都怪这个洞。每次洞里刮风，头就会一阵剧痛。就像是被一把看不见的钳子夹住了一样。

救救我吧——他不禁说出了口。这样下去一定会出问题。在这之前，快来，快来救救我吧……

但是他很清楚，就算求助于人，他也是得不到拯救的。他已经认清了现实——自己今后的人生，将无法得到任何人的拯救。

2

　　一大早，佐伯便听闻了警察厅派来监察官的传言。监察官的职责在于揭露警察的丑闻和犯罪行为。近些日子，涉及警察的猥亵、窃听一类的案件频发，令人难以置信。可以说，监察官的工作也变得相当重要了。

　　仅仅就在几年前，还没什么人关注有着监察官头衔的人。而现在，警视厅几乎所有的人，都开始强烈意识到监察官的存在。尤其是最近，事无巨细地增加了核验的项目，难怪连那些并不认为自己有何过失的人都开始情绪不稳了。

　　佐伯自身并没做什么亏心事，但是听说监察官要来，他也的确高兴不起来。坦率地说，他是不想见到监察官。让他局促不安的不是这个头衔，而是顶着这个头衔的人。

　　今天尽量不要在厅里转来转去——下定决心躲起来的佐伯，却总是在这种时候无法得偿所愿。

　　就在他从卫生间里走出来的时候，警察厅警务局监察官石上恒也警视叫住了他。

　　"哎哟，这不是长官女婿嘛！"

光是听到这声音，就让佐伯感到心情沉重。在整个警察队伍中，会当面称呼他为"长官女婿"的，只有这位监察官殿下。

佐伯默默地转过身来。

石上那张像爬行动物一样呆板的脸上，露出了故意为之的笑容。他沿着走廊朝这边走过来。

"很久不见啊，佐伯警视。搜查一科科长的椅子，坐得还舒服吧？"

石上一副自来熟的样子跟他打了个招呼，语调完全就是假装殷勤的好例子。在石上身后，站着一个高个子男人，大概是和他一起来的人。

"你先去吧。我和佐伯警视站在这儿说说话。"

"我没什么要跟你说的。"

佐伯一清二楚地回应道。因为他知道，如果不干干脆脆地拒绝他，这个厚脸皮的男人会一直缠着自己不放。

"你说话别这么没有人情味儿嘛。我知道，我这工作不讨人喜欢。"

你别搞错了，我不喜欢的是你这个人！——佐伯竭尽全力，才好不容易忍住了这句不成熟的台词。

"总部的监察官大驾光临，肯定不会太平无事。出什么事了？"

面对佐伯的问题，石上面露令人厌恶的笑容答道：

"监察官的工作内容被搞得一清二楚，弄得我都不好开展工作了，真是没法子。谁都想知道我在调查什么。"

"我可没必要知道。不过是说句社交辞令罢了。"

"别这么说，"石上嘭嘭地拍着佐伯的肩膀说道，"咱俩不都是为数不多的精英吗？别搞得这么对立，要友好相处啊。长官女婿！"

找茬的到底是谁啊？佐伯感到自己的眼角一阵痉挛。这家伙明明知道"长官女婿"这句话让自己多么烦躁，却还故意这么说。

即使在精英队伍中，佐伯也是发展得最快的一个。目前看来，这取决于他的实力，可是周围的人却不这么认为。尤其不痛快的就是这个石上。那些爱嚼舌根的人在传，说佐伯很快就会荣升警视正了。这么一来，早工作两年的石上就会被他超越了。要是没有佐伯，警察队伍里走在通向高层道路最前头的就是石上了。他把佐伯视为眼中钉也是正常的。

"关于正在进行的调查，我们不能透露任何信息，这是原则。不过，跟佐伯警视说说也不会有什么问题吧。我刚刚去了趟总务部。"

总务部？应该是在十层。警视厅的办公楼，在十层停靠的中间楼层电梯和在六层刑事部停靠的低楼层电梯是分开设置的。到总务部办事，按理说不应该在六层露面。佐伯一瞬间反应了过来，原来这家伙是故意来找我的，就为了说些难听话。

"我有事找互助会。他们惹了点麻烦。"

这家伙为什么要告诉我这件事？佐伯的疑问差点脱口而出。

"有传闻说警察名单被泄露了。"

石上突然说道。

"警察名单？"

虽然不甘心，但是佐伯还是忍不住问道。石上开口的时机抓得太好。

"是啊。警视厅的警察名单复印件泄露了，涉及范围相当大。实在是大到了无法交由警视厅全权处理的程度，所以我们才出面了。"

"……"

佐伯默不作声地凝视着石上的脸。

"这又怎么样？你脸上可写着这句话呢，佐伯警视！名单泄露这种事，比起我们来说，感到情况严重的应该是你们吧？尤其是刑事部。这下子可方便了媒体那些家伙们夜袭晨访了，据说他们正高兴着呢。搜查一科科长，不正是他们的好靶子吗？"

佐伯没有回答。

"不过问题还不在于此。搜查四科和公安那帮人，要是知道自家地址不知何时已经广为流传，哪还能睡得着觉啊。这可是了不得的事情呐。"

这话不说他也知道。他不明白的是，为什么石上会找上总务部的互助会。

"你似乎想问我为什么会提到总务部吧？这是因为，卖名单的家伙一定是参与了赌博什么的、手头紧的人。这种人估计会在互助会借钱，所以我去要了名单。互助会那帮死脑筋，废话连篇，还说什么这种东西不能给我看！他们算什么啊，哪怕我今天拿不到，下次来也绝对要搞到手！"

"你为什么要把这事告诉我呢？"

佐伯终于开口了。

石上鼻子一哼，摆出一副很亲近的样子靠近他说："这是因为我们都属于精英组啊。我估计，这肯定是那帮非精英组的家伙们犯的事。"

警察队伍在录用人员的时候，分为有资格人员和无资格人员两类——也就是精英组和非精英组。精英组是指通过了国家公务员一类考试的人，是所谓的将会成为警察官员的一小群优秀分子。每一年警察厅只录用大概二十人左右的精英组，全国上下总共不到五百人。他们一被录用就会当上警部补，从警察大学毕业参加实际工作后，便会晋升为警部。之后，他们会借调到地方上的警察总部，在仅仅二十七八岁的年龄就会荣升警视。而一般的警察，要花上二十年的时间才能走到这一步。顺便说明一下，所谓警视，相当于地方上的警察局局长。这样大家就能明白，精英组出人头地的速度有多快。

当然，这两类录用方式在目前的警察队伍中造成了各种倾轧现象，成为了组织运营的弊病。明明是毫无经验的小毛孩，却站在了对老资格警察发号施令的立场上。接受指令的人也不可能心情愉快。虽说这里面确实掺杂着不少嫉妒之情，但是问题出就出在石上这种优秀分子的态度上，他们看不起非精英组的警察。

曾经的自己也有过这种无意识的优越感。佐伯为此进行过深刻的反省。所以，石上的话在他听来很刺耳。

"现在借调到警视厅的精英组，包括我在内也就只有几个人而已。讨论泄露名单的人是精英组还是非精英组的，有什么意义呢？"

佐伯坦率地说出了自己的感想。石上轻蔑地扬起眉头，讽刺地歪歪嘴，答道：

"问题不单是这次的事儿，而在于警察道德水平的下降。每次惹麻烦的都是非精英组。前一阵搞性骚扰的神奈川县警察局局长，不也是所谓熬年头熬出来的人吗？如果我们不勒紧缰绳严加管教，那些非精英组的家伙怎么可能好好遵守道德规范呢？他们就是那么低劣！我倒是盼着非精英组整体的水平能提高些呢。"

石上充满自信的发言，声音实在太大，佐伯不由得开始留意四周。如果有第三个人听见这话，或许会认为同为精英的佐伯也抱有这种想法。这完全是自找麻烦。

"这一点佐伯警视可以放心。精英就是精英,是优秀分子中的优秀分子。不管你是怎么坐上这个位置的,在这件事上我是信任你的。如果你手底下有可疑的家伙,请务必向我汇报!"

黏液质的石上用这类人特有的语调畅所欲言之后,心满意足地走了。佐伯心里十分不痛快,就像被人吐了一脸唾沫。

3

强烈的阳光照射在街道上，充满暴力色彩。柏油似乎眼看就要融化，空调室外机发出的热量在炎热中画着圆圈。大都市中异常的酷暑，似乎把人的气力和汗水一并夺走了。

失常。一切都失常了。

他自言自语道。都市的炎热，本身就孕育着疯狂。生活于其间的人，略有一点异常也是理所当然。

他漫无目的地游走。他很清楚，现在的自己没有该去的地方，也没有必须做的工作。他四处行走，是因为忍受不了自己内心的空虚所带来的沉重。虽然行走并不能解决任何问题，但是他依然忍不住要走，因为穿过胸口空洞的风实在是冰冷彻骨。

虽然是工作日，可是路上依然行人众多，甚至算得上拥挤。一大半的行人都是学生模样的年轻人。他们的脸上毫无例外地洋溢着笑容。围绕着三两个女性兴高采烈说话的男子。依偎在男伴身边的长发女子。三个聚在电话亭边、娇声尖叫着打打闹闹的女高中生。

为什么他们如此高兴呢？他不由得产生了这样的疑问。对于他们来说，人世间原来是如此快乐啊。他们的世界里不存在痛苦吧？

他觉得自己似乎来自于异国他乡。一只混在纯白兔群中的邋遢小老鼠，那就是自己。

我和你们究竟有什么不同？为什么单单就是我的胸口有个空洞呢？他想要揪住路过的人问个清楚。你的胸口没有空洞吗？那我胸口的空洞又是什么呢？

他几乎是充满憎恨地睥睨着四周。既然没有人与自己视线交汇，那我就抓住你们的肩膀问到底，这究竟是为什么？

他望望公交车站，看看电话亭。大家都躲在自己的世界中，根本没人关注到他的存在。

畜生！他嘟哝道。他停下脚步，又一次仔细地环视四周。任谁都行，回答一下我的问题吧！

忽然，他感觉到有人在注视着他。转过头一看，他发现一位二十岁上下的姑娘正看着他，即使四目相对也并不躲开他的视线。何止是这样，她还露出了可爱的微笑——

她是在冲着我笑吗？这出人意料的一幕将他捆绑，让他伫立在原地一动也动不了。

姑娘竟然朝他快步走了过来。这是过去的熟人吗？他在记忆中拼命地搜寻，可答案是否定的。

姑娘在他身前停下了脚步。她身穿干净的条纹衬衫，衣袖挽到了肘部，前胸的扣子是敞开的，露出了里面那件印花T恤的图案。这么热，她却没有一点出汗的样子，真是不可思议。

姑娘再次露出微笑，突然说：

"请允许我为您的幸福祈祷。"

这句话完全出乎他的意料，根本就没想到。

"我的……幸福？"

他像个呆子一样重复道。女子微微点头，长发飘飘。

"是的。请允许我为您的幸福祈祷。"

说实话，对此他并非没有一丝疑问。但是，"幸福"对于现在的他而言，完全是个令人耳目一新的词。

我的幸福啊……它究竟是跑到哪里去了？现在的我，站在和幸福完全相反的地方。尽管如此，这姑娘却要为我的幸福而祈祷。她居然在请求，要为处于最底层的我祈福。还有什么比这事更可笑？

他感到微笑出现在了自己的脸上。久违的微笑。他为了自己竟然还有笑的能力而感到了新鲜的惊讶。挺好的，既然这姑娘想要为我祈祷，那就照她说的做吧。

姑娘似乎也认为他的笑容代表了认可，说道：

"您同意了吧？那就请您到这边来。"

姑娘抓住他的手臂，让他在旁边的护栏上坐下。

"请您放松。让最愉快的回忆充满您的心灵。"

姑娘一直凝视着他的双眼。他也回望着那漆黑而深邃的双眸，心想，这是多么晶莹而纯洁啊。

姑娘的右手靠近了他的头部，然后闭上眼，微微皱眉，似乎在默念着什么。她拼命努力的样子，让他感受到了某种虔诚，他不由得闭上了眼睛。

他们一动也不动。大约一分钟后，姑娘开口说：

"好了，可以了。"

他睁开双眼，姑娘的笑容再次跃入眼帘。

"可以了，谢谢您。"

她突然低头致意，好像这就打算起身离开。他不禁问道：

"就这么一下子？这就结束了？"

姑娘缓缓点点头说：

"是的。这就结束了。谢谢您。"

话音刚落，她就快步离开了，他连挽留都来不及。

留在原地的他，发现自己被一种不可思议的氛围所包围。这究竟是什么呢？虽然姑娘说要为他祈祷幸福，可是什么都没有改变。那姑娘这就满意了吗？我这样就能变幸福了吗？

他觉得自己像是被狐狸迷住了，但是有一样东西却是千真万确存在的。那就是姑娘幸福的微笑。

4

平成三年一月八日，星期二，上午11点。警视厅刑事部搜查一科的丘本重雄警部补在彻夜未眠地等待电话响起。

今天早晨7点，在日野市浅川的河滩上发现了一些衣物。警方认为，这些东西属于小女孩齐藤奈绪美。她从去年十二月十日起便杳无音讯，处于失踪状态。

发现者是一位老人，他每天早晨都在浅川的河滩上遛狗。他在干枯的芦苇丛中发现了幼儿的衣物，还看见上面缝着"齐藤奈绪美"的字样。他由此联想到了去年闹得沸沸扬扬的小奈绪美失踪案，于是立刻打110报了警。

接警的东日野署立刻派出搜查人员在附近搜寻，同时请求警视厅搜查一科增援。丘本所在的第八组响应增援出动，目前就他一个人留在刑事办公室等待联络。

居住在多摩市的齐藤奈绪美失踪之初，多摩署无法判断到底是案件还是事故，一时间没有做出判断。警视厅搜查一科、鉴定科、机动搜查队都派出人员进行了正式搜寻，但是没有找到足以断定这是一起案件的证据。随着时间流逝，这件事发展为绑架案的可能性越来越小，社会上也就不再那么关注了。

然而就在这时，却发现了她的东西。距她的失踪已逾一个月，却只发现了衣物，意味着事故的可能性非常低。几乎所有出动的搜查人员都认为这算得上是个案件了。他们在附近搜寻的其实是奈绪美的尸体。

丘本自身对于奈绪美的生存几乎不抱有任何希望。如果发现了尸体，这很有可能成为对年仅六岁的孩子下手的绑架杀人案，是性质最为恶劣的案件。他宁愿大家不要发现尸体。

但是，这淡淡的期待，却被无机质的电话铃声击得粉碎。

"这里是搜查一科。"

在低声应答的丘本耳中，响起了对方准确说明情况的声音。丘本只是随声附和着，并没有提问。

"明白了。我去报告科长一声。"

在他放下话筒的时候，刑事办公室的门开了。进来的是佐伯科长。他似乎仅凭丘本的眼神就已经把握了事态。

佐伯径直穿过办公室，给丘本使了个眼神，让他跟着自己进入隔壁的科长室。佐伯麻利地来到窗边坐下。丘本走到办公桌前汇报道：

"发现尸体了。"他的声音不带任何感情色彩，"据说，尸体赤裸，包裹在黑色的垃圾袋里，丢弃在河滩上。尸体已经开始腐烂，据判断已经死亡相当长时间了。"

在丘本报告的过程中，佐伯一直凝视着他的眼睛。这是令丘本发怵的视线。

丘本认为，坊间的流言是有别于佐伯本人的幻象。他认为佐伯得以坐到现在的位子，是源于他的实力，而并不是因为有后台。正因为如此，当丘本在比自己小一轮的上司手下效力时，心中也毫无芥蒂。但是，他那似乎可以看透对方心思的视线，丘本虽然见识多次，却依然未能习惯。每次站在佐伯面前，他都觉得自己极为愚钝，连没必要说的话都说出了口。在佐伯已经上任两年后的今天，这一点还是没有改变。

初次见面时佐伯给他留下的印象，丘本尚未忘怀。就任发言结束后，在佐伯环视一科的每一名成员时，曾和他的目光有过一瞬间的交错。就在那一刻，丘本无意识地避开了佐伯的视线。而几秒钟之后，他又为自己的行为感到愕然。他曾经多次和眼神如锥子一般锐利的黑社会成员对视，也曾经屡次直面浑浊发白、如同死尸一般的眼睛。在这些情况下都从未惧怕过的他，却被佐伯的气势所压倒，主动避开了视线。丘本在不知不觉中感受到了内心的动摇。但是，他勉强说服自己，这是因为佐伯在公安时期获得的实际成绩让他感到了一种威慑。不过，如今他已经明白了，让自己畏缩的是存在于佐伯视线中的一种冷酷。虽然他至今仍然搞不清这种冷酷究竟源于何处。

汇报完毕后，丘本大概地回味了一下自己所说的话。还好，没有遗漏的内容，胸有成竹地等待指示就行。

佐伯忽然将视线一转，朝身后的窗外望去。那是一片无尽的蓝天，是冬日纯净的天空。丘本忽地想起，佐伯也有一个年龄差不多大的女儿。佐伯或许是在设身处地地同情着失去女儿的父母所体会到的悲痛欲绝。丘本心想，要是自己已经上初中的女儿再年幼一些，恐怕自己也同样会难过得心里堵得慌。

但是，回过头来的佐伯脸上，并没有同情带来的柔和表情。丘本意识到了自己的错误。这位上司如此严厉，带着这种柔软情感来揣度他的心思，原本就是大错特错。

"我知道了。请赶紧通过宣传科公布发现尸体的消息。详细的情况等完全确认尸体身份后再行通知，先让他们打电话联系一下加盟社就行。"

佐伯语气冷淡，不带有丝毫感情。丘本也只是回答了一声"好"。"多摩署和东日野署可能会成立联合搜查总部，我先向部长汇报一下，因为这起案子和上一次的也有关系。"

上一次的案子，也是同样的失踪案。住在东久留米市的幼女香川雪穗自从去年十月十五日起便失去了消息，同样也是难以判断到底是案件还是事故，现在警方还在寻找她的去向。

嗅觉敏锐的媒体注意到，在这两起案子中，幼儿都是在周一失踪的，因此在报道中指出这有可能是连环作案。但是后来并没有找到任何线索，也就不知何时没了下文。东久留米和多摩之间距离过远，也让这种观点让人觉得牵强。

不过，既然发现了尸体，媒体在刨根问底之时，必然会再次提及小雪穗的案子。如果真的是连环作案，那将是专门瞄准幼女的、凶残的连环绑架杀人案。警视厅显然会闹翻天。

"我这就去东日野署，到现场增援。"丘本说。他认为，绑架并杀害幼女是数量众多的犯罪行为中最令人唾弃的。无论是考虑到受害者家人的悲痛，还是为了防止类似犯罪的接连发生，他都期盼尽早逮捕罪犯。或许不得不彻夜奋战好些天，但那也是无可奈何的。

"好的，那就辛苦你了。"

佐伯微微点头，起身离开了房间。丘本回到刑事办公室，给宣传部拨了个内线电话，详细说明了情况，然后穿上了从储物柜里取出的旧风衣。

打开门踏进走廊的时候，他突然冒出了一个念头：彻夜奋战这么些天，是不是真能解决问题呢？不成不成，这么消极可不行。丘本摇摇头，抛掉了这个不祥的设想。

5

人最为幸福的时刻，或许就是入眠时。他最近产生了这样的想法。

因为，清晨醒来时的丧失感实在是太过强烈。

没有任何一个瞬间，会比清晨醒来时，更能让他发现自己的孤独是多么的无可救药。

他憎恨清晨，要是清晨再也不来就好了。对清晨的厌恶一天比一天强烈，睡眠时间也自然变得越来越长。上班的时候，因为工作性质特殊，他过着能睡上三个小时都备感庆幸的日子，现在想来，这种情况简直就像跟自己毫无关系似的。

他上床睡觉的时间逐渐在延后，因此起床也就到午后了。干脆日夜颠倒算了。可是，他的矜持又不容许他自甘堕落。

一觉醒来，他洗完脸，简单地吃点面包、牛奶、鸡蛋当作早餐。水槽一个星期清洗两次就行，所以用过的餐具积攒得越来越多。幸亏晚饭是在外面吃，要不更糟糕。他也没有力气去打扫房间，所以灰尘给整个屋子都蒙上了一层薄薄的白膜。其实，能称得上是家具的只有电视机、写字桌和衣橱而已，极为单调无趣，没有什么怕积灰的室内陈设。

连他自身都不由感到荒凉。自己迄今为止的生活，是多么缺乏人情味儿啊。回头一看，他发现自己连个兴趣爱好都没有，甚至连书都没有好好读过一本。这个单调无趣的房间，就是我的心境写照。只拥有最小限度的必需品，为了活下去而仅需的一些知识，还有些许喜怒哀乐。这是我仅有的东西。

他在房间里待不下去，于是漫无目的地外出游荡。外面依然是酷暑。一走出公寓大门，残暴的阳光便将他吞噬，汗水喷涌而出。可这却让现在的他心情舒畅。狠狠地刺痛我吧，请狠狠地刺痛我吧……

他晕乎乎地来到了公交车穿行的马路。这是一条就在附近，他常常经过的道路。这条上下两车道的马路，机动车道和人行道之间没有护栏。但是，它处于主干道旁，所以车流量很大。他也不是没想过，干脆一头撞上汽车反倒轻松，然而，他眼下就连这点力气都丧失了。

他总是尽量去一些陌生的地方。和迄今为止的自己毫无关系、没有任何回忆的地方，最能让他身心舒畅。或许应该下定决心离开东京，到地方上去生活。去那种不用和任何人产生瓜葛，能够沉浸于自我世界的、宁静的地方。

他一边毫无头绪地这样思考着，一边往前走。公交车道的地基比周围低一些，所以排出的废气难以消散，让人喘不过气来。

车流会合的岔道全是下坡路。

就在他走到不知第几个路口的时候，耳边传来一声尖锐的惊叫。他条件反射地转过头，看见一个骑着三轮车的孩子正以相当快的速度从坡上冲下来。他似乎蹬得过猛，刹不住车了，两只脚完全离开了踏板。他两手僵直，因为恐惧而面部僵硬，连叫都不会叫了。如果停不下来，就这样冲上公交车道的话，必然会撞上行驶的车辆。

他无意识地跑了过去，面对三轮车叉开双腿站稳，张开手臂做好了准备。就在一瞬间之后，三轮车的车座已经飞入他的掌中。孩子随着惯性一头撞上了他的胸膛。

短暂的沉默。声音不可思议地消失了。打破寂静的是孩子尖锐的哭声。小家伙似乎清醒过来才感到了后怕。他一手抱着孩子，一手拎着三轮车站起身来。

这时，他看见一位貌似母亲的女子跌跌撞撞地朝这边跑过来。她呼唤着孩子的名字，脸色苍白地飞奔而来。

"妈妈！"

孩子叫喊着，想要挣脱他的怀抱。他静静地将孩子放在地上。孩子如脱缰的马一般冲向母亲，坐在母亲膝上哭了起来。母亲也一边呼唤着孩子的名字，一边抚摸着他的头发。

母亲都快哭了。她把孩子抱起来，走近他说：

"谢谢您！谢谢您！"

母亲一遍又一遍深深地弯下腰鞠躬道谢。他答道:"没关系。请您小心!"虽然他努力地想让自己的笑容看上去更加美好,却以失败告终。他的笑只是面部肌肉的抽动而已。不过,处于兴奋状态的母亲并未留意。

他把还在道谢的母亲留在原地,走开了。他不愿意暴露在父母对孩子的爱意之中。那位母亲或许正安下心来,为了孩子活下来而备感幸福。那是他绝对再也无法获得的幸福。

而这恰恰又是他所给予的幸福。这是多么具有讽刺意味啊。

他不禁开始回顾自己。他的幸福,已经被摧毁了。但是,真的就是这样吗?

他突然忆起了前几天碰上的那位姑娘。那位忽然跟他打招呼的、奇怪的姑娘。忽的,那姑娘的话在脑海里清晰地复苏了。对于他来说,这话就是一道光芒。

——请允许我为您的幸福祈祷。

6

听完佐伯的汇报,警视厅刑事部部长甲斐健造脸上的阴霾好一会儿都没能散去。

事态演变到发现尸体这种最为糟糕的情况,一定会有人批评警方在失踪阶段搜查不力。搜查一科科长佐伯和刑事部部长甲斐将成为众矢之的。可以说,甲斐脸色不佳是必然的。

"——那么,看这情况,"在长时间的沉默之后,甲斐开口问道,"你觉得是连续作案吗?"

甲斐坐在刑事部长的椅子上,态度傲慢,几乎是腆着肚子伸着腿在问他。佐伯隔着办公桌站在他面前。甲斐的意图明显,就是想让佐伯认清警视长和警视在阶级上的差异。佐伯能看出这一点,但是每回都这样,他也就不觉得生气了。

"我觉得可能性很大。"佐伯的声音极为冷静,"但是武断可是大忌讳啊。"

"据说完全没有收到勒索信一类的东西,是吗?"

甲斐烦躁不安地问道,手指头敲击着椅子的扶手。

"是啊。"

佐伯的回答很简练。这似乎加剧了甲斐的烦躁。他敲击扶手的节奏越来越快。

"你觉得会是变态干的吗？"

"在目前这个阶段还说不准。"

佐伯冷冷地望着甲斐，他提出的问题只能如此回答。甲斐上任刑事部长以来，头一回遇到这种有可能发展为大事件的案子。他烦躁不安，反复问及根本没必要问的问题，暴露了他的信心不足。

以妄自尊大的态度宣泄出焦躁之情的甲斐，忽然流露出幡然醒悟的表情，挺直身子朝着佐伯说：

"我们必须开新闻发布会吧？"

他双肘撑在桌上，身子往前一探，凑近了佐伯的脸。甲斐似乎自认为这是在向佐伯示好。他是在反省自己刚才的架子摆得太大了。

一直是这样。甲斐总是忘不了自己的晋升其实是沾了佐伯的光。甲斐当上刑事部长，和佐伯就任搜查一科科长是在同一时间。佐伯属于精英组，没什么实战经验。让这样的人材坐上搜查一科科长的位置是非常罕见的人事变动，因此，为了平衡，甲斐就被提拔为了刑事部长。甲斐属于熬年头熬上来的非精英组，本来是等到退休都当不上刑事部长的。这明显就是佐伯有违常理的人事变动给他带来的恩惠。

甲斐的态度一贯如此。一开始总是想占佐伯的上风，让他明白自己的官阶更高。接着又会忽然软下来，开始介意佐伯的背景，会突然谄媚地讨好佐伯，就像是怕佐伯嫌恶了他，对上级打小报告似的。他永远都注意不到，佐伯压根儿就没有这种想法。真是滑稽。

"一定会有人要求我们这么做的。"

佐伯不带任何感情色彩地回答道。他对甲斐并无敌意。虽然他感到滑稽，但是并不轻视他。倒不如说，让他彻底厌烦的，是催生这种琐碎关系的、自己的血缘关系。

"你能出面吗？"

甲斐用巴结的眼神盯着佐伯。有人喜欢参加新闻发布会，有人不喜欢。不喜欢的人，当然是因为讨厌和记者打交道。喜欢的人，也不过是有着追星倾向，单纯地喜欢上电视而已。虽然给人不成熟的感觉，可是一有机会就想上电视的人出人意料的多。他故意把这任务推给佐伯，应该也是出于他的关照。他是打算把甜头让给佐伯，尽管在佐伯看来这只是个麻烦。

"好的。不过我认为，第一次发布信息，通过书面就足够了。"
"嗯。你决定吧。"
"那我就这样通知东日野署了。"
"麻烦你了。"

甲斐连连点头。

"尸体将会送到多摩的 K 医大。解剖结果大概半夜就会出来。"

"哦，这样啊。"

佐伯把该办的事情一项项地罗列了出来。或许这样的他让甲斐感到了安心，他的面部表情逐渐缓和下来。要是这样，还真看不出谁是熬年头熬出来的了，佐伯在心里暗想。在这种情况下，为了避免缺乏经验的佐伯惊慌失措，承担起重担的不正应该是甲斐吗？然而实际情况却正好相反。

在佐伯看来，甲斐绝非无能之辈。他认为，虽然人事变动和运气有关，但是刑事部长这个位子，甲斐完全能够坐得稳。不管怎么说，甲斐是为数不多的几个非精英组警视长之一。甲斐如此表现，完全是因为佐伯的存在。甲斐恰好体现了普通企业里中层领导的悲哀。佐伯觉得他很可怜。

"多摩署和东日野署要成立联合搜查总部。我想去趟东日野署，为新闻发布会做准备。您看如何？"

甲斐放在办公桌上的双手交握，宛如正在祈祷的基督教徒。

佐伯打算离开部长室，朝门口走去，甲斐的声音从背后追赶而来：

"有什么为难的，随时找我商量！"

搞得就跟我是个初中生似的——佐伯不禁苦笑起来。不知道甲斐有没有意识到，自己的台词是多么的不合时宜。不过，站在甲斐的立场来看，托付给他的，可是一个不能给履历抹上任何污点的名门子弟。真是难为他了，佐伯不由得这么想。

7

"幸福"这个词，宛如被静电所吸附的尘絮，一刻也没有离开他的脑海。尽管不得要领的牢骚絮语在脑中盘旋往复，但思考不知不觉还是集中到了一点：人的幸福究竟是什么？这个问题，成为了矗立在他眼前的一大障碍。

他明白自己纠结于这个问题的原因。因为他接受了在拥挤人群中遇到的那位姑娘所给予的祈祷。他知道她的行为和不可靠的新兴宗教类似。不过，在那短暂的几分钟里，在那尚显稚嫩的仪式中，他体会到了一种难以言表的虔诚，这也是无可否认的事实。

在姑娘的祈祷中，确实存在打动人心的东西。

他想要搞清这种东西到底是什么。这种欲望在他心中无法抑制地膨胀起来。他需要和姑娘再见一面，跟她聊一聊。他觉得，这就是那根能把他从泥沼中救出来的蜘蛛丝。

他再一次站立于拥挤的人群中。他在来往的人潮中一动不动地逆流而站，寻找着那位姑娘。一眼望过去，没有看见她的身影。尽管如此，他依然打算在这里继续等待，直到姑娘出现。如果能够填满胸口的裂隙，在炎日下矗立完全就是小事一桩。

大概站了有二十分钟，他听见身后有人胆怯地说："抱歉，打扰您一下。"他回头一看，是一名穿着T恤和皱皱巴巴牛仔裤的土气的青年。一个他并不认识的男子。

"抱歉，打扰您一下。请允许我为您的健康和幸福祈祷。"

健康和幸福？他不由得瞠目结舌。他可没有预料到，来跟自己打招呼的，不是那位姑娘，而是其他人。但是他明白，像这样跟行人打招呼的年轻人很少。看似正在等人、闲得无聊的他，恰好是个打招呼的好目标。

他在一瞬间的踌躇之后，微收下颚点了点头。他没有请求过，可是素不相识的人却一个接一个地提出要为他祈祷。这是怎样的一种讽刺啊——他的脸上不由得浮现出扭曲的表情。

青年祈祷的时间很长。和姑娘不同，青年的手在他头上足足举了三分钟。据青年说，充盈在这个世界上的能量，将以手作为中转点倾注在他身上。在此期间，他一直沉默不语，紧闭双眼，低垂着头。

"怎么样？有什么感觉吗？"祈祷结束后，青年情绪高昂地问道。

"没有。"他摇摇头。

"没关系。刚开始大家都这样。光输送能量的这一方有很高的认识是不行的，接收的一方也必须达到一定水平。"

"那么，你刚才的祈祷没起作用，对吗？"

他反问道。

"不是，绝对不是，只是程度的问题。祈祷怎么会全无作用呢？"

青年有些生气地反驳他。

"这样我就能变幸福吗？"

"能变幸福！"青年胸有成竹地断言，"世界上充满了用所谓的物理原理无法测定的能量。如果人类可以巧妙地将它吸收到体内，可以过上比现在更为健康幸福的生活。"

"真的吗？"

听见他的再次询问，青年带着几分辩解的口吻说：

"不过，必须连续做好几次。"

他没能完全理解。青年似乎是读懂了他的表情，立刻开口说道：

"如果您愿意，要不要现在去听听'神'怎么说？"

神？对于他来说，这也是个耳目一新的词语。他曾经认为，自己过着比谁都远离神佛的生活。日复一日展现在他面前的现实杀气腾腾，没有留下任何余地，能让他把神、宗教这类词语随意地说出口。

但是，当他在这种聚精会神的生活中掉下队来，却感觉曾经认为陈腐的词语都充满意义。

他点点头，决定跟着青年一起去。青年告诉他自己姓三浦，他们的集会地点在西武新宿线的野方车站附近。从这里去野方，一趟线就到了。他买好车票，和青年一起在车厢中摇晃。三浦在车上跟他聊了很多东西，都是关于三浦自身所相信的、这个世界的另一种法则，但他大部分内容都没听明白。

在野方站下车，步行几分钟后，三浦把他领进了一个贴着雅致瓷砖的公寓，走到其中一个房间前面。

"对了，今天要交第一次上课的学费，两千日元，可以吧？"

三浦在门前停下来，缓缓地告诉他，都把我领到这里来了，还有什么可以不可以的。他反感这种做法，但是现在立即回去也让人恼火，所以就同意了。

"哟，欢迎欢迎！"

刚走进玄关，就从屋里传来了招呼声。穿过走廊出来的，是一名看上去四十岁左右的男人。在他背后站着一名中年女子和身着土气训练服的年轻姑娘。狭窄的水泥地面上摆满了鞋子。

"请进请进！"

男人把手朝着屋里一伸，请他进去。

位于尽头的起居室，拆掉了和旁边西式房间的隔断，形成了一个相当宽敞的空间。好几个青年男女坐在那里，大概和他一样，也是被人领来的。他在最后面坐了下来。

"那我们差不多就开始吧。"

男人站在窗边，面朝这些被领来的人。三浦他们坐在了他的背后。

"首先，请各位想一想，今天为什么会来到这里。是因为受到了邀请？不，仅仅是因为这一点，你们是不会来的吧？大家应该是有了各自的感悟才来的。这种感悟因人而异，不过，我希望大家能够把它理解为一种缘分。"

男人从这个开场白开始，展示了他相当纯熟的口才。充盈整个世界的神圣能量、另一个看不见的世界、宇宙的大法则……他充满热忱、滔滔不绝地讲述着自己特有的世界观。他会见缝插针地加入玩笑、如今流行的生态问题，吸引听众的注意。一起来的三个女孩，每一次都会被逗笑，或是佩服地点点头，看上去深受触动。

但是他却跟不上节奏。男人所倡导的，说到底就是"肉眼看不见的能量存在"，似乎这就是"神"。总之，大量地将这种能量吸收到体内，是通往幸福的捷径。这和健康食品的宣传别无两样。眼下他对发言的总结就是：我们也出售能量充足的食品，大家可以在回家的时候购买。

深感佩服的那几个女孩，立刻买了很多来历不明的罐头、蔬菜。似乎还决定入会。

"怎么样？有意思吧？"

三浦洋洋得意地走过来问道。他坦率地回答，自己没太明白。

"是有可能这样。对于第一次来的人，这番话或许会令人不知所措。不过，听上个两三次，就会理解得非常深刻了。"

"这个嘛，对于我来说似乎太难了。"

他委婉地拒绝道。

"啊？有什么难的呀？是醚、能量这些词汇？可是这些词学一学慢慢就懂了呀。"

三浦的语气渐渐变得有些强加于人了，最初的胆怯印象一扫而光。

听到他再次回绝，刚才讲话的男人和中年女子走了过来。他一留意，发现只剩他一个人还没走。大家都入了会回家了吗？

"怎么了？您在犹豫什么呢？"

男人轻松地拍拍他的肩膀。他不喜欢男人的这种故作亲昵，皱了皱眉头，可是男人似乎完全没有注意到。

"您还被固定观念所束缚呢。不过，这就像粘在身上的污垢……"

男人又用那种流畅的口吻开始劝说他。三浦和中年女子也加入进来，三个人一起没完没了地对他进行说教。他们再三提到的是："别可惜了这难得的缘分。"究竟可惜了什么，他搞不清。

劝说没完没了，三十分钟过去了。三浦不断地反复强调，浪费这难得的机会是多么的愚蠢，中年女子流着泪哀求，男人则批评他太任性，浪费了他们的一片热忱。

"明白了。不过我活到现在，一直不了解神的存在，今天又是第一次听课，还什么都不懂呢。我想学习学习再来。"

实在是荒唐可笑，最后他不得不让步，买了教材回家了。付了一万二千日元的书费，告诉了他们电话号码，终于获得了解放。不过，他不愿意透露家庭地址，说什么都没告诉他们。

三浦三人血红的眼睛，终于露出了柔和的目光。

8

丘本到达东日野署的讲堂时,设立搜查总部的准备工作已经做好了。在没有任何装饰、如同仓库一样的讲堂一角,整齐地摆放着同样简单的折叠式长桌和几组钢架椅。窗户边上的多张桌椅,是为包括东日野署署长和搜查一科科长佐伯在内的搜查总部的领导们准备的。佐伯的座位当然还空着。

和在场的几名刑警打完招呼之后,第八组组长告诉他,尸体身份已经确认了。齐藤奈绪美的父母在东日野署的遗体安置室里见到了完全变样的女儿,确认了这就是小奈绪美。她的母亲由于受不了这个打击,当场就晕了过去,还引发了一场小混乱。

既然正式确认了尸体的身份,搜查总部也就成立了。实际的搜查方针等内容,将由警视厅的搜查一科科长佐伯在媒体见面会后决定。不过丘本提前接到任务,要去小奈绪美家,再次向她已经回家的父母了解情况。刑警们的工作组合也定了下来,丘本和东日野署的北冈巡查部长是搭档。

虽然丘本和北冈没有深聊过,但是也算认识。他还是个不到三十岁的年轻刑警,对搜查充满了热情,对搭档组合也没有异议。

"搜查一科佐伯科长理所当然会是前线指挥吧？"在去往齐藤奈绪美家的路上，北冈一边开车一边说，"能在有名的搜查一科科长手底下干，我挺高兴的。"

"有名？"留意到这句话，丘本追问道，"怎么个有名法儿？"

"我听说，他明明是精英组的，却主动要求当搜查一科科长。"

北冈注视着前方回答道。一般说来，精英组会一边在地方警署的公安部门发展，一边朝着出人头地的方向前进。而且，他们在一线工作的时候，通常被当作代为照看的人物而受到特别关照，以免给简历留下污点。为总部代为照看的重要精英，必须原封不动地归还。地方上的警察部门似乎也有这样的认识。因此，像刑事部搜查一科这样容易给简历留下污点的职位，原本是不会安排给精英组的。这也可以说明，佐伯上任搜查一科科长，是多么特殊的人事变动。

"就这个吗？"丘本简短地问道，北冈的语调让他有些不悦，"说他有名，就仅仅是指这个？"

怎么可能仅仅是这个呢？依靠后台的力量出人头地、没体验过辛苦的精英组科长能成得了什么事啊——一定是这种带有揶揄的传闻。

北冈别有意味地微笑着，也不愿好好回答。丘本望着他的侧脸，平静地说：

"如果你认为他完全是凭借后台的力量才坐上现在这个位置，那就大错特错了。你很快就知道了。"

"我听说他是个能人啊。他还在当公安的时候，逮捕了戈尔巴乔夫访日时的间谍。这可是警视厅众所周知、相当有名的。不过，"北冈瞟了丘本一眼说，"突破难关让精英组成员当上搜查一科科长，不还是依靠血缘关系吗？"

"确实，科长的夫人是警视厅长官的独生女，但是也就仅此而已。"

"仅此而已吗？为什么会成为警察厅长官的女婿，也是没有关系的吗？"

丘本有些腻烦了。对佐伯抱有敌意的不止北冈一个人，有关佐伯的普遍认识就是这样，反倒是像丘本这样对佐伯抱有好意的人是少数派。每当丘本想到佐伯的立场，都不由得感到同情。

"有传言说，搜查一科科长佐伯是前法务大臣押川英良的私生子，是真的吗？"

北冈接着问道。

"我不知道。"丘本不客气地回答，"我对科长的父母又没什么兴趣。"

"我听说，佐伯警察厅长官几年后打算从政，还听说他热烈拥护押川。很明显，等他当上政治家，一定会加入押川派。搜查一科科长的位置啊，还包含着这层关系呢。"

"……"

丘本唯有叹息。他为自己没有负累而深感幸运。因为他知道，如果自己是佐伯的话，恐怕忍受不了周围的有色眼镜。

北冈所说的都是事实。佐伯是押川英良的私生子，这是个公开的秘密。虽然这样的丑闻广为流传，却丝毫动摇不了他的根基，可见押川英良在如今的政界有着多大的潜在势力。然而树大招风，因此而产生的妒忌，都集中在了佐伯的身上。

"迟早你会明白的。"丘本想起了佐伯视线里的威慑感，"迟早啊。"

"您的身体情况怎么样？"

面对坐在眼前的齐藤奈绪美的父母，丘本问道。

"托您的福，还好。"

脸色苍白的母亲，用手绢掩着嘴角，点了点低垂的头。

位于多摩市内新建住宅区一角的齐藤家，有着将日本中流意识体现得淋漓尽致的房子。占地一百平方米，四居室。起居室并不是很高级，但是也不显得寒酸。隔着并不昂贵的客厅家具，奈绪美的父母和丘本相对而坐。

"这真是件让人心痛的案子，为了抓住可恨的罪犯，还需要请二位多多协助。"

丘本机械性地说道。虽然他备感怜悯，但如果一再表达同情，就无法开展工作了。事务性地完成问询，对双方来说都是最好的。

丘本干脆地开始提问：最后一次见到奈绪美是在什么时候？当时她穿着什么衣服？最后吃的东西是什么？到现在为止有没有遇到过可疑的人？是否收到过什么东西，像是犯人试图用来接触你们的？

这些问题都是警方在接到失踪报案时问过的。但是，家长当时有可能因为惊慌失措而忘记某些情况，也有可能随着时间流逝而新想起来些什么。警察不会吝惜花费这第二遍、第三遍的工夫。因为，在这样的重复过程中，往往会发现意想不到的事实。

但是，这一回却没有发现新情况。他们还向家长确认了是否与人结怨，不过，他们只是普普通通的工薪阶层家庭，没有这么复杂的背景。

或许是谈论女儿在世时的情况唤起了母亲的悲伤，她掩面离席。丘本他们也借此机会告辞了。

回到车上，北冈重新读了一遍倾注了热情的记录，叹息一声，啪地合上了笔记本。

"真是个糟糕的案子，杀害那么小的女孩。"

"是啊，我最受不了这种案子。"

丘本表示赞同。家长的悲伤在他心口留下了一个疙瘩。

"看来，"北冈打开引擎，发动汽车，说，"还是变态干的。"

丘本想要放松一下僵硬的肩膀，转动着脖子说：

"这种可能性看来很大啊。"

验尸官认为，死因是扼杀。既然不是以金钱为目的的绑架，变态者犯案便成为了最有力的推测。

"这世道也不知是怎么了，要在过去，想都想不到会发生这种案子。"

听了北冈的感叹，丘本不禁苦笑道：

"你还没到回顾过往的年龄吧？"

"不是不是，这跟我可不是完全没关系的哟，其实我马上就要结婚了。"

"哦，恭喜恭喜！"

"谢谢！我呀，跟对象说了，如果第一个孩子是女孩就好了。一想到万一是自己的孩子碰上这种事，我就觉得这案子跟自己可不是全无关系。"

"你是这样想啊。确实如此。"

丘本深深地点点头。

"恐怕我会疯掉。肯定会。"

"理解，我也有个女儿呢。"

"是吗？已经长大了吧？"

"上初中了。早熟，根本不把我这个老爸当回事。"

北冈别有意味地笑着说：

"您女儿漂亮吗？"

"还行，长得不像我。"

9

看过买来的教材,他才知道这个集会的名称叫做"福音之圣教教会"。

既然都买来了,他就随意浏览了一下,却意外地感到很有意思。如果不是一开始就持否定态度,而是认可这种观点的存在,最初抱有的抵触也就消失了。虽然教材中没有直接打动他的内容,但是他觉得再去听听具体讲解也无妨。

他找出他们给的号码打了个电话。恰好三浦不在,他就把还想听一次课学习学习的想法告诉了接电话的女性,问清了集会的时间和地点。

去了之后他才发现,这一次似乎是会员也参加的大规模讲习会。讲习在一个看似属于教会的大楼大厅里举行。他缴纳了一万日元的参加费,换来了一本教材。讲解的内容,他也能够抱着比上一次更为平和的态度倾听了。这次回家时,也没有人再对他进行带有强迫色彩的劝说。

就在他对教会的兴趣越来越浓的时候,三浦打来了电话。

"我听说您参加上一次的讲习会了。"

"是的。"

他握着话筒点点头。

"我看您那么固执己见,还以为您不会来呢。我真的很高兴。"

三浦的声音在电话里听起来就像孩子一样尖利,震耳欲聋。

"您开始感兴趣了吧?不知道您想不想听听教祖讲课?"

"教祖?"

"是的,指导我们的人,您上回买的教材就是他写的。"

教材上的确印有照片,一个满脸胡须,仙人模样的男人。

"我们有面向初学者的集训。如果您参加集训,就可以直接和教祖对话了。"

"集训——"

"是啊,我们也基本上没机会和教祖说话,我觉得集训可是难得的机会哦。"

集训啊。这又是一个陌生的词语。如果去参加集训,是不是可以找到自己寻求的东西呢?教祖是不是能够为自己填补胸口的空洞呢?

"大概几天时间?"

他问道。

"有两晚三天和五晚六天两种课程。零起点的初学者参加两晚三天的就行。地点在那须。参加费用为十二万五千日元。从八月二日开始,三天时间。怎么样?"

日程上没什么问题,反正自己也无事可做。费用似乎高了些,但是他也搞不清行情。他想,如果抱着散心的目的去看看,或许也能排遣自己的郁闷。

"听上去还挺有意思的,要不我也参加参加……"

"真的?"听到他的回答,三浦的语气兴奋了起来,"集训会很棒!绝对!你迄今为止的世界观会发生改变,会觉得眼前一亮!"

三浦看来是发自内心地感到喜悦。他感到有些害臊,说道:

"不过……"他提出了一直放不下心的问题,"你们总是像那样,在大马路上招呼人吗?"

"啊?你是说上次我为你做的祈祷吗?对,是这样。因为,在我们尽可能为更多的人祈福时,自己也会变得更加幸福。"

"原来如此。你们教会里有没有一个年轻女孩也像那样祈福?"

"年轻女孩儿可多了,她长什么样?"

被三浦这么一问,他突然感到很为难,无法用语言描述清楚。他为自己词汇的贫乏感到遗憾。

长头发,身材娇小——他列举了自己能够想到的特征。但是这些话连他自己都觉得云里雾里不着边际。

"就这点信息,我也搞不清啊。你不知道她叫什么吗?"

"嗯。没事,不知道就算了,也没什么事情。"

"好吧。"

三浦也没有再特别地追问。

10

时针转过了 12 点,日期已经是一月九日。

和宣传科电话联系后,警方下午 4 点通过书面形式向媒体公布了发现尸体的消息。情况说明打印在 B4 纸上,发给了聚集在东日野署的各个报社、通讯社和电视台的记者。

在这种情况下举行的第一次新闻发布会,集中了上百人的报道人员。出席发布会的是东日野署署长和佐伯。佐伯把分发给大家的纸张上写有的信息重申了一遍:已经确认遗体是齐藤奈绪美,并成立了特别搜查总部。他还告诉大家,目前正在进行司法解剖。记者们提了两三个问题,他们应付说,解剖结果出来后会立刻举行第二次新闻发布会,到时候会统一回答。

接下来是凌晨 12 点过后的第二次新闻发布会。闪光灯不时地对着出现在会场上的佐伯闪烁。媒体来的人比上一次还多,会场憋闷得让人发呛。

佐伯确认东日野署署长在身旁落座之后,宣告了司法解剖的结果。内容包括:奈绪美脖颈被勒住,死于窒息,已经死亡一个月,胃里的食物大概处于消化后四五个小时的状态,被杀害的时间无法确定，等等。

"尸体被丢弃在什么样的地方？"

记者立刻抛出了问题。

"被丢弃在浅川河滩上的芒草丛中。"

佐伯一字一句地对着麦克风说。

"听说首先发现的是衣服，尸体是赤裸的吗？"

"是的。"

会场一片哗然。

"其他的衣服都找到了吗？"

"找到了。"

"请告诉我们衣服到底是在什么地方找到的？"

"散布在尸体周围。虽然位置散乱，但都离得不远。"

"感觉衣服是犯人随意丢弃的吗？"

"发现地点都不难找，所以目前看来这种可能性很大。"

尸体被包裹在塑料袋里的事实，佐伯一直隐瞒到底。关于这一点，警方内部都下了保持缄默的命令。因为它有可能成为搜查方的王牌。装在塑料袋里的这一事实，是只有犯人才知道的情况。一旦逮捕了嫌疑犯，即使他否认罪行，只要有这张王牌，就可以找到突破口。因此这是无论如何也不能透露给媒体的关键信息。他的回答显得含糊其辞、不得要领，也是不得已的。

"您认为犯人是变态吗？"

提问还在继续。

"目前阶段还难以回答。"

"警方推测犯人会是什么样的形象？请您谈一谈。"

佐伯低头看一眼手中的文字材料，停顿了一下。虽然信息全都一清二楚地记在了脑中，但是保持一定的时间间隔再回答，也是和媒体记者周旋的策略之一。

"首先，罪犯熟悉当地情况。他的住处，或是频繁出入的地点位于日野市、多摩市附近。年龄不明。因为受害者失踪是在周一白天，所以我们推测，罪犯从事的是周一可以休息的工作。或者，他没有固定工作。在现阶段可以透露给大家的只有以上信息。"

这些内容，连看过报纸的普通人都知道，根本不需要警察特地来陈述意见。但实际问题是，警方也并不知晓更多的情况。

"去年十月十五日失踪的小朋友香川雪穗，是同一个犯人掳走的吗？"

佐伯和他的搜查队伍最不愿意被问及的内容，终于出现了。

凭直觉来看，佐伯认为两个案子有关系的可能性很大。不仅是佐伯，凡是参与搜查的人恐怕都在考虑这一可能性。不过，他们不能草率地承认这一点。既然完全只是推测，装作不知情反倒是上策。

"目前难以断言。"

"那个案子的搜查工作有进展吗？"

这个问题离题太远。新闻发布会是针对齐藤奈绪美案举行的，即便被问及其他搜查的情况，也是不能回答的。记者明明知道这一点，却依然提出问题，其实是一种策略。他期待警方的反应会暴露新的事实。

"您的问题，我在这里无法回答。"

佐伯面无表情地说。

媒体和警察的关系很微妙。在某些种类的案件中，如果不对媒体的报道加以限制，警方显然会陷入困境。绑架时的协议就是一种。除此之外，警方实际上有很多情况是不得不隐瞒的，比如这起案子里的塑料袋。也有不少警察干部，认为媒体只会妨碍搜查，因而很反感他们。但是虽说如此，当搜查遇到瓶颈停滞不前时，警方又不得不向媒体寻求支援。在发布合成照片、肖像画，面向普通民众搜集信息的时候，警方必须借助报纸、电视等媒体的力量。在警察看来，媒体的存在就是一把双刃剑，有利也有弊。

而且，这一次的案子关注度很高，在这种情况下，媒体追求独家报道的习惯，更是让警方感到头疼。假如揭穿警方试图隐瞒的事实，就可以爆料独家新闻，所以记者们想方设法缠着搜查人员不放。

看来这将是个漫长的交涉。在佐伯的面无表情之下，是他强忍住的厌烦。

11

　　八月的第一个周五。他为了参加"福音之圣教教会"的集训，来到新宿集合。教会租了一辆大巴，信徒们将乘坐这辆大巴前往那须。

　　今天三浦没有参加。他在人群中扫了一眼，没有发现认识的人。一大半参加者都是十五岁以上二十五岁以下、学生模样的年轻人。像他这样三十来岁的标准成年人只有为数不多的几个。年轻人似乎都抱着参加休闲活动的心情，吵吵嚷嚷欢声笑语。一瞬间他甚至以为自己找错了地方。

　　他独自坐在护栏上，无所事事地抽了会儿烟，来的人渐渐多了起来。出发时间一到大家便上了车。四十人的座位基本上都坐满了。

　　他嫌年轻人的欢笑声太吵，坐在了前部靠窗的位置，打算看看窗外的风景，享受一下到那须的旅程。

　　"我能坐在这里吗？"

　　他听见有人叫他，于是朝过道转过脸去。一个戴着银色边框眼镜、神经质的青年正指着他身边的位子。

"可以，请坐。"

他冷淡地回答，然后又把目光转向窗外。

确认所有人都已经坐好之后，教会的人用麦克风开始讲话：

"谢谢大家今天来参加集训。"也不是什么重要的内容，所以他并没有好好听，而是呆呆地眺望着风景。

教会的人讲完话后，大巴开动了。据说大概三个小时就会到达那须。对于他来说，这是时隔很久的一次旅行。后方座位上的年轻人立刻开始了高声的畅谈。

上高速路开了一个小时之后，到了休息时间。通知里说大巴会在服务区停留十五分钟。一大半的人上完厕所后，大巴又上路了。

就在大巴离开服务区，刚刚开上高速路的时候，坐在旁边、戴银框眼镜的青年用细小的声音对他说："那个……"

见他一言不发地转过脸，银框眼镜似乎有点退缩，但还是猛地收了一下下巴，继续说：

"您好，我能跟您说说话吗？"

"……"

这个请求太过突然，他没搞明白这是怎么一回事，不知如何应答。银框眼镜连忙给自己找理由似的说：

"不是，嗯，我一上车就一直想跟您说话。但是我胆子小，一直没敢开口。"

"哦。"

他不知该如何回答，所以只挤出了这一个字。

"我的性格没有后面那些人开朗，所以难以融入他们的圈子。可是话说回来，我之所以入会，就是想要改变自己畏缩不前的性格，如果跟谁都不说话那哪行呢？我看您很稳重，所以我才跟您打招呼。没给您添麻烦吧？"

银框眼镜就像个想要推卸责任的孩子，语无伦次地解释着。上高速已经一个小时，正好他也觉得有点无聊了，于是就回答道："没关系。"

"是吗？不好意思。"

银框眼镜立刻高兴地点头致谢。或许他的回答给予了银框眼镜勇气，他开始滔滔不绝地讲述自己的姓名、就读的大学、入教的动机，等等，一开口就停不下来了。他冷静地观察着，觉得这家伙虽然说自己腼腆，可实际上却是个爱说话的人。

"我在听这个教会教义的时候，感觉脑中灵光一闪——就是这个！我要找的就是这个！于是立刻就决定入会了。遇到这个教会真是太好了！"

"哦。"

他敷衍地答道，心想这又不关我的事。然而银框眼镜没注意到这一点，继续兴高采烈地喋喋不休，看上去像是一直以来都非常想找人说话，却没有遇到倾诉对象似的。而他只是随便附和附和而已。

"你为什么决定入教呢?"

说了一遍自己的事情,银框眼镜终于转过了话锋。

"啊?"

听他这么反问,银框眼镜的神色一变,窥视着他的脸色说:"啊,可以问吗?"

"我还没有入教呢。"

"是这样啊? 这就奇怪了。"

银框眼镜歪歪头说。

"有什么奇怪的?"

"是这样,到这儿来的人应该都是已经入了教的。"

他皱皱眉头,说:

"不会吧,我又没答应要入会,而且,我连入会费都还没交呢。"

"那你为什么要参加集训啊?"

"因为我感兴趣呀,我只是想直接跟教祖说说话而已,入不入会,回头我再决定。"

"真奇怪啊。"

银框眼镜还在嘟哝。一丝怀疑闪过他的心头,难道教会打算就这么一步步地说服他入会吗?

他不悦地朝窗外望去。"哎呀!"旁边传来一声怪叫。

"你怎么了？"

他回过头，发现银框眼镜正目不转睛直愣愣地盯着他看。

"哎呀，我刚才看你的侧面才发现，好像在哪儿见过你。我对你的相貌有印象……"

一瞬间，他用严厉的眼神盯着银框眼镜，冷冷地说："你这是心理作用吧。"

"真奇怪……"

银框眼镜还在思忖着。

12

虽然初期搜查已经告一段落,可是没有一个刑警打算回家。大家都严肃认真、目不转睛地看着电视台带来的监视屏,屏幕中是搜查一科科长佐伯。明天一早就要开始打听信息,所以新闻发布会结束后,将再次召开搜查会议分配任务。这项工作不结束,刑警们就回不了家。

在时针走过12点的时候,丘本打消了回家的念头,决定就在警署的休息室里睡一觉。当然,住在这里也并非强制,只不过在搜查总部成立的第一天,还是待在署里更好。一过四十岁,体力就明显下降,无法硬撑了,不过他认为,自己的心气儿还是一如既往。

盯着监视屏上佐伯的面孔看了一会儿,丘本离开了座位,打算给家里去个电话。他离开搜查总部所在的讲堂,向大厅的公用电话走去。

在警署正门的大厅外,是媒体车辆的队列,热闹得完全不像深夜,而大厅里却一片寂静。记者们大概都去新闻发布会会场了。

他从钱包里搜罗出几枚十元硬币，堆在电话上，拨了自己家的电话号码。虽然家人应该已经睡了，但是如果不打电话，他们还是会担心。即使时间已晚，还是打个电话更能让家里人放心。

电话在响了大概十声后接通了。

"喂。"

耳边传来妻子低沉的声音。他嘱咐过妻子，为了躲避骚扰电话，不要报出自家的姓名。

"是我。"丘本简短地说，"你已经睡了吧？"

"没有，阿隆还没睡呢。"

"哦。他在准备考试吧？"

"是啊，现在是最后关头呢。"

"还是个小学生呢，真是不容易。"

"这孩子又不讨厌学习。"

丘本站在正门大厅里，都能感觉到冬夜的彻骨寒冷。他一想到小学六年级的孩子在如此寒冷的夜晚伏案学习的样子，就忍不住感慨：有必要抓得这么紧吗？尽管为了这件事，他已经和妻子发生过好几次争吵，而且他也承认了自己的失败。

"别太勉强他了，小升初考不好也没什么大不了，去三中就行了。"

丘本说出了附近公立初中的校名。那是一所在周边口碑不太理想的学校，据说有一些很有势力的不良少年，恣意妄为，用阴险的招数欺负同学，这也是妻子考虑让儿子读私立学校的原因。

"不行，去什么三中啊，会被欺负的，他的身体又不好！"妻子的话语中还暗含着抗议，"你还要再让我把这话说几遍啊？"

"身体不好，就让他参加体育运动，锻炼锻炼。"

虽然嘴上这么说，可是丘本很清楚，儿子的体力并不太好。或许是像他妈妈吧，容易感冒，也不太擅长运动。妻子说得没错，他确实更适合学习。

"不用了，现在先这样吧。"

妻子根本不打算和永远都固执己见的丈夫好好说话。丘本也觉得目前的状况未尝不好，让儿子做自己适合的事情也好。既然不擅长体育，就不用强迫自己去活动身体。和妻子一起讨论儿子的事这一行为本身，才是丘本所看重的。

"菜美子睡了吗？"

"还没呢。最近的孩子都是夜猫子。"

"哦，你让她早点睡，明天不是还要上学吗？"

"说了她也不听啊。"

丘本苦笑了起来。自己的孩子们，已经过了父母说什么就听什么的年龄。虽然他心里明白，可还是感到有些寂寞。

"我今天回不去了，现在在东日野署，今天晚上就睡这儿了。"

"真是辛苦啊。"

妻子从不过问他的工作。她通过新闻，应该已经了解了案情，但是她一句都没有提。

　　丘本提醒她关好门窗，说了声晚安就挂断了电话。虽然这番对话并没有什么实质性的内容，但是他却获得了相应的满足感。尤其是在今天，在他当面见到失去女儿的家长之后。

　　他把剩余的十元硬币放回钱包，忽然想到，科长佐伯的新闻发布会或许已经结束了。然后，他再一次回味了自己那微不足道的幸福。

　　佐伯的家庭情况，他朦朦胧胧地有所察觉。在丘本看来，佐伯夫妇的生活并不和睦。如果传言是真的，那么佐伯夫妻二人便是按照双方父母的意愿而结合的。夫妻之间的事情，作为旁观者的丘本并不清楚，但是他还是不由得认为，不和睦的原因本来就在于他们两人走到一起的契机。如果真是这样，对于他们两人来说都是个不幸。在独生女出生之后，佐伯似乎全身心扑在工作上，根本顾不上家里的事。他住在另外租来的公寓里，不回家的日子反倒更多。再加上他的身世，很难认为他受到父母的关爱。

　　丘本不禁对这个比自己年轻的上司产生了怜悯之情。

13

　　集训实在是太糟糕了。他完全没有想到内容竟然如此过分。错就错在自己主动来参加集训——要不是他如此劝告自己，恐怕喷涌而至的怒火早就爆发了。

　　回家以后，教会不断打来电话，让他难以忍受。于是他把电话切换到了无人接听，也不能录音的模式，还关掉了呼叫音。虽说这样一来，教会之外的人也无法联系上他，但是本来就没有人给他打电话，所以这一点无须担心。

　　虽说如此，也不能总是这样，或许应该换个电话号码。真是让人窝火。

　　直到现在，一想到那三天的生活，他都觉得难受得呕心。集训只是徒有虚名，完全就是在洗脑。

　　三天的日程按照听课、吃饭、听课的流程，排得满满当当，一遍又一遍地重复，几乎没有休息时间。无论是上厕所还是洗澡，听腻了的教会音乐都会钻进耳朵里。连睡觉的时候都是如此。只有上课的时候没有背景音乐，可是又不断提问，让人一刻都不能放松。他们的目的就在于让听课的学生长时间处于紧张状态，以至于丧失自我思考的能力。这是典型的洗脑方式。

教祖仅仅是在第一天出现了一个小时。别说直接跟他对话了，在那之后连自由支配的时间都没有。一对大学生模样、被称为"讲师"的男女，轮流站在讲台上，没完没了地讲解着莫名其妙的真理。反复提到的都是些非常不靠谱的内容，例如：要相信教会；要努力传教，每个月扩充两名信徒；不断向教会捐款是通往幸福的捷径，等等。在这一过程中，有好几个年轻人叫苦连天，可最终却像个机器人似的，只知道顺从地点头了。

也有有骨气的人，对于不容分说就要求人接受的课程内容提出了质疑。持不同意见的人，到了就寝时间后，还在六人间的寝室里和同房间的人争论。没有参与争论的他，第二天就发现自己的选择是正确的。批评教会的那名男人被单独叫出去，带到了另一个房间。这是他最后一次见到那个男人。虽然他不清楚这个人后来的遭遇如何，但是不难想象，那一定不会是什么愉快的经历。

在第三天的最后一堂课上，几乎所有的参加者都激动地留下了热泪。冷眼旁观，这种光景简直异样无比。全体听讲的学生似乎都成了真正的信徒一般。

考验还在后面等着他。还没有入会的他被单独留了下来，教会的人包围着他，逼迫他入教。纠缠不休的程度远远超过了之前在野方公寓所遭遇的劝说。

教会的人见他如此固执地拒绝入教，几乎都想痛骂他了。他的人格遭到的贬低和践踏，甚至让他感觉疑惑，为何他们就非要说到这种程度不可？

如果是胆怯的人，面对这样的高压逻辑，恐怕会认为错在自己。教会的腔调，就是如此具有冲击力。看到他这么难对付，教会的人也摆出了长期战斗的姿态，轮番上阵劝服他。

只要点一下头，一切都完了——他这么想着，撑过了长达六个小时的讨论。虽然喉咙沙哑，被睡魔折磨得意识模糊，可是他直到最后一刻都态度毅然。最后，他威胁要以监禁罪为名状告教会，才终于获得了解放。

他从来没有经历过如此可怕的遭遇。新兴宗教如何培养疯狂信徒的过程，在他面前暴露得一清二楚。他再一次认识到，这才是新兴宗教可疑的真实面目。

但是，暂时不接触宗教的决心，两周之后又逐渐发生了变化。他开始认为，一切事物都良莠不齐，宗教也不例外，其中应该也有货真价实的东西。他注意到自己是想借助其他东西的力量来填补自己内心的空洞，但是并没有想过要去纠正这种想法。他迄今为止所坚信的人生根基已经完全崩溃。现在的他必须找到值得信赖的东西。

一定有人能够填补他内心的空洞。那或许就是"神"。如果是这样，怎么做才能听见"神"的声音呢？

忽然，如同上天的启示一样，一张面孔掠过他的脑海，是那位姑娘的侧脸。她曾态度真挚地对他说："请允许我为您的幸福祈祷。"那位姑娘会不会就是连接神的人呢？她就是那个能够平静指引自己的人吧？

这个念头一旦出现，就占据了他的整个头脑。他觉得，和姑娘再见一次，是他需要做的最为重要的事。

他又一次在街头彷徨，去寻求真实的神灵。他相信，能够填补自己内心空洞的教谕一定是存在的。

街头依然炎热。或许是因为暑热让人急躁，在车辆堵塞的道路上，汽车喇叭不停地鸣响。与此相对的，是路上一个个倦怠的行人。他们似乎在心里不满地诅咒着酷暑。

忽然，一张传单递到了他的手边。他无意识地接过那张纸。上面用严谨的文字这么写着：

如果你不幸福，是因为你不了解使人获得幸福的体系。

他觉得这句话很有意思。这好像也是新兴宗教分发的邀请传单。在这个狭小的国家，为数众多的神灵熙熙攘攘。

在吸引人的词句之后，有一行小字写着教会的说明。他似读非读地望着传单，忽然灵光一闪：

对了，我可以先通过铅字来了解教义，然后再去参加！一寻思，现在新兴宗教的教材在书店里就能买到。上一次是因为毫无准备突然参加，所以才失败了。如果预习一下，也就不用担心被骗了。

他把传单塞进口袋，连忙赶往书店。

14

一月四日，星期四。特别搜查总部成立后已经过去一整天了。到了傍晚，结束一天行动的刑警们都回到了总部。

在昨晚的会议上，把刑警打听情况的区域分成了两个，一个是发现尸体的场所及其周边地区，还有一个是受害者家庭附近。刑警们在自己负责的区域一家挨一家地跑，收集目击信息。目击者的记忆，会随着时间的流逝而变得暧昧不清，所以今明两天打听情况的工作，将是解决案件最重要的途径。

丘本和北冈跑完负责的区域回到警署，已经是7点多了。

返回的刑警将向搜查一科科长和刑事科长报告今天一天的收获和明天的行动计划。报告完毕的人、接下来准备报告的人，各自都坐在钢架椅上放松休息，有的在吸烟，有的在喝咖啡。讲堂里烟雾缭绕，在外出归来的丘本他们眼中宛如雾霭。

"辛苦了。"

看见丘本二人，刑警同事跟他们打了声招呼。

"哎，彼此彼此。"

丘本轻轻抬抬手回应了一下。整个讲堂显得人声嘈杂乱哄哄的。

"……想去一趟，就是这些。"

耳边传来了汇报今天一天成果的声音，丘本一边听一边拉过一把椅子坐下。

"就是这些——是说汇报结束了？"

虽然声音并不大，但是不知为何却响彻讲堂。正在闲聊的刑警们都安静了下来，鸦雀无声。

"到底怎么样？"

佐伯又一次询问汇报的刑警，刑警喏喏着不知该如何作答。

"我不知道你今天一天都做了些什么。"

佐伯继续说。伫立在那里的刑警已是满面通红，但依然默默无语。

"这家伙，又开始了。"坐在一旁的同事用胳膊肘撞了丘本一下，"有什么了不起的。官二代。"

"……"

丘本没有作答，因为他知道说什么都没有意义。

"他一次都没有亲自跑过搜查，不了解第一线的辛苦，只知道说些冠冕堂皇的话。"

同事压低声音愤愤不平地抱怨着，丘本非常理解他。

佐伯的严厉不是从现在才开始的。如果公正地来看，丘本认为他虽然过于严厉，但他的高标准严要求绝对不是蛮不讲理。佐伯所说的大部分内容，都是坐在这个位子上的人理所当然需要指出来的。

就说丘本自己，也因为犯了低级错误而受过斥责。那是对一起谋杀案进行初期调查的时候。受害人的地址簿里记载着犯人的姓名，可是丘本却看漏了。虽然一周之后犯人被捉住了，可是假如丘本没有看漏，当天就可以逮捕他。这是粗心大意所导致的错误，丘本比任何人都更为难过，也进行了深刻的反省，但是佐伯对此无法睁一只眼闭一只眼。如果不严厉地批评他，一科整体的纪律就难以保障。佐伯措辞严厉也是理所当然的。

但是丘本同时也认为，佐伯的说话方式确实很伤人。他完全不考虑挨批的一方是什么样的感受。最初，丘本以为佐伯是因为年轻，担心自己会被下属看不起，所以才表现得很强势，但现在他的想法发生了改变。这种严厉是佐伯与生俱来的东西。他对下属的态度，完全可以用严峻来形容。

但是，被批评的这一方可受不了这种态度。就算同样是受到批评，重视自尊心的批评和无视自尊心的批评，也还是有着天壤之别的，更何况佐伯本来就只被当作没有一线工作经验的精英组科长而已。虽然丘本因为初次见面的印象还深刻地留在脑海中，因而不敢轻视他，但是不少人像这位同事一样，不加区分地反感他。

丘本不由得想，佐伯要是能够更好地把握人的微妙心理就好了。他的严厉，在一线工作确实是必要的，但是基本上没有人试图去理解这一点。

"——就这样吧。明天要加油！"

刚才在汇报的刑警终于被解放了，他的额头布满汗珠，一回到座位上，便开始不停地抽烟。

接下来，隔了几个人就轮到丘本汇报一天的工作情况了。他们上午问了三处，下午问了六处。在这当中，和搜查有关的信息发现了一条。头一天的晚上9点左右，有一名高中生在河堤上跑步。他证实说，当时河滩上没有任何丢弃物。

"不会是因为晚上，所以没看见黑色塑料袋吧？"

坐在佐伯旁边，头发已经变得稀少的东日野署刑事科长问道。

"不，我确认过了。目击者很自信地肯定说，因为河对岸有一家营业到9点的网球场，有夜场照明，所以那片河堤的能见度很高。我认为可以相信。"

丘本仔细地解释了一番，刑事科长也表示理解。

通过这条信息可以确认，弃尸是在9点之后。虽然一开始就推测犯人可能是在半夜活动的，但是有没有证言，差异是很大的。这样一来，可以将犯人的活动时间缩小范围了，可以说这是个收获。

"辛苦了，明天也拜托你了。"

佐伯对丘本说话是很客气的，丘本微微点头退下了。

掌握了有力信息的，是接下来汇报工作的刑警，据说有人目击到了貌似罪犯的人。

"——据说那个人戴着黑框眼镜、棒球帽，就是所谓的无檐帽。服装是宽松的夹克和牛仔裤。是个身高一米七左右、偏瘦、肤白的年轻男子。据说年龄看上去像是个大学生。"

场内响起一片嘈杂声，这是今天第一条有力信息。找到了目击者，就有可能掌握一举解决案件的王牌。

"辛苦了。"说这话的是东日野署的刑事科长，"好，那就赶紧把肖像画画出来，明天你再去找一趟目击者。"

"好。"

刑警点点头。

"这可是值得期待的目击信息啊。"

刑事科长转过脸对坐在身旁的佐伯别有意味地笑着说。

"这可不好说。"

佐伯的回答显得态度冷淡。

"这有什么不好说的啊？恐怕那家伙就是罪犯。肖像画一出来，搜查就容易多了。"

"我认为武断可是大忌啊。"

"啊？"

刑事科长恶狠狠地盯着佐伯，他似乎认为佐伯在挑他的毛病。他那皮肤已经开始变薄的额头，眼看着就充血涨红了。

"犯人估计是开汽车搬运尸体的。如果是这样，他被人看见的时候，身边必然有车。那个男人附近停着车吗？"

佐伯询问面前的刑警。

"没有，目击者说没有看见汽车。"

"是吧，那么还是不能立刻下结论啊。说到底，只能把他当作嫌疑犯。"

"不，应该不会，车停在哪儿都可以呀。又是眼镜又是帽子的，这种打扮怎么看都令人怀疑。"

刑事科长无论如何都要极力反驳。

在丘本看来，东日野署的刑事科长对佐伯大概抱有一种对抗意识。从刚才开始，佐伯的任何意见他都反对。从性格来看，他是个心里有话不吐不快的人。或许这个刑事科长也是因为佐伯来自精英组，所以才跟他对着干。他的年龄看上去比佐伯要大一轮半，但是警衔却比佐伯低一级，是个警部。而且，在佐伯就任一科科长以前，刑事科长曾经担任警视厅组长，是有实际业绩的。可以明显看出，这一点让他颇为自豪，所以他更认为不能把搜查的指挥权交给一个毫无经验、乳臭未干的毛头小子。

"——我赞成制作肖像画，不过，我建议暂时不要公开搜查。"

佐伯一直都很冷静，听见刑事科长不满地哼了一声，他也就不再坚持自己的意见了。

在这之后，两名刑警结束了汇报，时间已经过了9点了。刑事科长站起来，大声说：

"就像你们听到的一样，打听到有力信息一条。希望大家明天能以这个黑眼镜的戴帽男子作为重点来打听情况。肖像画做好后会立刻发给大家，请先到各自负责的区域重新调查一遍。"

刑事科长挺着凸起的肚子，把整个房间看了一圈。他没把佐伯的意见当回事，根本不打算再斟酌一下目击的情报。看得出他想控制局面。

"那么明天也请大家努力！解散！"

刑事科长高声说。可以说这是一种无视佐伯、僭越的态度。辖区警署的刑事科长，把主管搜查的警视厅搜查一科科长晾在一边，自己在主持会议了。佐伯如果因为这种态度而生气也是理所当然的。第八组组长怒目圆睁。

丘本提心吊胆地观察着两人。然而佐伯脸色依然，一听到解散，就开始麻利地收拾文件，他的动作没有流露出丝毫怒意。

丘本在心底暗自赞许。佐伯不拘泥于微不足道的面子问题，他认为只要能顺利开展搜查就行。这是佐伯的优点之一。然而据丘本观察，没有任何刑警留意到了他的态度，说不定刑事科长的姿态反倒让他们心里很痛快。

佐伯的身边充斥着误解与偏见。尽管如此，他却根本没有消除这些负面因素的念头，丘本甚至为他的刚强感到悲哀。

15

在他买来的书里,"白光之宇宙教团"的教义非常有趣。后来他才注意到,上次散发传单的就是这个团体。

一般的宗教书籍,只是表达方式不同,内容都大同小异。要相信神;要相信教祖;要相信教团。反复推敲的话,会发现他们讲的无非就是这些内容。

佛教系、基督教系,或是扎根于自己独特世界观的宗教团体很多,概括起来,就是每个团体都主张"神"是遥远的存在,教祖是唯一一个连接信徒与神的人。

这些教义并没有令他满足。因为,相信教义的话,神将成为一个距离处在末端的信徒相当遥远的存在,遥远得荒谬无比、毫无关联。如果神离得那么远,谁来为我填补胸口的空洞呢?

在这一点上,"白光之宇宙教团"的教义见地独到。据教材上说,神和人在内心的暗流中有着紧密的联系,所以只要信徒关注自己的内心世界,就能够靠近神。

这种想法,他可以很坦诚地接受。也就是说,信徒个人的努力才是关键。不断努力,深刻反省的信徒,也会相应地更靠近神。他感觉，这样的讲解和其他宗教相比显得更为妥当。

而且教团说，这一内省的过程也是体系化的。它不是简单生硬地要求信徒关注自我、修正自我，而是确立了帮助和引导信徒加深理解的方法。教材上解释说，这是遵循西方卡巴拉的秘法建立的。

虽然他并不了解卡巴拉是什么，但是他猜想这可能属于西方密宗。其他的宗教团体都扎根于佛教、基督教等既存宗教的教义，相较而言，卡巴拉给人耳目一新的感觉。

总之，"白光之宇宙教团"在各个方面都给人以值得信赖的感觉。实际上，教团的书在书店里摆了整整一个架子，受到的待遇都和其他的教科书不同。由此可以看出它的畅销度。阅读了它的内容后，也能让人心悦诚服。

书的作者名为胡泉翔叡。据说他是教团的教祖。书上没有刊登他的任何照片，这更令人感兴趣。

他花了两天时间熟读之后，给书后写明的教团宣传部打去了电话，内心如同少年一般充满期待，激动不已。

"喂，这里是白光之宇宙教团。"

几遍呼叫音之后，他听见有人拿起了话筒，接着传来了年轻女性温柔的声音。

"打扰了。我想向您咨询一下。"他慎重地挑选着词语，"我是读了《通往幸福的道路》才打电话来的……"

"是这样啊。非常感谢!"

女子不失时机地回应了他。

"是啊。然后,我对教会产生了一些兴趣,如果你们要举行集会一类的活动,我想参加一下。"

"哦,可以啊,您什么时候方便?"

女子的声音非常让人安心,没有纠缠于宗教的狂热信仰的色彩,甚至让他以为自己打错了电话。这一点暂且让他放下了心。

"什么时候都可以。适合我这种初学者、简单易懂的集会,你们什么时候会举行呢?"

"嗯,如果您任何时候都方便,那想来的时候随时来就行。我们教团一直都有人在,会热情地给您做介绍。"

"是这样啊。"他略带警戒地接着说,"我还没有决定要入会,只是作为参考去听一听。"

"完全没问题。有很多人都是这种想法。也有人只是看看就走了,所以请您放心。"

"哦,我明白了,那我应该去哪儿呢?"

"您手里有《通往幸福的道路》对吧?写在最后位于经堂的地址,就是教团的世田谷分部。东京都内有好几个分部,经堂是最大的一个,所以我觉得您去那儿比较好。"

他一手拿着话筒,一手翻开了书。上面确实印着地址,看看地图应该就能找到大概位置。

"如果单凭地址您觉得不好找，我可以给您寄地图。"

"不用，我应该能找到。"

"是车站前面的一栋大楼，我想您立刻就能看见。如果您找不到，请在车站前面给我们打电话，会有人去接您。"

"是吗？那太感谢了。"

他告诉对方自己明天或后天去，就挂上了电话。关于他的姓名、地址，女子一概没有问及。给他留下的印象是，这是一个凭良心做事的教团。

他在这个时候，才意识到自己内心的雀跃。

16

等丘本到家,已经是11点多了。在成立了特殊搜查总部的情况下,这已经算早的了。

妻子替他脱下外套后,他在起居室里坐定。两个孩子从各自的房间里出来跟他打招呼说:"您回来了。"

"啊。回来了。"

丘本要求孩子们只要还没睡,就必须好好跟他打招呼。其他话可以不说,但是最低限度的日常问候必须做到,他认为这是家庭成员的一种交流。

"学习怎么样?"

丘本问儿子。

"一般吧。"

儿子只答了这么一句,就躲到了门后。

"今天挺早的呀。"

妻子给他端来了茶。

"嗯。"

他接过茶杯喝了一口,茶水的温暖缓缓地传遍冰冷的身体。

"谷尾打电话找你了。"

妻子告诉他。

"啊!"丘本完全没想到,大声说,"哦,谷尾啊。"

他应该预料到谷尾会打来电话,毕竟是这么受关注的案子,谷尾不可能不联系他。

"然后,他说什么了?"

"他说还会打给你。"

"哦。"

大概他会晚上会来"巡夜"。丘本今天也不是很累,因此也乐意轻松地接待一下他。

于是他决定在谷尾来之前先洗个澡。"水已经烧好了",妻子告诉他。

谷尾来的时候丘本刚刚洗完澡。他说的是再打电话,结果却直接过来了。

"打扰你一会儿没问题吧?"

谷尾露出招人喜欢的笑容问道。

"你来我家不就是为了这个吗?赶紧进来。"

丘本笑着回应他。

"真是什么都瞒不了你,那我就不客气了。"

谷尾兴冲冲地穿上了递给他的拖鞋。

谷尾是丘本高中的师弟,他们俩都打手球,毕业之后失去了联系，但是当丘本调到警视厅搜查一科工作后，却意外地重逢了。

谷尾是《东都新闻》负责报道案件的记者。

报社负责报道案件的记者，都有各自的支持者为其提供信息。这些支持者是与他们私人关系好，有时候会把尚未公布的信息透露给他们的刑警。报纸并不是只报道警方公布的内容。因为，光凭昨天佐伯举行的那种含糊其辞的新闻发布会，他们是很难掌握案件全貌的。所以，记者们常常晚上跑到各自的支持者家里"巡夜"。他们拼命想要抓住只有自己报社才掌握的信息，并把它作为独家新闻报道出来。

在普通人眼里，这是一个相当奇特的习惯。不管怎样，这可是报社记者半夜三更跑到刑警家，死皮赖脸地索要没有公开的信息啊。这也有可能被认为是刑警和记者在串通一气。刑警和跑案子的记者关系这么好，在普通人看来本来就难以置信。

当然，记者并不是一开始就能打入刑警内部的。在警署里碰面的时候，大部分刑警能够对记者笑脸相迎，可即便如此，要是真跑到刑警家里去，就会遭白眼了。首先，要搞清他们的住址就很困难。就算是找准了地方，多数情况下也会吃闭门羹。刑警要不就是假装不在家，要不就是说已经睡下了，会以极其冷淡的态度把记者赶走。如果闯过这一关，跑上个三四趟，刑警也就放松了警惕，允许记者登门了，但是这也不代表他一定就会透露信息。案件报道记者的"巡夜",完全就是件费力不讨好的差事。

尽管如此,这个习惯依然积重难返,因为警察毕竟是信息宝库。报社再怎么铺设情报网,也比不上拥有搜查权的警察,因而形成了记者无论如何都要依靠培养感情来捕捉信息的局面。这就是支持者受到记者重视的缘由。

丘本与谷尾重逢之际,谷尾内心一定是欢欣雀跃的。不管怎么说,无须千辛万苦就得到了一个支持者。虽然丘本通常守口如瓶,算不上好的支持者,但是至少不会让谷尾吃闭门羹。单是这一点,对于跑案子的记者来说就已经是求之不得了。

"来,拿着。"在起居室里坐下后,谷尾递过来一个点心盒,"给孩子们的。"

"不用费心。我不是总说吗,我可不接受什么贿赂。"

丘本笑着收下了。

"出了个大案子呢。"

谷尾双腿并拢端正地跪坐着说。

"你盘着腿坐吧。"

丘本态度随意地伸了伸下巴。

"谢谢,谢谢!"

谷尾高兴地把腿盘了起来。

妻子默默地端来茶水,故意加强语气说:"你们慢慢聊。"并没有摆出好脸色。

"不好意思啊，总是这么晚来。"

谷尾挠挠脑袋说。

"这不是工作嘛，你也没办法。"丘本喝了口茶说，"我儿子在准备考初中，所以她有点神经紧张。"

"原来如此。真是抱歉，给你们添麻烦了。"

"没事，只要我们不大声说话，是不会打扰他学习。"

"他要考哪所学校？"

"开明学院。"

"开明啊，那可是名校哟。"

谷尾翘起了眉头，突然露出一副诙谐的表情来。这种让人感觉亲昵的表情打小就让谷尾受益不少。

"进了开明，就可以直升高中了。而且，如果成绩排名全校百名以内，不就铁定上东大了吗？"

"又不是已经考上了，考倒是谁都可以去考。"

"可不是谁都可以去考的！如果我家小子说要考开明，那班主任老师肯定会大笑着说，你是在开玩笑吧？"

谷尾摆出夸张的姿态逗着乐说。

"也不至于吧。你儿子几岁来着？"

"比阿隆小一岁，小学五年级了。我们还不用操心考试的事呢。"谷尾摆摆手，然后慢悠悠地进入了正题，"那么，我刚才说的……"

"案子？"

"嗯，是起了不得的案子呀。"

"是啊，你们也没空休息了。"

"这倒无所谓。"谷尾一下子探过身来，问道，"到底怎么样呢？和去年十月份东久留米的案子有关系吗？"

丘本摇摇头。

"不知道。"

"又来了。"谷尾别有意味地看着丘本说，"你就是嘴严啊。"

"真的，没有能把这两起案子联系起来的共同点，只不过两起案子失踪的都是幼女而已。"

"两起案子都发生在星期一，搜查总部对这一点又是怎么看的呢？"

"你怎么看？"丘本催促着谷尾发表意见，"仅仅只是这一个共同点，你觉得会是同一个犯人吗？"

"不觉得。"谷尾咯吱咯吱地挠挠头说，"嗯，你说的确实对。"

"我不是刻意隐瞒，真的是没有共同点。"

"哦。哎，我就相信你吧。"谷尾吸溜吸溜地喝着茶说，"嗯，这事就这样吧。你再给我讲讲这次的案子如何？"

丘本苦笑了起来。

"我跟你说过好多次了，搜查的情况我是不能告诉你的，这一点你应该也了解。"

"目前没有什么进展吗？"谷尾就像没听见丘本的话似的，继续说，"怎么会没有进展呢？"

"你在听我说话吗？"

"你如此隐瞒，一定是找到什么有力线索了吧？是目击者吗？"

谷尾继续施加压力。一旦被他滑稽的表情所骗过，就会在不知不觉中被他攻陷城池。这就是谷尾所擅长的。

"就是这么一回事吧？找到目击者了。"

"我可没这么说。"

"你别瞒我了。我也在做寻找犯人行踪的采访，有什么消息会第一时间告诉你的。"

寻找犯人行踪的采访，指的是跑案子的记者像刑警那样在周边打听消息的调查活动。

"就算你隐瞒了目击者的消息，我也一样会在调查时搞到的，只是时间问题而已。"

丘本再次面露苦笑。看来自己输了。

"知道了，知道了，真是斗不过你啊。"

丘本在心里迅速地想了一遍。确实如同谷尾所说，发现目击者这一消息迟早都会登在报纸上。既然这样，在这个时候给报社卖个好也没什么坏处。只要强调这不是目击罪犯的情报，应该不会有什么大问题。

"有人看见了可疑的人。"

"果然如此。"

谷尾笑容满面。

"但是并不能断定此人就是罪犯,照我看恐怕不是,这一点你可别搞错了!"

"明白明白。"

谷尾讨人喜欢地点点头,就差搓手言谢了。

丘本聊起了那个男人的特征。

17

　　他在经堂站下了车，走出南口，一眼就看见了要去的那栋大楼。教团位于这座漂亮写字楼的三到六层，单是租金就不可小觑，他再一次认识到了新兴宗教的财力。

　　他在三楼一下电梯，就看见眼前的玻璃门上用白色文字写着"白光之宇宙教团世田谷分部"。玻璃门内很亮堂。

　　在一瞬的犹豫之后，他推开了门。

　　"欢迎光临！"

　　一名女子立刻招呼了他。紧挨着右手边是一个柜台，看来是前台。他看见一个牌子，上面写着"INFORMATION"，后面坐着一名身穿藏青色夹克的女子。

　　"请问您今天来是有什么事呢？"

　　女子和蔼可亲地问道。

　　"我昨天打过电话，想要参观一下。"

　　他略微胆怯地说。这样的对话，他以往从来没有经历过。

　　"我听说了，请您到这边来。"

　　女子利落地站起身，示意他往里走，他点点头跟了进去。

在入口处，除了前台之外，还装饰着观叶植物、绘画等，还有一组雅致的会客家具，可以和先进企业的大堂匹敌。

女子请他在沙发上坐下，说了声"请您在这里等一下"，就行了个礼回座位了。这里氛围高雅，一点都不像是宗教团体。

等了不到一分钟，一名中年男子出现在屏风对面的门口。他穿着一件翻领 T 恤和一条宽松的长裤，打扮随意。年龄看上去比他稍大一些，在三十五岁到四十岁之间。

"让您久等了。这是我的名片。"

男子出人意料地递过来一张名片。他起身接了过来。名片上写着"白光之宇宙教团哲人（Philosophus）川上基治"。他不明白"哲人"是什么意思，但他推测，这或许是教团内部的等级。

"抱歉，我没带名片。"

他解释道。

"没关系，教团里也没有那么多人会特地去印名片。这就是个爱好。"他轻松地说，"请坐。"

川上伸出手示意他坐下，他也就坐定，重新报上了自己的姓名。

"初次见面，今天由我来给您介绍，还请多多关照。"

"哪里哪里，不敢当。"

他谦恭地低下了头。

"我听说您今天是来参观的。您是通过什么途径对教团产生兴趣的呢?"

川上开门见山地问道。他感觉自己像是在和商务人士交谈。

"哦,其实我是读了《通往幸福的道路》,有些感触,所以想进一步详细了解一下。"

"原来是这样。那本书已经销售三百万本了,是部畅销书呢。读了那本书之后才加入教团的人相当多。"

川上自豪地扬起眉头。

"我今天想学习一下教团详细的教义,了解了解平常的活动内容。"

"明白了。"川上略微颔首,说,"那您就跟我来吧。"

他跟着站起身的川上,走楼梯来到四楼。四楼分为好几个房间,其中一间开着门,川上走了进去。

房间里摆放着大概十把附带小桌的钢架椅,最里面放置着白板和投影仪。

"请您先在这里看看录像吧。您今天时间没问题吧?"

听川上这么问,他答道:"没什么问题。"

"我会给您播一部面向初学者的录像,大概四十五分钟。看完后大概的内容就基本了解了,然后我会做补充说明,接着我再带您参观分部。"

他依川上的建议坐在了最前面。川上拉上黑色的窗帘,说了声"一会儿见",就离开了房间。被留在房间里的他,就像回到了学生时代，感到一阵阵不安。

录像开始了。图像是用电脑制作的，文字浮现在宇宙的背景中，看来制作录像花了不少钱。

标题之后，一对青年男女登场，演绎着他们与教团的邂逅。他们在录像中似乎起着讲解说明的作用。

在故事中，抱有烦恼的这对男女，以手里的一本书为契机与教团相遇并加入。就像现在的他一样，从参观开始，简单地了解教义，尝试修行，最后得到了内心的平静。

这是一部内容简明扼要，引人入胜的录像，完全没有宗教气息，充满现代感，且制作考究。总之，这无疑是部与众不同的录像。

"您觉得怎么样？"

川上走到他身边问道。川上在录像就快结束时进了屋，一直在后排等他。

"录像只是简单的介绍，可能还有不足。不过，如果真的想要了解，浅尝辄止是不够的。"

"录像的内容很容易理解。"

他坦率地表达了自己的感想。

"以播放影像的方式来展示，是一个比较好的方法，因为这样可以让人了解教团的真实情况。"

川上拉开了窗帘。

"我以前参加过福音之圣教教会的集训,真是糟糕透顶。"

"哦,那儿啊。"川上淡淡地点点头,"体验很不好吗?"

"嗯,是啊。不过这里好像和他们不一样。"

他想抛砖引玉,可是川上并没有接下去的意思。

"每个教团都有各自不同的想法。我虽然对福音之圣教教会的情况有所耳闻,但是我并不打算评价他们和本教团的差异。"

"呵?"

他故作惊讶。

"相信他们教谕的人也很多。只要他们各自都感到幸福,不就可以了吗?"

"原来如此。"

他本以为新兴宗教团体会相互批评,看来情况不是这样。虽然他不知道这是川上本人的想法,还是教团的基本方针,但是至少他没有感受到阴损的气氛。

"那我们再到上面一层看看吧。我想,和其他人聊聊对您会有参考价值。"

他在指引下又上了一层楼。五层和四层一样,白色的走廊里排列着白色的门。川上打开了离他们最近的一扇门。

里面有五六个男女,都是年龄在三十岁到五十岁的成年人。他们隔桌而坐,正在讨论着什么。

"这位是来参观的松本先生。"

川上把他介绍给大家。他微微颔首示意。

"啊，欢迎欢迎，请到这边来坐。"

看上去年龄最大的一名男子起身，给他拉出一把椅子。他想，这是让他在那里坐下吧，于是依言而行。

"您是来参观的吗？看了录像觉得怎么样？"

立刻就有人找他说话了，他也努力显得愉快地回答。

大家挨个对他做了自我介绍。虽然他还不能一下子都记住，但是大家留给他的印象都是开朗的。他们介绍了各自入会的动机。其中，有人是全家一起入会，也有在其他宗教团体经历辗转波折，最终好不容易才来到这个教团的高手。可以断言的是，大家都因为他来参观而感到高兴。

"我虽然摆出一副了不起的前辈样，可实际上我的等级才倒数第四级呢。"川上挠挠头说，"刚才他们正在商量下一部出版物的事情，我不能参与，被赶出来了。"

"川上，你的道行还不够呢。"

说自己一家子都信教的中年妇女笑话起他来。就是就是——大家附和着，气氛热烈了起来。

"还有等级这一说吗？"

他问道。

"嗯，有的，不过这不是教团内的地位或者等级。打个比方吧，就像是算盘的级别一样，练习得越多，级别就越高，在这里也是一样。"

刚才第一个起身的男子说道。

"你刚来，所以就是初学者（Neophyte）。最高的等级是究极者（Ipsissimus），大家都在为了最终能够达到这个级别而修行。不过目前只有胡泉导师才是。"

另一名女性做了补充说明。

虽然他还听不懂这些词语是什么意思，但是教团的组织结构和氛围已经大致了解了。他起身说："不好意思，那我就不打扰你们工作了。"

"这是年长者的学习会，今天还有年轻人的，你要看看吗？"

来到走廊，川上向他提出了建议，他没有拒绝的理由。

沿着走廊往里走，他又打开了一扇门。这里正在乱哄哄地开会，参加的似乎都是学生。

川上介绍了他，但是他没听。就在进入房间的那一瞬间，他感受到了一阵冲击，就像后脑勺被痛击了一般，他的视线完全集中到了在座的一位姑娘身上。

就是那个姑娘，为他祈福的、奇妙的姑娘。

大家对他表示了热烈的欢迎，但是究竟自己是怎么回答的，他事后一点儿都回忆不起来。他的注意力无法控制地集中在姑娘身上，别人说什么他都心不在焉。

"你好！我叫北村沙贵。"

姑娘急忙点头行礼，长发从耳畔飘然垂落。

"我以前见过你。"

他说道。因为没想到会在这种情况下再次与姑娘相遇，他担心自己的声音在颤抖。

"啊？见过我？"

北村沙贵露出讶异的神情，看来对他并没有什么印象。

这也难怪，两人之间的接触只是一瞬间而已。她一天恐怕会和好几个人打招呼吧？忘记其中一个人的相貌，也并不奇怪。

"当时你对我说，'请让我为您的幸福祈祷吧'。"

听他这么一说，北村沙贵害羞地低下了头：

"哎呀，还有这么一回事吗？"

周围的男人们都揶揄她说："哎哟，你还干过这种事啊？"语气里带着巴结的意味。看来姑娘吸引了所有在场的男性。

"这么一说，我也觉得似乎在哪儿见过你。"川上插话说，"我刚才就有这种感觉。"

"——没有吧，我没这个印象。"

"是吗？这就怪了。"

川上嘴里还在含含糊糊地念叨着，但是他没有给川上继续说下去的机会，就此结束了这一话题。

闲聊了一会儿，他就告辞了。年轻人开朗快活地送走了他，没有一丝阴郁。

川上把他送到电梯间，说道：

"如果你满意，我会感到很高兴。"

"嗯，我深受触动。"

他坦诚地回答。他已经下决心入会了，因为他感到，和北村沙贵的重逢，就是上天给予他的启示。

"我会再来拜访。"电梯来了，他走进轿厢后说道，"麻烦你了。"

就在他低头行礼的时候，门关了。

18

佐伯从日野开车回家。他把蓝鸟停在停车场，向公寓走去。他没在自己家里住，而是在高円寺租了一套公寓，开着自己的车上下班，并且很注意避开媒体的视线。在历任搜查一科科长中，也有人坐公车回家，但是他一直尽量避免这么做。

他拖着疲惫不堪的身体爬上了公寓门口的台阶，等坐上了电梯，才终于松了口气，疲劳感一下子压上了肩头。

他在五楼下了电梯，从衣兜里摸出钥匙，开了锁。就在他转动门把手的时候，注意到房间里有人。

推开门，他看见水泥地上放着一双浅口女鞋，厨房里传来烹炒食物的声音，勾起了他的食欲。

"我猜你也该回来了。"

走进起居室的他听见了篠伊津子的声音。她正站在厨房里，背对着他。

"你的直觉很准啊。"

佐伯把包扔在沙发上，松了松领带。

佐伯和伊津子开始交往，是在他刚刚就任搜查一科科长的时候，已经两年了。她今年三十岁了，可是或许是因为长了一副圆圆的娃娃脸，一点儿也看不出来。有一次忽然把长头发干脆地剪短了，让她看上去更加年轻了。伊津子本人很在意她的娃娃脸，觉得这样显得不成熟，但是佐伯却喜欢永远都年轻的伊津子。

每次搜查总部设立，伊津子都会到佐伯的公寓来一趟。她好像是打算做点拿手菜，给他打打气，然后就此不再露面，直到案子解决。这种费心的方式，也符合伊津子干脆的性格。

"你肯定还没吃晚饭吧？"

伊津子手拿长筷子，朝佐伯回过头来。她没有系围裙，身穿粗布条纹衬衫和工装裤对着煤气灶。因为是短发，所以背影看上去就像个少年。

"嗯，还没吃呢。"

"今天我做了牛排哟。"

"好奢侈。"

"当然，伙食费一人一半哦。"

佐伯苦笑着朝卫生间走去。哗啦啦地用凉水洗了脸，才发现自己并不是很疲倦。不知是因为这冷水，还是什么其他缘故，他也并不打算追根问底。

"老麻烦你，不好意思啊。"

不知何故，这句一本正经的话从他嘴里蹦了出来，这是他自身也没有意识到的台词。

果然，连伊津子都吃了一惊，说：

"你在说什么呀？真少见啊，这么一本正经！你怎么了？"

"嗯，没什么。"

佐伯自己都为了从未表达过的谢意而感到害臊，于是他暧昧地糊弄了过去。他从冰箱里拿出乌龙茶饮料，没有往杯子里倒，直接就着瓶口喝了起来。

"马上就好。你饿了吧？"

"没有，没关系。"

"你没什么精神啊，累了？"

"也不算累吧。"

佐伯拉过一把餐椅坐了下来，就这么呆呆地看着伊津子手上的动作。

不知是不是因为伊津子曾经结过婚，她烹饪手艺超群。她好像特别喜欢给人做饭，卫生也打扫得很干净，颇有擅长操持家务的一面，但是不知为何她就是不会洗衣熨烫。伊津子半开玩笑地说，因为脏衣篮里一年到头都是满满当当的，所以老公最后实在忍不住，就给她下了休书。伊津子一贯主张，这个世界上最为划时代的发明就是全自动洗衣机和烘干机。

"行了，做好了，快拿盘子。"

伊津子单手托着平底锅吩咐佐伯，佐伯从身后的餐柜里取出两个盘子。

伊津子熟练地把嗞嗞作响的肉从平底锅盛到了盘子里，在旁边添上了土豆泥和混合蔬菜。桌上还有生菜、玉米和嫩苣荬的沙拉，以及裙带菜酱汤。

"看着挺好吃的吧？"

伊津子高兴地指着这些菜肴。她的可爱姿态虽与年龄不符，却与她本人很相称。

"嗯。"

形成对照的是佐伯的冷淡。虽然食欲已经在空空如也的肚子里逐渐蔓延，但是他的话却多不起来，大脑的一半似乎被牵引到了其他方向，处于心不在焉的状态。

"来，吃吧！"

伊津子注意到佐伯的神情，担心地望着他，但是并没有刻意地刨根问底。她开心地说着话，给碗里盛上了饭。

伊津子做的菜一如既往的好吃。佐伯常常想，既然她如此勤快，根本没必要和他这个有家室的男人交往，完全可以好好找一个人再婚的。但是他没有说出口。他十分清楚，不说的根源在于自己的任性，但是他确实不愿意破坏现在的关系。

"我说，是不是出了件大案子？"

伊津子发挥着她旺盛的食欲，两眼放光。她很苗条，胃口却很好。看来她是吃不胖的体质，搞不好比佐伯吃得还多。伊津子总是主张，脑力劳动需要营养。

"犯人有眉目吗？"

伊津子若无其事地直接问道。由于她的职业性质，她不会因为顾忌佐伯的立场而避免提及他的工作。在好奇心的驱使下，她会不断提出各种各样的问题。佐伯最初为此很不高兴，有时候会冲她发火，有时候会用各种言辞来隐瞒。但是，在不知不觉中，他发现自己其实很享受这一过程。就在这时，他开始了和伊津子的交往。

"还没有。"

佐伯嘴很紧，他不能对媒体的人随意谈及搜查的进展状况。伊津子觉得这种死板的规定很可笑，所以才会问。但是站在佐伯的立场来看，自己的规则是不能破坏的。

伊津子是个做现场报道的独立记者，去年，她获得了日本非虚构类纪实文学作家奖。这一奖项被称为纪实文学界的"芥川奖"，她因此成为了业界有名的女性作家。她虽为女性却毫不逊色的采访能力已经得到了公认，她准确的着眼点连佐伯都自愧不如。听说她现在正在致力于揭露大医院的医疗过失问题。这部写实文学一定能在社会上一石激起千层浪，对此佐伯没有丝毫怀疑。

"这是个令人痛心的案子，相应的也会受到足够的关注。媒体已经乱成一团了吧？"

"卑劣的报道真让我头疼。"

"不过,如果社会上的关注度这么高,对你来说也是个机会吧?"

"机会?"

佐伯皱起了眉头。伊津子满不在乎地说:

"对啊,积累业绩的机会。"

"我可不这么想。"

"虽然这么说不太合适,但是这的确很重要啊。你不就是为了让大家认可你的实力,才特意要求坐上搜查一科科长位子的吗?让那些嘲笑你纸上谈兵的人见识你的实力,这不正是一个好机会吗?"

"我没那么想!"

"骗人!"伊津子干脆地断言,"要不是这样,你才不会期盼这种蛮不讲理的人事调动呢!"

"……"

佐伯沉默了。伊津子得意地加了一句:

"我可是懂你的。"

对话暂时停顿了下来。两个人默默地继续吃饭。佐伯在第二碗饭吃到一半的时候,开始泡茶了。伊津子见状,从水槽底下的柜子里取出了装梅干的瓶子。

"谁都不会想到,搜查一科可怕的科长,居然喜欢吃茶泡饭。"

伊津子这么说着，眉眼里都是笑意。佐伯微微苦笑，把保温瓶里的水倒进了茶壶。

佐伯总是喜欢把最后半碗饭做成茶泡饭，否则他就会觉得缺少点什么。在白米饭上搁上梅干和海苔，再倒上真正的绿茶，而不是白开水，然后，放上颗粒汤料，滴上一滴酱油，两三下就拨进了嘴里，不用伊津子说，他也知道这样像个老头子，可是多年的习惯是难以改掉的。伊津子微笑着看着佐伯。

吃完饭，他在起居室的沙发上坐了下来。他对正把餐具收拾到水槽里的伊津子说："回头我来洗，你放在那儿就行。"洗东西的事情归佐伯，这是两个人默契的分工。佐伯喜欢这种五五开的关系，这是和妻子绝对无法建立起来的关系。

佐伯招呼从餐厅走到起居室的伊津子：

"我说，你刚才讲的当真？"

"什么？"

伊津子歪歪脑袋，在佐伯的斜前方坐下，背后传来了伊津子设定的咖啡机开始工作的声音。

"你不是说，我想的事你都懂吗？"

"哦，这个啊。"伊津子像个调皮的孩子般露出一个滑稽的表情，说，"差不多吧。我刚才说对了？"

"这个嘛。"

佐伯怅然所失地回答。伊津子见状，诧异地皱起眉头说：

"你今天好奇怪啊。"

"怎么奇怪了?"

"嗯,比平常话少。"

"也没有吧。"

"我可没打算在你面前装得跟老婆似的。"

"我不是这个意思。"

"不是就好。"伊津子的视线忽然挪开了,她瞟了一眼咖啡机,"哎呀,咖啡已经好了。"

她自言自语地说着站了起来。

佐伯扭过身子,用胳膊肘撑在沙发背上。

"你今晚在这儿住吧?"

伊津子狠狠地皱着眉头说:

"我可做不出那么不检点的事。"

说完,她轻松地笑了起来。

19

随着时间流逝,他越发觉得能够和北村沙贵重逢,是一个意外的奇迹。怎么会存在这样的偶然呢?

这一定是上天的启示。他对此愈发深信不疑。"白光之宇宙教团",就是他一直在寻求的"真货"。北村沙贵是上天为了不让他误入歧途而派来的,她本身就是上天的启示。

虽然他离开了教团大楼,但是心情却难以平静。他的心已经被教团夺走了。他期待着自己早日入教,当上诚心诚意的信徒。

第二天,他早早地起了床,给教团打了电话。他已经很久没有在早晨8点起床了。苏醒时的不悦,已经不可思议地一扫而光了。

当他表达了自己想要入会的愿望时,对方用明朗的声音建议他再去一次。他知道自己就像个天真无邪的少年一般欢欣雀跃。北村沙贵今天也会在那里吗?他想见到她好好地聊一聊。他的整个头脑都被这个念头所占据。

大楼的前台,坐着和昨天不同的另一名女子。他表明来意后,又一次被领到了会客处。等了一会儿,来了一位女性办事员，请他在入会书上签名。他仔细地写下了自己的姓名和地址，职业这一栏他空着没填。

"您有没有带什么身份证明文件呢？"

被这么一问，他取出了驾照。早晨打电话的时候，他们说过需要带能证明身份的文件。

"好的，可以了。"

女性仔细核对了他填写的入会书和驾照，微笑着点点头。

"你们还挺严格呢。"

他一边收下驾照，一边说。

"是的，我们只允许可靠的人入会，至少我们不接受使用假名的人。"

女性干脆地回答，在她的话语里充满着自信。

"原来如此。"

他点点头，另一面又产生了一个疑问：没有工作也没关系吗？女性应该注意到他没有填写职业一栏，但是并没有追根究底。

"证件照、入会费，还有六个月的会费您都带来了吗？"

"钱带来了，但是没有照片，我打电话时听说你们这边会帮我拍。"

"是这样啊，没关系的，那我就先收下您的会费吧。"

他把入会费三万元、六个月的会费三万元，共计六万元交给了这名女性，并没有觉得昂贵。

女子慢慢地清点了手里的纸币，点点头说："金额无误。"

"那么请您看看，这是教会守则和教材。其中一本教材讲述了胡泉导师的生平，另一本是导师的灵言集。这两本都是必读教材，请您尽早阅读。所有的会员都在读呢。"

"好的。"

"如果您还想读其他书，六楼的出版社有卖。我们也可以邮购，您可以看看这边的书目。另外，我们会把月报寄到您家。您有什么想问的吗？"

"没有什么要问的了。"

他颔首答道。

"那我们就拍照吧，请到这边来。"

女子麻利地把他领到了里面的一个房间。

用来做摄影室的是一个小房间。他默默地坐在椅子上拍了照。女子补充说，这张照片会用在会员证上。据说，会员证类似于一张磁条银行卡，会员的出勤率、捐款次数都通过它来进行管理，系统先进得让他感到吃惊。

"卡片做好之后会寄到您家里，上面会印上会员编号，请您记下来。只要您不脱离教会，这个号码就不会变。在卡片做好之前，请您拿着这张临时卡。"

女子一边利落地说着，一边把卡片递给了他。

"手续已经办完了。现在,松本先生就是我们教团的正式会员了。"

女子第一次露出了微笑。

"我想了解一下参加教会活动的具体方法。"

他提出了问题。

"这个请您在四楼的前台问一下,会有其他人告诉您的。"

"我明白了。"

他行了个礼,立刻上了四楼。刚走到前台,就听见有人在招呼他说:"您是松本先生吧?请您稍等一下,负责人这就来了。"

前台的姑娘微笑着说。

四楼的前台没有椅子,所以他无聊地呆望着窗外的景色。正在这时,有人在背后叫他:

"这不是昨天那位先生吗?"

回头一看,原来是北村沙贵,他差点以为自己看错了。

"啊,您好。"

他暧昧地打了个招呼。

"您决定入会了?"

沙贵的脸上泛起了微笑。今天,她身穿洋溢着夏天气息的浅蓝色套裙,怀里抱着一些文件。

"是的,很快就决定了。"

他点点头。

"那么今天我们可以一起参加活动了。"

沙贵高兴地说。

就在这个时候,来了一位身穿藏蓝色裙装的女性,好像是来给他领路的。

"松本先生,让您久等了,我们这就出发吧。"

女子说她姓田中。

"田中小姐,你现在是要带松本先生四处转转吗?"

沙贵问她。

"是啊。"

"我替你去行吗?"

"北村小姐你去吗?"

"对呀,我以前和松本先生见过面呢,可以吧?"

"嗯,可以啊,既然是这样。"被称为田中的女子勉强答应了,"那就麻烦北村小姐了。不过,松本先生如果有什么不明白的,回头无论如何要来问我哟。"

田中对他说完这句话,回到了房间里。

"可以这样吗?"

他问沙贵。沙贵露出无忧无虑的笑容说:

"没问题,这事交给我办啦。不过请稍等一下,我需要把文件送到五楼。"

他和沙贵一起上了五楼,在走廊里等她把文件送去。沙贵的身影消失在房间里，然后很快就出来了。

"让你久等了，我们去转转吧。"

沙贵转过身去，带褶的裙摆轻轻飘动。

"我先给你讲讲教会的组织结构吧。"一边走，沙贵一边可爱地竖起一根手指，"新来的会员首先要从三种课程中选择一个，包括自我修炼课、志愿者课，还有肉体修行三项。选完一种课之后，还可以变更，所以这三种课程都能体验。当然，选择自我修炼课的人也可以修行，还能参加志愿者课。"

"那你选的是哪种课程？"

"我吗？我选的是自我修炼课。不过我也参加志愿者课，基本上所有的人都会选择自我修炼课。"沙贵推开了走廊尽头的那扇门，说道：

"这房间没人用呢。那我们就在这儿说吧。"

这是一间类似于会客室的小房间，摆放有简单的客厅家具、书架和观叶植物。书架上的书籍，署名全都是"胡泉翔叡"。

"请坐！"

沙贵用手指指椅子，自己也轻轻地在沙发上落座。

"我们刚才说到哪儿了？"

"你说大家都选择自我修炼课。"

"哦，对。设这个课几乎可以说是权宜之计，现在已经没有什么意义了，所以大家也在讨论要把它改掉。大部分人都既参加自我修炼课,也参加志愿者活动。"

"昨天你们聚在一起,也是为了讨论志愿者活动吗?"

"是的。这个教团特别尊重会员的意愿。像那样进行讨论后作出的决定,一旦提出议案,立刻就会得到执行。当然,教团里也存在干部。不过从这个意义上来看,可以说运营教团的是会员们。"

"确实如此啊。"

"你不觉得这很有良知吗?很有创新性吧?"

沙贵的眼眸迸射出光芒。

"我昨天听说这里还分等级。"

"是的是的,这取决于对教会活动的参与意识,就像是游泳一样的级别。你看,上小学的时候不是有吗?比如学会自由泳就是六级,学会蛙泳就是五级。"

"是有这么回事。"

他笑了起来。

"和那个是一样的,有十个级别。我们叫做生命之树(Sephiroth)。首先是初学者(Neophyte),然后是热心者(Zelator)……"沙贵皱皱眉头说,"其实我也只记得这一点。老实说,我也刚入会没多久。"

"是这样啊?那么……"

"是啊。我那次向松本先生打招呼,还是在参加其他教会活动的时候。"

"那么那个教会呢?你不去了吗?"

"是的。那个教会总是强迫人做事,每天还有指标,必须一天招呼三十个人,我很反感,就退会了。"

"原来如此。"他笑着点点头,"那么,这些难懂的级别词语是什么意思?"

"我也搞不清,好像和星星有关。初学者是地球,热心者是月亮。"

"是这样啊。你是哪个级别呢?"

"我现在是热心者。如果参加志愿者,马上就可以成为热心者。如果有干劲儿,很容易就会升到上一级别。"

"那么,教会具体开展些什么活动呢?不会只是志愿者活动吧?"

"有各种活动哟。"沙贵伸出手,掰着指头开始数,"随时都有学习会,每个月有一次例会。然后还有修行会,半年一次的大规模集会,那是导师也会参加的。"

"是胡泉导师吧?你见过导师吗?"

"没有没有,还没见过呢。能够见到胡泉导师,和他当面说话的,只有第五级别以上的人。我们还不行。"

"哦,还挺严格的。那么学习会都干些什么呢?"

"这是会员自主举行的。高级别的人当讲师,给大家讲解卡巴拉的体系。"

"你说的卡巴拉到底是什么呢?"

"你别问我呀,我可是个新人呢。"沙贵笑着摆摆手说,"就是要学这个,所以才叫学习会嘛。"

"说得倒也对。"

他苦笑起来。

"关于这些活动的说明,会通过邮件寄送。这个月的应该夹在那本书里了。"沙贵指指他放在旁边的书,"我也是新人,所以我们一起努力吧。"

"好啊。"

他坦率地答应了,冻得硬邦邦的心灵似乎在逐渐融化。

"你为什么要入会呢?"

"我吗?"沙贵睁大了双眼,"嗯,为什么呢——非说不可的话,是因为我喜欢教团的精炼和考究吧。你不觉得这栋办公楼很漂亮,引入卡片管理系统也很先进吗?而且卡巴拉和其他的教会也有所不同,感觉很新鲜,对吧?所以我才入会了。"

"不是因为被教义所吸引吗?"

"当然也有这一点,我也想有所领悟呀。"

听她的语气,简直像是在谈论时装,看上去不像是抱有什么烦恼。

他对此多少有些失望。不过今天基本上可以算作初次见面,今后和她再慢慢交谈，或许能够再一次发现他曾经感受到的虔诚。他说服了自己。

"到上面一层看看吗？还有其他人。总之，和很多人大量交谈，是入会后十分重要的一件事。"

他顺从地跟随着比自己小一轮的沙贵。这要放在过去的他，是难以想象的事。

"好的。"

他站起身来。

20

距发现尸体已经过去四十八个小时了,搜查也进入到了第三天。刑警们的士气并未减弱,大家都不知疲惫地来到东日野署上班。这种情况如果持续一周,焦急的神色便会出现在大伙儿脸上,要是过上一个月,绝望感就会袭来。

总之,今天早晨的刑警们都还有余力。丘本一出现在搜查总部,就听到精神饱满的问候声从四处传来:"早上好!"

他一边点头致意一边找烟灰缸,打算抽完清晨的第一支烟再干别的。

"丘本哥,你是在找烟灰缸吗?"

北冈招呼着他,右手拿着一支吸了一半的烟,左手托着烟灰缸。

"哦,谢谢!"

丘本微微抬手举起了烟灰缸。

"来,打火机!"

北冈递给他一个打火机,丘本抬抬下巴,取了过来。

"来得可真早。"

北冈拉过一把椅子坐下，丘本也在他旁边坐了下来。

"早什么啊早，你找茬呢?"

丘本对着北冈吹了口烟。

"我不是说你，我是说那边的。"

北冈挤眉弄眼地用香烟指指窗户边。

"你是说科长?"

"是啊，我来的时候他就在了，好像比谁都来得早。"

"嗯——"丘本来回点了好几次头，说道，"因为他是个严格的人嘛，对自己也严格呗。"

"丘本哥你也够惨的，摊上这么个上司，连大气儿都不敢出吧?"

"没那么严重，我们又不是工薪阶层，比起散漫的科长来说，要求严格的反倒好些。"

"是这么回事吗？我可得学着点。"北冈夸张地耸耸肩说，"等我结了婚，也让老婆早点把我叫起来。"

"没错!"

丘本笑着点点头。

就在这个时候，他听见佐伯在叫自己。佐伯正在叠读完的报纸。

"来了!"

他站起身，灭掉了香烟。

"他找你什么事啊?"北冈皱皱眉头,小声地问,"丘本哥,你是不是干什么坏事了?"

"傻瓜,我什么都没干。"

他轻轻地戳了一下北冈的脑门,走到佐伯身前。

佐伯拿起报纸,把一篇报道指给丘本看。那是《东都新闻》。头版头条就是丘本透露出去的目击者信息。谷尾把丘本给他的信息忠实地报道了出来,措辞谨慎,避开了对犯人的断定,只写了重要的目击情况。

"丘本,这个你读了吗?"

佐伯声音平淡。

"嗯,今天早晨读了。我家也订了《东都新闻》。"

丘本跟他装糊涂,不知道这篇报道到底是什么地方勾起了佐伯的注意。

"你不觉得他们的消息来得很快吗?"

佐伯凝视着丘本的眼睛。他感到一丝狼狈,佐伯似乎已经看穿了他的心思。

"是啊。"

丘本觉得自己很好地掩饰了内心的动摇。

"会是谁给的信儿呢?真让人头疼。"

"是啊。"

丘本因为不知道佐伯把自己叫过来的真实意图究竟是什么,

只能表示赞同。

"听说你和《东都新闻》一个叫谷尾的记者挺熟的。"

佐伯的话变成了锐利的尖刀,刺进了丘本的胸膛。虽然他多少也担心过,但是佐伯知道他和谷尾的关系,还是让他吃了一惊。这回他的心情都写在脸上了。

"把这消息告诉《东都新闻》的,是你吧?"

佐伯的声音很小,周围的人应该都听不见他们在说什么。

"……"

丘本知道自己正在淌汗,他不知该如何作答。

"到底是不是?"

佐伯毫不客气地追问道。他的语气很平静,但是却容不得暧昧的回答。

"您怎么会知道谷尾?"

他好不容易才挤出这么一句话。

"我知道支持者的存在是无法避免的。像丘本你这样的老警察,有那么一个两个的熟人也是理所当然的,所以我到现在为止一直都持默许的态度。但是,这一回你泄露的可是能上头版头条的消息啊,我不得不提醒你一下。"

"对……不起。"

只能干脆地道歉了。丘本低下了头。

佐伯靠在椅背上。

"算了。这也不是泄露了就会捅娄子的消息,你应该也是考虑到这一点才说的。我暂且不再追究,但是以后请你注意!"

佐伯只说了这么一句,就迅速地转动椅子,侧过身去说:

"就这样。"

"啊?"

"哦,就这样。我的话说完了。"

"是!"

丘本又一次低下头,回到了座位。他的腋下已经湿透了。

"怎么了?"

北冈兴致勃勃地问他。丘本掏出手帕,擦擦额头说:

"啊,没什么。"

北冈目不转睛地盯着丘本的脸,但是也没再刨根问底。

"告诉你,北冈。"丘本忍不住说道,"如果这世上存在绝对不能轻视的人,那就是佐伯科长。"

21

小册子上说，这周周六，即八月三十一日有学习会。因为北村沙贵劝他参加，于是他决定出席。况且他也对卡巴拉很感兴趣。

学习会那天，当他走进位于五楼的这个房间时，里面已经来了大概三十人了。这个像大学教室一样摆放着桌椅的房间，八成的座位都有人了。正面是讲台，讲台后是投影屏幕。

"啊，松本先生！"

他刚走进房间，就听见有人在叫他，是他第一次来教团时给他做介绍的川上。

"听说您入会了，我也很高兴呢。"

"是啊，认识您的第二天我就入会了。"

"太好了！"川上频频点头，说，"然后今天就赶紧来学习了？"

"是啊，我现在是两眼一抹黑，左右都分不清。"

"我觉得今天的课很适合初学者。"

"是川上您讲课吗？"

"不是不是！我可担当不了。"川上在嘴边连连摆手，"我还没到那个级别呢。我今天是来帮忙的，因为需要有人操作投影仪。"

"哦，是这样啊。"

川上看看讲台说：

"马上就要开始了，你最好是尽量靠前坐。"

"好的。"

他点点头去找座位。川上打开后门出去了。

第一排都有人了。第二排右侧还空着一个位子，他决定就坐在那儿。他跟坐在通道旁、瘦得像棵柏树似的一名男子打了声招呼，从他身后穿过：

"啊，抱歉！"

戴着眼镜的瘦削男子扬起脸来看看他。顺直的头发随意地分成两半。他的脸色不好看，似乎不太健康。

"我可以坐那儿吗？"

他用手指指，男子说可以，挪开了放在桌上的东西。

他坐定后没过两分钟，讲师就来了，看来在健身，体格相当棒。讲师开始致辞，声音大得不需要麦克风。

"因为今天有第一次来参加的人士，所以我想从入门的卡巴拉讲起。"

虽然他讲话的语气像体育老师，但是内容并不生硬，连缺乏卡巴拉知识的他听起来都觉得很有趣。

"……例如，姓名就是近在身边的一个例子。说起姓名，有的占卜可以判断姓名，等等，但是卡巴拉和这种暧昧的东西不同，它创建了一个法则。卡巴拉原本是西方的东西，所以我们日本人的名字必须分解为罗马字，但是这并不影响其本质。按照卡巴拉的法则，罗马字各自对应不同的数字。大家的名字全都可以置换为 1 到 10 的数字。1 到 10 也是对应我们生命树的数字。这叫作数字路径。这个数字路径是非常重要的，可以说是左右我们命运的神秘数字。例如，数字路径为 8 的人，天生就拥有力量、金钱和世俗性。简单地说，就是成功或者失败。成为大人物的人，都有 8 这个数字路径。反过来说，4 的人则踏实平凡而无聊，绝对成不了有钱人。所以，发展事业的人，如果数字路径是 4，就要考虑立刻改名了。"

大家哄堂大笑。讲师巧妙地展开他的话题，一小时的课程深深地吸引了听众。他也时而欢笑，时而备感钦佩，沉浸在课堂中。

"……由于时间有限，今天就讲到这里了，大家可以按照刚才介绍的方法计算一下自己的数字路径，或许可以了解迄今为止尚未把握的自我命运哟。"

讲师低头致谢，台下立刻掌声四起，他也心满意足地跟着大家一起鼓掌。

讲师离去之后，大家还意犹未尽地讨论了一会儿。他一边考虑着将来该怎么办，一边把教材装进包里。

就在这时，坐在他身旁那位瘦骨嶙峋的男子凑近他说：

"我没见过您呢。您是新来的？"

"嗯，是的。"

男子的声音太过阴郁低沉，让他吃了一惊。

"我叫司摩。"

男子连忙点头行礼。他不知该怎么应对，有些犹豫地报上了自己的姓名。

"您觉得刚才的课如何？"

司摩的声音就像冬日干燥的风，显得有些空洞。

"非常有意思。虽然我还搞不清卡巴拉是什么东西，但是也听明白了。"

虽然他并不觉得对方是个令人愉快的交谈对象，但是想起前些天沙贵给他提出的建议，他决定尝试与司摩聊一聊。

"是吗？那太好了。"

司摩费劲儿地翘起嘴角，似乎是在微笑，可是怎么看都不像是笑容。

"司摩先生，您已经入会很久了吗？"

为了找到话题，他姑且这样问道。

"嗯，算是吧。"司摩点点头，语气黏黏糊糊的，"我只是来得久而已，是个差生。"

"是吗？"

他不知说什么好，无伤大雅地回应了一句。如果入会时间很长，却还来参加这种针对初学者的学习会的话，确实令人费解，或许他不是很热衷于学习的会员。

"您为什么入会呢？"

司摩继续凑近他，目光热切。

"我吗？我是觉得这里的教谕含金量高。我之前被伪宗教缠上了，所以一直在寻找真正的宗教。"

"为什么你要寻找真正的宗教呢？"

司摩继续追问。

"要问为什么……"

他并不打算仔细倾诉自己的内心。胸口的那个空洞，别人是理解不了的。

"好像有什么阴暗的东西在拉扯着你。"

"阴暗的东西？"他没听懂司摩在说什么，皱起了眉头，"什么意思啊？"

"这个嘛，我不知道。"拼命抑制咳嗽一般的声音，从司摩的喉咙深处传出，看来他是在笑，"这一点你自己应该是最清楚的吧？"

他感到一丝恐惧，揣摩不出司摩的本意。

"你是指什么?"

他不客气地说。如果司摩是所谓的狂热教徒,他一定要保持距离。

"不是,我是感觉你好像背负着什么沉重的包袱,或许是因为你的过去吧。"

他吓了一跳,感觉心脏怦怦直跳。司摩的口吻带有一种暗示,难道司摩知道他的过去……

"我不太懂你的意思。说到底我才刚入会,深奥的东西还不懂。"

他打算结束对话,态度干脆地说。

"你加入这个教团是正确的哟,你一定能在这里获得拯救。"

司摩语气郑重地说道,像个描述未来的预言家。

"我先走了。"

他微微点头,站起身来。他不愿再聊下去了。司摩也没有继续挽留他。

回家的时候,他去了趟六楼的销售部。今天北村沙贵也在。她拿了本书架上的书,正在哗哗地迅速翻阅。他感到一阵安心,跟她打了声招呼:

"嗨,你好!"

"哎呀!"沙贵惊讶地扬起眉梢,然后莞尔一笑,"你来参加学习会了?"

"嗯，刚结束。"

"怎么样？有意思吧？"

"是啊，相当有趣。"

"卡巴拉是什么，你搞清楚了吗？"

沙贵的语气中没有丝毫阴翳，尤其是在与司摩交谈之后，这种感觉更为强烈。

"嗯。我原以为很难呢，结果还好。"

"我说得对吧？"沙贵高兴地举起手指，"就是这样的。卡巴拉就在我们身边，可以运用在日常生活中呢。"

"确实简单易懂。"

"没错没错。"

沙贵高兴得就像是自己得到了夸奖。

望着她无忧无虑的样子，他忽然想起了刚才的司摩，不知沙贵知不知道司摩这个人。

"对了，学习会坐在我旁边的，是一个很奇怪的人，不知道你认不认识他，叫司摩。"

他不抱期待地一问，沙贵却点点头说："哦，你说司摩先生呀，我知道他呀，他是这个教会的名人。"

"名人？"

他确认道。

"对，是的。司摩是个小有名气的人哟，大家都说他是个怪人。"

"怪人？是有那么点奇怪。他那么有名呀？"

"有名！你看连我都知道。你可别小看他，他在这里有些年头了。传言说，教团刚成立的时候他就在。"

"嚄！"

"所以呀，本来他是个可以当上干部的人呢，可是不知道为什么，一直都停留在第四级别。听说是他自己不愿意走太高的。"

第四阶段按理说已经很高了。这样的人为什么还来参加针对初学者的学习会呢？

他向沙贵提出了这个疑问。沙贵却不在意地说："不知道啊，所以才说他奇怪嘛。"

"嘿……"

他不太满意这个回答，含糊地应了一声。司摩的话就像一根小刺，卡在了他的胸口。

22

发现尸体之后已经过去一周时间了。

《东都新闻》上刊登的可疑人物的信息,后来各家报社也相继报道,在全国范围内传播开来。搜查总部获得了大量回应这一信息的消息。搜查员们四处奔波,一件件地进行核实,但是基本上都是多虑或误解造成的"假情报"。

搜查总部终于显现出了倦色。

信息全都不可靠,工作没有丝毫进展。这种状态最为消磨人的神经。如果这是源于仇恨或利害关系的杀人案,警方还能把搜查对象集中在一定范围内。但是这一次的案子,属于无缘无故加害于人的谋杀案,如果罪犯没有前科,是很难缩小范围的。可以说,唯一的手段就是通过四处打听来收集目击情报。然而,弃尸现场是人烟稀少的河滩,所以几乎找不到值得信赖的目击证人。这一点让搜查陷入了僵局。

在打听情况的同时,警方还重新调查了因为变态行为而被逮捕过的人。他们推测,这起案子的犯人,以往或许有过类似的犯罪行为。但是,调查结果依然差强人意。其中有一些人已经改过自新重返社会，过着普通人的生活，他们无法进行影响这些人现在生活的搜查。因此势必只能从侧面打探，总有隔靴搔痒之感。

就在这个时候，出现了一个情况。日野市一名男子因为骚扰儿童被当场逮捕。

被逮捕的男子立刻被押送到东日野署，接受了丘本的讯问。当丘本走进讯问室的时候，男子已是一副彻底垂头丧气的样子。他说自己二十一岁，是个学生。他戴着银框眼镜，长发及耳，穿着一件运动夹克，着装没什么品位，看上去属于那种被称为"宅男"类型的年轻人。

丘本隔着桌子在他对面刚一坐下，男子就猛地抬起头来，开始道歉说自己再也不干这种事了。

——不是他。

丘本一眼就做出了判断，这个年轻人没有杀人的胆量，他只是一时心生邪念骚扰了幼儿，赶的时机不好，才惹了大祸。

照丘本听来的情况，这名男子用糖果哄骗一个独自玩耍的小女孩，让她爬到攀登架上，自己则从下方拍照。受到路人警告后，他慌忙逃跑，被接警的派出所警察抓了个正着。丘本向他确认情况，男子流着眼泪承认了。还没等丘本问，男子就讲述了动机。因为同年龄的女孩对他不理不睬，所以他就对幼儿产生了兴趣。他说，拍照这是第一次，更不要说触碰，或是把孩子带回家了，那些勾当他一次都没有干过。当他得知自己被怀疑是绑架杀人案的罪犯时，脸都吓白了，矢口否认。丘本更为确信，此人与案子无关。

逮捕变态者的消息，让搜查总部一瞬间兴奋起来，但是，当判明嫌疑人的清白后，大家又恢复了平常的搜查工作。然而波澜尚未平息，却以一种警方未曾想到的形式显现了出来。不知为何，逮捕变态者的消息被泄露给了媒体。

丘本是从谷尾口中听来这件事的。

谷尾今天晚上又来丘本家拜访。他不好意思在深夜频繁造访。虽然丘本不会像对待其他记者那样对待谷尾，但是谷尾自身也会有所顾虑。他一改平时说话的洪亮，压低声音问："听说嫌疑犯被逮捕了？"

"这么快你们就知道了！"

丘本没有掩饰自己的惊讶之情。为了避免出现没有必要的混乱，警方应该是下了严格的封口令的，然而媒体却不知从何处搜集到了信息。他再一次惊叹于媒体的情报搜集能力。

"他真的是犯人吗？"

谷尾一扫平时的诙谐打趣，露出少见的严肃表情。

丘本感到一瞬的踌躇，不知该不该否定。前些天和佐伯的谈话掠过了他的脑海。但是，如果丘本此刻给出一个模棱两可的答案，嫌疑犯被逮捕的大幅报道将会出现在明天的早报上。于是他下定决心摇摇头说：

"不是,他不是犯人。"

"真的?你这么说,是不是只是因为证据还不够确凿,所以不敢下定论?"

谷尾不愿罢休地追问。

"不是,已经证实他案发当天不在现场。"

丘本老老实实地回答他。这是事实。在逮捕男子的同时,也根据他的话调查了去年十二月十日他是否在案发现场,并确认了他当天一直都在位于千叶的大学,不在场证明正式成立。他不是小奈绪美一案的罪犯,已是板上钉钉的事实。

丘本说明情况后,谷尾的脸色终于缓和了下来。

"这事你是从哪儿听来的?"

消息的出处是个问题。如果其他报社也从信息源获得了这条消息,而且不加证实地直接刊登,显然会成为误报。丘本担心的就是这种情况。

"是从《每朝新闻》听来的。"

谷尾爽快地坦白了。大概是因为丘本坦率地为他提供了信息,他也想有所回报。

"不知道《每朝》是从哪儿搞来这个消息的,正好被我偶然听见。我想,除了《每朝》应该还没有别的报社知道。《每朝》想要把我们上次的独家新闻比下去,现在急得就像热锅上的蚂蚁。"

谷尾所说的"独家新闻",就是丘本告诉他的发现可疑人物的消息。这成为了《东都》先于其他报社报道的独家新闻。

"你觉得《每朝》是不是连不在场证明都知道?"

"这个就不好说了。"

谷尾思量着丘本的问题。

果然,第二天的《每朝新闻》上,用大字号刊登着《逮捕嫌疑犯》的新闻。热衷于独家新闻的报社,明显是操之过急了。佐伯再次召开新闻发布会,否定了报道的内容,令《每朝新闻》颜面尽失。

不过,这一误报给搜查带来了巨大的影响。迄今为止虽不充分却勉勉强强能够传递来的普通信息急剧减少,搜查总部陷入了丧失左膀右臂一般的状态。

搜查进一步陷入混乱。

23

九月的第一个星期日,他受沙贵的邀请参加了修行会。开会的房间是位于六楼销售部隔壁的大讲堂。比起其他地方,这里的天花板更高,脚下是打了蜡的地板,就像学校里的体育馆。在这个讲堂里聚集了大概五十人,年龄下到小学生,上到七十岁以上的老人。地面上铺着几张毯子,看上去就像马上要开运动会似的。因为服装自便,所以他没有做特别的准备,不过很多人是穿着运动装来的。

"松本先生!"

他走进房间,正在边上东张西望的时候,沙贵走了过来。她穿着T恤和短裤,长发系在脑后,就像个少女。

"今天我们要好好地努力修行哟!"

沙贵的语调依然开朗明快。

"哎,不过我这身衣服不知道行不行啊。"

他开始在意起自己的装束来。

"没关系的,不会出太多汗。快来,我们得赶快到中间去。"

沙贵抓住他的胳膊,一个劲儿把他往讲堂中间拉。

"哟，你们好！"

有人跟他们打招呼。原来是之前来参观时遇到过的学生。他应该是叫荒井。个子挺高，大概接近一米八。他不仅身材高挑，而且五官端正，外貌应该很讨女性喜欢。

"你们是来修行的吧？"

荒井微笑着对他们说，唇边露出了洁白的牙齿。等他寒暄完毕，荒井的兴趣立刻转移到了沙贵身上，跟她聊起各种关于修行的话题。沙贵看上去也并不讨厌他，笑着回答他的问题，留他一人无所事事地站在旁边。

没过一会儿，讲师来了。和上次那位体育老师风格的讲师不同，今天的讲师像个脸色苍白的物理老师。

讲师把大家集中起来，并且让大家蹲在地上。讲师要求第一次来的人举手，于是他举起了左手。除了他之外，还有几名男女举了手，讲师把其中一人带到了前面。

"那么我们请这位会员来做一下示范。常来的人应该都知道，这是控制肉体和精神的手段。在卡巴拉中，如何来控制肉体和精神，是很重要的一点。"男子说完，让做示范的人跪了下来，"好，左腿慢慢地向后伸直，缓缓抬起，上身随之放平，也可以伸直手臂保持平衡。"

做示范的人看上去无法保持平衡，不断地左右摇晃。

"要保持这种不稳定的状态，注意力需要高度集中。请大家努力,争取保持一个小时。接下来请大家各自尝试一下。"

蹲在地上的人们站起身来,用各不相同的奇特姿势跪在地上。他开始尝试,却发现保持平衡是非常困难的。摆好姿势才十秒钟,抬起的右脚就立刻落在了地板上。要坚持一个小时可真是不简单。这果然是一种修行啊——他不由得心悦诚服。

讲师一边看一边缓缓前行,补充讲解了呼吸方法。说是必须按照十秒吸气,停止三十秒,二十秒呼气的节奏来做。他单是保持平衡就已经竭尽全力了,完全顾不上呼吸的问题。

年轻人似乎觉得这很有意思。和壮年人相比,他们果然掌握得更快。能够长时间保持姿势不变的基本上都是年轻人。他们都显得严肃认真,没什么人漫不经心把这个当儿戏。

沙贵和陪伴她的荒井一起跪在地上,每当失去平衡,靠向荒井,她就哈哈大笑。唯有他们两人的气氛不够协调。

后来,大家又被要求做另一种奇怪的姿势,即右脚站立,右手抓住左脚脚踝,左手的大拇指放在嘴上。两个小时时间一眨眼工夫就过去了。男讲师果然平衡感觉良好,能够标准地保持不自然的姿态。有着物理老师般苍白面孔的他,不一会儿就不可思议地显露出了瑜伽行者的风范。

"好,今天我们就到这儿吧。这个修行是非常重要的,请大家应用在日常生活中,时常磨炼自己!平时稍加注意就能做到的事情,也是一种出色的修行,例如决不盘腿,左手不举过腰部,等等。那么，请大家努力，争取早日成为卡巴拉人！"

讲师说完这话就散会了。虽然沙贵说不会出汗，可他已经满身大汗。这让他意识到，自己已经不年轻了。

"松本先生真努力啊。"

面色绯红的沙贵对他说，脸上露出运动后神清气爽的笑容。

"这姿势还挺费劲儿的呢。"

他苦笑着，意识到自己正气喘吁吁。

"这不是修行嘛。"

沙贵充满自信、理所当然地说道。

"我必须重新锻炼身体，否则就跟不上了。"

"是吗？你还年轻着呢！"

他们正随意交谈着，荒井凑过来说：

"您练得可真热心！我都感受到您的热情了。"

"是吗？"

他爱理不理地回答。荒井的兴趣点，明显是沙贵，而不是参加修行会。他并不欣赏这种态度。

荒井看上去想要把沙贵的注意力吸引到自己身上。明明是荒井从旁插嘴强行加入他们的对话，却又立刻对他视若无睹，只和沙贵一个人交谈。他觉得很荒唐可笑，于是打算离开。

"……下个星期，在龟户分部也有修行会呢。我们也去参加，怎么样？"

他假托修行邀请沙贵的企图显而易见。

"是吗？那松本先生也和我们一起去吧！"

沙贵没有留意荒井的盘算，这么说道。正要转身离开的他，回过头看着沙贵的脸庞。

他正想回绝，却看见站在沙贵身后的荒井一脸不悦，故意刁难他的欲望占据了脑海：

"好啊，我们一起去吧！"

"太好了！我真高兴！"

沙贵高兴地拍起手来，而荒井的遗憾则显露无遗。

他在心底嘲笑着荒井的失望。

24

　不能不说,《每朝新闻》的误报源于搜查总部的保密主义。作为报道单位的各家报社,苦于搜查总部公开信息的贫乏,独自进行调查,结果操之过急。报纸上也出现了对警方这种方针露骨的批评。

　然而,实际情况如何呢？就目前的状态,警方并不是在刻意隐瞒,而是几乎没有什么可以公开发布的信息。

　就像是在配合搜查毫无进展的步调,各家报社没有客观根据的报道也多了起来。以《每朝新闻》的误报为开端,各家报社都开始传播来源于各自情报源的信息。有的说,弃尸现场以前就有变态者出没。有的说,犯人对警方发过犯罪预告。还有的说,前年发生在静冈县的男子失踪案与这一系列事件有关,警视厅准备和静冈县警方协同搜查,等等。

　这些全都是毫无根据的误报。搜查总部面对这些不着边际的报道,采取了回避评论,置之不理,误报立刻就烟消云散了,反倒是这些报道使得社会上对案件的关心偏离了方向,令人担心。

　在误报连续出现的同时,打到被害人齐藤家的骚扰电话也多了起来，一天多达五十次以上。打电话的人有的不说话，有的则开玩笑宣称自己是犯人。这种残忍、毫无慈悲可言的恶作剧如实地反映了日本社会病态的一面。搜查总部接到消息，说奈绪美的母亲由于精神极度疲劳而病倒了。

警察完全被这些情况所左右，因为他们不得不一件一件地对媒体报道、骚扰电话进行取证。虽然明知是假新闻，可是他们也不能弃之不顾。万一其中有真实信息，后果将不堪设想。然而，最终却发现所有的消息都是恶作剧。徒劳的搜查，让搜查员们的疲劳也倍增了。

一月十三日，星期天。齐藤奈绪美家接到了一通无法忽视的电话。一个嗓音低沉的男人在留言电话里说："犯人就是我，我把她勒死了。我还要接着干呢，下一次是一月二十一日。有小女孩的家长可要小心哟！"录音带立刻被送到警视厅的科学搜查研究所接受鉴定。

关于这件事要不要对媒体公开，搜查总部出现了截然不同的两种意见。佐伯坚决认为这是恶作剧，而东日野署刑事科科长则认为佐伯的意见是毫无根据的独断专行，主张向媒体发布信息。由于刑事科长明摆着就是在针对佐伯，为了反对他而反对，所以会议逐渐倾向于暂不公开信息。最后，虽然决定把这件事当成恶作剧置之不理，但是二十一日那一天，搜查员们个个都神色凝重，也是无可否认的事实。

佐伯的判断是正确的。二十一日这一天，没有发生算得上是案子的情况，搜查员们都安心地舒了口气。

但是，这个插曲引起了他们对骚扰电话的注意。犯人真的没有尝试过接触被绑架儿童的父母吗？如果因为接触的形式不够明确而被家长疏忽，那就是眼睁睁地漏掉了重要的线索。

搜查总部决定重新调查案件发生后被害人家里接到的电话、信函，同时也非正式地聚焦于香川雪穗的失踪案。而迄今为止，警方对这两起案件是否有关联是抱有疑问的。即使犯人没有和齐藤奈绪美家接触，也有可能联系过香川雪穗的家人。

这个任务分配给了丘本二人。丘本和北冈立刻出发去见香川雪穗的母亲。

香川雪穗家里只有她和母亲两个人。她的母亲在位于池袋的小酒店工作，独自一人抚养着她。

她的母亲住在距离西武池袋线东久留米车站步行大约十五分钟的地方，是一座比普通公寓好不到哪儿去的高级单间公寓。工作没有变化，所以她说自己白天在家。丘本他们下午2点多按响了公寓的门铃。

"来了！"

随着应答声，一位眉眼带着倦容的女性给他们开了门。或许是因为白天没有化妆的原因，她的面容无法恭维，着实显得苍老。她的年龄实际上才二十八岁，但是容貌却疲惫得像个接近四十岁的中年妇女。不知是女儿的行踪不明导致了她的憔悴,还是晚间的生意消磨了她的精力,丘本无从判断。

"打扰了。"

丘本和北冈在她的邀请下进了屋。

这是个从整体上看来单调无趣的房间。除了镜子、梳妆台、单人床,就没有其他任何东西了。唯有梳妆台上那个类似于儿童玩具的人偶,给房间里增添了一抹亮色。

"请坐!我这就去沏茶。"

孩子母亲拿出两个不配套的坐垫,请丘本他们坐下。

"您不用客气。"

他们姑且接过坐垫,放在屁股下。地面上铺的是地板。

孩子母亲默默地站在厨房里烧水。在等待水烧开的两分钟里,让人喘不过气来的沉默弥漫着整个房间。北冈似乎很在意这一点,感觉有些别扭,略微活动着身体,但是丘本则泰然处之。

很快,她端来了两个不配套的茶杯,里面盛着绿茶,请他们喝,于是他们就抿了一口。

"雪穗……还是没有什么线索吧?"

孩子母亲低声问道,声调里感受不到丝毫明快。

"很遗憾,"丘本毅然回答,"今天我们就是为了这个来的。"

丘本面对受害人的家属,并不显露出自己的同情。稍微显示出迎合他们情绪的态度,都会加剧悲伤,导致他们什么都回忆不起来。继续事务性地提问,才是上上策。

孩子母亲略微扬起头来,抬眼看看丘本。再次注视她,丘本依然觉得她不像是个二十来岁的年轻母亲。

"嗯,其实是这样……"丘本把齐藤家接到骚扰电话的事情告诉了她,"我们想确认一下,您家有没有接到过这种电话。"

"托您的福,我们家没接到过这样的电话……因为我的电话没有登记在电话簿上。"

"哦,原来如此。"

丘本深深地点点头。

"收到过书信一类的东西吗?"

北冈问道。

"信……?什么样的信?"

孩子母亲缓缓地反问,看上去她好像已经筋疲力尽,连思考的能力都麻痹了。

"就是写着'我是犯人'一类文字的信。"

北冈不厌其烦地继续说。

"哦,这种信有那么几封。"

"有吗?"北冈抬高了音量,"还在您手里吗?"

母亲摇摇头:

"没有。我想,反正都是恶作剧,就把它扔了。"

北冈毫不掩饰自己的沮丧,叹息着低头望着地板。丘本接

着问:

"您还记得信的内容吗?"

孩子母亲再次无力地摇摇头,否定道:

"已经不记得内容了,这都是三个月前的事情了。"

"知道了。"

丘本点点头。

"是不是已经没希望了呀?雪穗不会再回来了吧?"

孩子母亲说道。北冈看看丘本的脸色,他的眼中浮现出了悲哀。

"您不能放弃希望啊,雪穗妈妈,警方正在全力搜索呢。"

这句话连他自己都感到虚假。可是,作为警察,他不能把绝望的推测说出口,孩子母亲也不可能希望听到这种话。

"您现在还在工作吧?"

为了转移话题,他提了一个无碍的问题。孩子母亲点点头:

"是的,不工作的话活不下去啊。"

"抱歉问一下,雪穗的父亲在哪儿呢?"

"这个嘛,不知道。"

孩子母亲偏偏头,脸上第一次露出了笑容,讽刺的笑容:

"不知道他在哪儿,在干什么……他应该连雪穗的存在都不知道。"

"出生后一直是您一个人抚养她吗?"

丘本只是顺着话题问了一句，没料到她反应强烈。

"是啊！一直都是我一个人在抚养她！"孩子母亲的语气突然变得粗暴起来，"没有一个人站在我这边。我唯一的支柱就是雪穗。周围的人都嘲笑我们，说雪穗是私生子，可是我拼命活了下来。我也没有后悔生下雪穗。她确实是没有父亲的私生子，可是我一点都不觉得害臊，因为我认真地活了下来。可是，是谁把雪穗从我身边夺走了啊？是谁啊……"

话语消失在呜咽声中。一瞬间的激情褪去，孩子母亲又变成了那个疲惫不堪的孤单女人。

丘本和北冈交换了一下眼神，差不多该走了。

"那么，还有最后一个问题。"丘本无情地问，"您觉得雪穗失踪，和齐藤奈绪美被杀害的案子有什么关系吗？"

孩子母亲扬起眼梢，说：

"只要雪穗回来就行，其他的一切都没关系。"

25

走出龟户站，他沿着车站前面的商业街一直往前。一进入九月，就立刻凉风习习，在室外行走变得轻松了起来。或许是暑热的消退让人们重又活力四射，商业街也显得生机勃勃。

朝北走一上一段路，在龟户天神的那条路上向左转。他以前曾经带女儿来参拜过天神，所以依稀记得路线。那是多么遥远的日子啊。已经快要忘怀的头痛，又在脑中轻微窜动。

他一下子就找到了要去的大楼，悬挂着教团的大招牌。这里和经堂分部不同，是一座茶色外表、店铺多样的大楼。教团好像是租借了这里的四楼。

他在四楼下了电梯。推开近在眼前的大门，墙上四处张贴的海报映入眼帘。那是这个月将要举行的大型集会的海报，上面印着教祖胡泉翔叡的大幅照片。照片上是一位像公司职员一样西装革履、四十岁前后的男子，正在讲台上发表演说。他的容貌可以和演员匹敌，充满自信，是一位有着充分天才魅力的人。

他环顾四周，发现这里的氛围就像医院的候诊室。墙边上是铺着塑料布的黑色长椅，摆放着几本教团的杂志。有换鞋处，要更换拖鞋才能进屋。也许是因为周围的环境,这里给他留下了完全不同于经堂的印象。

他把脱下的鞋子放进鞋柜,穿上了拖鞋。正当他手拿着包,四处张望,寻找修行场所的时候,听见似乎有人正要从里面出来。

正好问问他——他这么想着,朝那边走过去,却又停了下来。因为开门走出来的这个人,是他万万没有想到的。

出来的人是司摩。

司摩和他视线交汇,却并没有流露出吃惊的神情,开口叫他:

"今天您是来修行吗?真是认真啊。"

司摩看看他手里拿的包说道,他的声音听上去依然冷飕飕的。

"嗯,是啊。"

因为这是个他不怎么愿意打交道的人,所以他暧昧地应付了一句。但是司摩好像并不在意他的态度,说:

"我也是,真是巧啊。"

司摩径直向他走来。

"还有时间,难得碰上,我们坐那里聊会儿吧。"

司摩指着长椅说。他想要拒绝,可是司摩拽着他的胳膊把他拉到长椅边时,他却不知为何无法坚定地回绝。

他无奈地坐下，司摩也挨着他坐了下来。他的动作轻巧得让人感觉不到他的重量。

他想要吸烟，拉过烟灰缸，用左手点燃了打火机。他请司摩也来一支，但是被拒绝了。

"哟，你是左撇子呀。"

司摩看着他左手拿的打火机说。

"是啊，天生如此。怎么了？"

他凝视着自己的左手，瞬间后又转过脸看着司摩。

"在卡巴拉中，左撇子有着特殊的意义。"

司摩把一直停留在他手上的视线，挪向他的双眼。司摩黑漆漆的眼珠，就像要把他吸进去一样。

"是吗？"

他把打火机的盖子打开又合上，反复两三次后收进了包里。他忽然想起前一阵沙贵对他说的话，于是问道：

"听说司摩先生资历很长。"

"嗯，算是吧。"

司摩脸上浮现出压抑的笑容。他觉得这种笑容与什么动物很相似。

"你很了解卡巴拉吧？"

"还行。"司摩点点头接着说，"你对卡巴拉有兴趣吗？"

"与其说我对卡巴拉感兴趣，不如说教会的教义更吸引我。"

"哦。对哪方面感兴趣呢?"

司摩继续问他。他原本不想谈及和宗教教义相关的东西,但是话说到这里,只好硬着头皮接下去:

"我在思考关于'神'的问题。"

他下定决心说出了口。他想,如果司摩试图与他争论,他就立刻起身离开。

然而,司摩却态度平静:

"哦,你在思考'神'的问题呀。"

司摩凝视着他的脸庞,沉默了。他等着司摩继续说下去,可是他却一直不开口。司摩的视线太过执拗,让他忍不住想要粗暴地质问他是什么意思。但是司摩比他快了一秒,说了一句出乎他意料的话:

"你的胸口有一个空洞吧?"

他愕然了,一时间瞠目结舌,像个痴呆。司摩怎么会知道这一点?这个男人究竟是个什么人物?

"果然如此啊。"

司摩似乎觉得他的反应很有趣,愉快地翘起了嘴角。

"你怎么……你怎么知道的?"

他甚至忘记了该如何装糊涂。当他发现的时候,已经肯定了司摩的观点。

"一看就知道了,你背负着相当沉重的悲伤。"

司摩淡淡地说。

他就像初次见面一样盯着司摩。惊讶改变了他之前的看法，彻底颠覆了他对这个男人阴郁无趣的印象。虽然不清楚司摩的底细，但是他开始认为，这是个有着敏锐洞察力的人物。

"这……是卡巴拉的力量吗？"

"也许是吧。"

司摩暧昧地回答，或许是他不想张扬。

"你拥有特别的能力吗？"

司摩摇摇头否定了他的问题。

"我并不是读懂了你的心，那种能力我是没有的。任何人见了你，都能看出来，也能看出你是为了获得拯救才加入这个教团的。"

他想起了前些日子司摩对他说的话。

"你上次对我说，我或许能获得拯救，那是指什么？"

司摩郑重地说：

"我不知道，也许胡泉导师能够解答所有问题。"

"胡泉导师能够填补我胸口的空洞吗？"

他像是抓到了救命稻草，接着问道。他想，或许自己好不容易终于找到了获得拯救的头绪。

"能的。"司摩果断地说，"导师已经拯救了好几个胸口有着空洞的人。"

"怎么样才能见到胡泉导师呢？"

"就是一个'信'字。相信教团，不断努力，生命之树（Sephiroth）的级别就会上升。达到大达人（Adeptus Major）的级别，就可以直接和导师交谈了。"

司摩的话让他感到一丝失望。得花费多长时间才能见到教祖啊？一想到这个，他激动的心情便委顿了下来。

"但是，如果你是衷心希望和导师交谈，这个愿望一定能在近期实现——如果无论如何你都想见他。"

司摩的话如同谜一般。他忍不住追问道：

"是吗？近期可以见到他吗？"

"全看你自己啊。"

司摩用力地歪歪嘴角。

就在这个时候，入口处的门开了，走进来一对年轻男女，是沙贵和荒井。沙贵一见他就叫了起来："哎呀，松本先生！"站在她身旁的荒井躬下他高高的身板，行了个礼。

"我们今天的修行也要努力哦！"

她高兴地说完这话，就和荒井结伴朝里面走去。他目不转睛地注视着他们离开。

"真是个开朗的姑娘。"两个人的身影消失后，司摩说，"那姑娘入会之后，年轻人聚会时的气氛也变了。"

"是啊。"

他附和道。司摩继续说：

"那个叫做北村沙贵的姑娘，是个宗教狂。她参加过好几个宗教团体了。她家庭富裕，所以才能这样。"

他吃惊地凝视着司摩。他很诧异，司摩怎么会知道这个。

"不过我并不是在指责她，问题在于和她一起的荒井。"

他无意识地转过头，望着两人消失的方向。司摩的话在他耳边响起：

"他有邪念，和教团不相称。"

26

一月二十五日,星期五。甲斐刑事部长把佐伯叫回了警视厅。在走廊里与几位同事擦肩而过,面对这位搜查陷入僵局的指挥官,有的人投来同情的目光,有的人则轻蔑地瞥他一眼。佐伯在这些视线带来的烦扰中敲了敲部长室的门。

"进来!"

屋里传来甲斐的声音。

"打扰了!"

佐伯行了个礼,朝部长走去。

甲斐刑事部长的脸色阴沉得不能再阴沉了。虽然他只是个名义上的搜查总部本部长,但是搜查迟迟没有进展,还闹得沸沸扬扬,他不可能感到高兴。这些最后理所当然会算到佐伯头上,所以他也清楚甲斐为何会叫自己来,虽然决不是什么高兴事,但佐伯的神情没有任何改变。

甲斐不安地看一眼佐伯,抬头盯着天花板,接着又把视线移向办公桌,凝视着自己的指尖,然后再一次盯着佐伯的脸,说道:

"我想你应该知道我找你是什么事。"

"是的。"佐伯点点头,"我认为我清楚。"

"这样的话就简单了。"甲斐脸上露出沉痛的表情,合掌说道,"给我讲讲搜查的情况吧。"

佐伯调整了一下呼吸,一口气说明了情况:

"我们现在的重点,是寻找失踪和弃尸时的目击者,正在一个不漏地进行盘查。同时,调查有前科的人最近的动向和不在场证明。"

"那么进展如何呢?"

"并不顺利。"

佐伯说得很清楚。甲斐听了佐伯的回答,脸色更不好看了。

"并不顺利啊?这可不好办啊。"

甲斐烦躁不安地用手指敲击着桌面。

"我要求大家拼尽全力进行搜查。"

与此形成对照的,是佐伯冷静的语气。

"我知道,我并不是说你们在偷懒。我是说,是不是有必要重新考虑一下搜查方针。"

甲斐的太阳穴痉挛一般地抽动着。

"我认为很快就能掌握有力的信息。"

面对佐伯坚定的回答,甲斐一时间没有开口说话,不耐烦地抖动着膝盖。

"关于犯人的形象,你是怎么考虑的?"

佐伯沉默了片刻,目光越过甲斐,俯瞰窗外的风景,整理着思路。皇居内护城河的水面,在冬日柔和的阳光下泛起一片粼粼波光。

"因为数据过少,所以我认为不应限定犯人的形象。不过,如果一定要进行笼统推测的话——"

佐伯第一次把交叉在身后的手挪到身前,抬起胳膊,竖起一根手指说:

"第一,他有车。第二,他有属于自己的地方,可以用来监禁幼儿,保管尸体。弃尸并不是立刻发生在绑架之后,也是一个证据。"

甲斐深深地点头表示赞同:

"继续说!"

"第三,他熟悉周边情况。环境方面的推测也就只能到这个程度了。"

"确实如此。年龄呢?"

"数据不足。从被害人没有成为遭性侵的对象来看,小到小学生,老到失去性能力的老人,所有年龄阶段的人都是有可能的。"

"居然把小学生都包括进去了?"

甲斐吃惊地扬起眉头。

"眼下国外就存在这种案例。单单把日本当作例外，也太乐观了吧？当然，实际发生的可能性是很低的。因为和刚才说的条件不符合。"

"对啊。"

甲斐看上去好像是松了一口气。

"如果非要限定年龄，我认为，在'有车'这一推测的基础上进一步推测的话，下限应该是持有车辆的大学生。不过，我自身比较抵触这种断言。不能说高中生，或是初中生就一定没有作案的可能性。"

"嗯。"

甲斐点点头。

"关于上限，我只能说，应该是壮年人，而不是行动不便的老人。如今过了六十还很年轻呢，所以无法断定具体的年龄。"

"应该是吧。"

"性别——不明。"

"什么？"甲斐听了佐伯的话，吃惊地叫了起来，"这肯定是男人干的啊！"

"我认为不能如此断言。并没遭性侵，暗示着也有可能是女性作案。"

甲斐叫了起来：

"你真这么想？"

"这是可能性的问题。觉得孩子很可爱,所以带走了。后来孩子一哭闹,就把她杀害了。如果是这样一个经过,罪犯是女性也并不奇怪。"

"嗯。"

甲斐沉吟道。佐伯继续说:

"接下来是心理方面。我咨询了东邦医科大学犯罪心理学权威、山名和弘教授。"

"哦,山名老师啊。"甲斐点点头,"然后呢?"

"首先,"佐伯再一次竖起左手手指,"犯人在心理上并不成熟,他在内心把幼儿当作近距离的对象。这并不是说他存在洛丽塔情结一类扭曲的心因症状,由于某种原因失去幼儿的母亲,也包括在这一范围内。总之,山名教授说,犯人本应随着年龄增长而获得发展的自我,很有可能停止了成长。"

"哦。接着说。"

甲斐催促他讲下去。

"可以肯定的就是这些内容。山名教授说,虽然他持保留意见,但是如果一定要进一步大胆推测的话,假设犯人是男性,那么他在性方面是不成熟的,或是心因性阳痿。"

"哦,还是变态啊。"

"从阳痿来判断的话,可以推测犯人是很有教养的人。据说心因性阳痿在知识分子中多见。"

"嚆！"

甲斐的表情因为不悦而扭曲了。

"第三，教授指出，犯人成长的家庭环境有可能不正常。父亲不在，或是母亲缺失。在这种家庭中长大的人，往往幼儿的指向性会很强。他们会把自己没有得到的父性、母性倾注到年幼的孩子身上。"

甲斐注视着佐伯的脸，眼神似乎在说："你终于讲到点子上了。"佐伯视而不见地说：

"就是这些了。尤其是最后两点，教授说可能有失偏颇，最多只能作为参考。"

甲斐"嗯"地低吟一声，把胳膊交叉放在胸前。沉思般地歪着头，片刻之后，他说道：

"这太笼统了，有没有什么更为具体的意见呢？"

"有的搜查员把犯人形象限定为所谓'宅男'的年轻人，我觉得这种先入为主的观点很危险。"

"因为过去也发生过类似的犯罪啊。社会上也存在相似的想象。"

"事实上，把犯人形象限定为变态的'宅男'，已经造成普通民众提供的信息一边倒了。"

"哦。那么，你接下来打算怎么做？"

甲斐的言语逐渐失去了力度。佐伯果断地说：

"我认为寻找目击者无论如何都应该摆在第一位。尤其是现场附近徘徊的可疑车辆，我计划有针对性地重点搜集信息。同时，我打算分出一部分搜查员到杀人现场进行探查。我希望尽可能打听到这样的消息：某个人一直独自一人生活，可是有一天却带着幼儿。"

甲斐点头肯定了佐伯的每一项说明：

"你说得对啊。应该就是这些内容了，就按这个方向再努努力吧。"

甲斐说完这话，停顿了下来，似乎在为什么难以启齿的事情伤脑筋。犹豫了片刻，他探身说道：

"其实啊，不时有人提意见，说你缺乏经验，还是不顶用。"

佐伯虽然面色未改，但是心里还是不禁想道："果然如此啊。"今天甲斐把自己叫来，就是为了想告诉他这件事。

"我当然会保护你。但是这样一来，我的立场也很微妙啊。如果搜查继续拖下去，我恐怕也不得不出面了。"

佐伯什么都没说。这是从一开始就已经预料到的事。

"我呢，会尽量避免出现这种情况，但是你也要做好思想准备，再努把力！"

"明白了。"

佐伯顺从地点点头。

或许是原以为佐伯会有所反驳，所以听他回答得这么老实，甲斐脸上的阴郁消失无踪。

"嗯，就是这么一个情况。我知道你承受了很大的压力，但是，我希望你能拿出不容置疑的实际成绩来，粉碎谣言！"

"谢谢！"

佐伯恭敬地道了谢。

不知是不是佐伯谦恭的态度给了甲斐勇气，他接着又问：

"听说你最近和夫人处于分居状态？"

佐伯沉默了。警察厅长官的女儿和自己的部下关系不睦——甲斐所处的立场该有多为难啊。不，事实上他就是很为难。在佐伯看来，这件事就不该是甲斐管的，但是错综复杂的力量关系并不允许他把这样极端的话说出口。

"部长，您希望我的回答是肯定的吗？"

佐伯平静地说。请您不要干涉我的私事——这句话他并不想明说。

"不，不是这个意思。只不过，传到我耳朵里的都不是什么好话，所以我才啰嗦几句。"

甲斐补救般地快速说道。佐伯也没有生气。

"这是我无德所致，我铭记在心。"

佐伯冷淡地说。

27

九月二十日，星期五，是举行半年一次的大会的日子。他听说，之所以把难得一次的大会放在周五举行，是因为卡巴拉相信，9、2、0三个数字之和11是具有能量的一个数字。

大会在临港地区租来的一个现代化大厅里举行，是青年音乐家经常举行音乐会的一座大厅。这让他感受到了会员激增的教团所具有的气势。

他乘坐JR在舞浜站下车，在车站前坐上了公交车。在公交车站排队的，都是教团的人。他和其中认识的人简单地聊了几句。在他们的闲谈中，他听说最近有人脱离了教团。"为什么不参加了呢？"一位中年女性不时地表现出她的不解。

对了，他想到——前几天听说缠着沙贵的荒井也不来了。确实，自从在龟户分部遇到之后，最近两周都没有看见他。沙贵依旧频繁地出入教团，所以他们应该不是两个人一起退出的。因为沙贵还是一如既往的无忧无虑，所以他想象，应该是荒井剃头挑子——一头热，被沙贵给甩了。

不到五分钟，公交车就把他们送到了大厅前。入口已经排起了长蛇一般的队伍，检票的工作人员忙得不可开交。

他默默地排在队尾，耐心地等待着，慢慢向入口靠近。大会2点开始，第一项内容是教祖演讲。现在才1点刚过，不用着急。

当他终于得以进入大厅，已经是1点半了。会场里盛况空前，估计前来的信徒需要以万为单位来计算。他再一次认识到了教团的巨大规模。

他对照票上写的号码找到了自己的座位，处于中间靠前的位置，正面就是讲台和巨大的投影屏。这是个可以看清教祖容貌的好位子。

他哗啦啦地翻阅在入口处领到的宣传册，等着大会开幕。人们在走廊里有的吸烟，有的喝果汁，看上去就像是等待音乐会开场的观众。无数的对话混杂在一起，膨胀起来，让耳朵嗡嗡作响。

正当他默读着宣传册上教祖的话时，突然感觉光线暗了。原来是有人站在他身旁，挡住了灯光。他抬头一看，发现那是司摩。

"呀，又见面了！"

司摩微笑着说。

"是啊！"

他只能说这太巧了。在如此混杂的人群中，要找到一个特定的人，应该是相当困难的。

"一会儿再见。"

他以为司摩会跟他聊会天,没想到司摩只留下这一句话就走了。他不觉心生疑惑。

距离2点还有几分钟,灯光渐渐地暗了下来。不知何时,大厅里已经座无虚席了。无言的期待变成了物理性的压力,在大厅中卷起了漩涡。

然后,照明突然消失了。在一瞬间的黑暗之后,响起了爆炸声。舞台上落下了礼花的小火星。同时,庄严的音乐响起,音量逐渐变大。

聚光灯啪地亮起,集中照射在一个点上,在那里站着一名男子。那就是白光之宇宙教团的教祖——胡泉翔叡。

整个会场立刻被兴奋的欢呼声所包围了。此时音乐也达到了最高潮,越发点燃了听众的狂热。

胡泉翔叡缓缓登上讲台。他身后的投影屏也播放着同样的场景。不到一分钟,身着考究西装的教祖已经将两手撑在发言台上,威严地环视会场。

"各位!"

深沉而又洪亮的声音响彻全场,不知何时音乐已经停止了。

"欢迎大家的到来!各位来到这里并非偶然,你们是被挑选出来的人,这是前世就已经注定的。我们在前世就已经约定,要再次相聚,所以才会在此重逢。现在,一个伟大的奇迹正在出现，让我们为此而欢欣鼓舞吧！"

狂热的漩涡再次出现。胡泉翔叡的语气饱含热忱，有着让听众的期待进一步膨胀、超出寻常的天资。他那一流的煽动者所共有的、充满自信的肯定语气，一下子就抓住了听众的心。

"……神，是可以称之为人类本质的根源性主体，是存在于表面显得纷繁无序的世界背后的、一切现象的根源性和谐"。

胡泉翔叡毫不暧昧、条理清晰地阐述了神的天命。听众鸦雀无声，数万人的视线都集中在一个点上。他也屏息静气，聚精会神地倾听教祖的讲话。

"卡巴拉在这个杂乱无章的世界中找到了一个法则。在卡巴拉信徒的眼中，世界就是神的美妙设计。如同精密仪器，没有一个无意义的零件，是精确计算到每一个角落的、完美的功能之美。"

连清嗓子的声音都完全听不到。胡泉翔叡凭借他大胆的口才紧紧抓住了数万听众的心，绝对不会让他们分神。

"而且，人类才是神的工笔画中宇宙的类比。人类由各种零件构成。有头、手臂、腿脚，还有内脏、骨骼、大脑。每一个部分都不存在个性。但是，当它们成为一个整体，和各种各样的精神特征、气质、性格结合起来，就形成了根源性的人格。微观世界也是同样。一个个不值一提的细胞，聚集到数亿个时，就变成了智慧生物。如果这不是神的艺术作品，又会是什么？"

胡泉翔叡高举他的拳头，继续热情洋溢地讲述着。教祖自身逐渐陷入了自我陶醉，而这种陶醉又蔓延到整个会场。所有的听众，都被教祖的陶醉所感染。

"宏观世界也是一样。宇宙数亿个人的有机体，拥有巨大的人格。就像人的性格有着各种表现一样，宇宙里的各种现象不过只是这'唯一的东西'所具有的、多样化的断片而已。'唯一的东西'就是力量，是原理，是物质，是无法用语言来表达的某种东西。这才是'神'。"

胡泉翔叡的话如同某种咒语。会场上所有的人都被他的魔术所迷住，陷入了集体催眠。

"宇宙的一切构成了神。宇宙整体是神，而作为宇宙缩小版的人，就是神的复制品。人的内部沉睡着巨大的力量，将它唤醒的，就是精神的扩张。当精神颠覆了世界，上升到比天空还要高的地方，人就能够发现内在的神。达到这一目标是伟大的行为，要做到这一点，需要耗费整个人生，并非一朝一夕就可以做到的。但是——"

胡泉翔叡双手在讲坛上咚地一拍。听众屏息静气地等待他开口。

"我们无需恐惧，教团可以帮助大家，我会将你引向更高处。请相信我！相信教团！相信神！"

狂热达到了顶峰。听众站起身来，齐声欢呼。兴奋之情如同波涛般汹涌澎湃,旋风似的席卷了所有在场的人。在暴雨般的掌声中,人们泪流满面,异口同声地赞美着教祖的伟大,而且没有一个人认为这种疯狂是反常的。

他也不例外。他任凭热泪涌出眼眶,不停流淌。"我找到了!"他的欢喜在心中爆发。我找到了!我找到了!他感到,在他荒芜的内心中,终于出现了一盏明灯。

28

佐伯觉得自己也该回趟家了，这倒并不是因为甲斐的提醒。代代木的家里住着妻子美绘和女儿惠理子。佐伯铁下心来和妻子分居，一眨眼已经两年时间了。虽然他保持着一个月回一趟家的频率，但是这种间歇性的"夫妻"之间冷却下来的感情，已经无法挽回了。

佐伯驾车开往代代木。位于这里的房子虽然在佐伯名下，但是现在已经等同于他人之物了。住在那里的"他人"，就是他的妻子和亲生女儿。

佐伯居住的房子，原本就是父亲"给"他的。佐伯的父亲押川英良，在得知自己宠爱的女人怀有身孕之后，慷慨地给了她一座房子。但是，所谓的照顾，他也就只做到了这一步，他并没有承认出生后的佐伯，也没有在抚养过程中给予他任何经济上的援助。押川英良是把代代木的房子作为分手费送给佐伯母亲的。虽然是在三十多年前，但那可是位于代代木的二百六十坪土地啊。他不得不承认，押川英良并不吝啬。

即便如此，押川英良却坚决不愿意进一步照顾他。后来，母亲曾笑着说,这样倒是干脆痛快。母亲为了抚养年幼的儿子,不顾一切地拼命工作。"我有这房子已经很幸福了"——这话成了母亲的口头禅。

但是佐伯可没有母亲那么达观。他从小就痛恨抛弃自己母子二人的押川英良。因为不能像普通人那样有一个家,他诅咒着自己的不幸命运,憎恨着毫无责任感的破坏者、自己生物学上的父亲。

佐伯第一次认识到押川的影响力,是在读高中的时候。当时,押川因为意外事故,刚刚失去了自己的独生子。据说他是因为危险驾驶而丧命的。佐伯对此毫无兴趣,也不打算去了解详细情况。他觉得这件事跟自己没有任何关系。

然而,尽管佐伯抱着这种想法,可是押川英良还是凭借自己的势力强行改变了他的一生。在失去可以继承家业的儿子之后,押川英良时隔十年想起了他这个庶出之子。当押川英良打听到佐伯就读于因升学率高而闻名的都立名校后,他立刻态度大变,主动接近佐伯。父亲表示自己将提供一切经济上的援助,命令佐伯无论如何也要考上东京大学。佐伯极为抵触,但是他面临的现实问题是,单凭母亲的收入连参考书都买不了几本。他曾经毅然拒绝了押川英良,但后来他才知道,押川一直在给母亲提供资金。当他得知大学的入学费用都是出自押川荷包的时候,深受打击,连饭都无法下咽。佐伯无法无视押川英良的存在,就是从那个时候开始的。

押川英良似乎希望把流淌着自己血脉的人作为亲信放在身边，但是，佐伯却和他彻底对着干，选择了警察的道路。他凭借自己的力量通过了高级公务员考试，走上了精英之路。当他为了终于能够报答母亲恩情而欣喜的时候，母亲却因乳腺癌去世了。那时佐伯二十五岁。

有一次，带着几分相亲的意味，他在同事的介绍下认识了美绘。他对美绘很满意，知道对方也有此意时，就开始了交往。到了谈婚论嫁之时，他才发现美绘的父亲是警察厅长官佐伯润一郎。但是，因为他自己过着和父亲没有瓜葛的生活，所以也并没有当回事。他觉得，女朋友的父亲是自己的大领导，只是一种巧合而已。

当他同意当入赘女婿，确定婚礼日程的时候，才发现自己的想法是多么的天真。再一次挡在面前的又是押川英良。原来，交情深厚的佐伯警察厅长官和押川英良，利用他来完成了政治联姻。当他得知此事，为时已晚。后来他才搞清楚，把美绘介绍给他的朋友，也是受到了佐伯警察厅长官，甚至是押川英良的指使。这时已是万事俱备，无法挽回了。他在强烈的挫败感中开始了和美绘的婚姻生活。

就在得知自己被押川英良当作手中棋子的时候，他对美绘的爱意消失了。虽然他十分清楚美绘并没有错，但是他依然无法接受。这不是道理的问题,而是感情的问题。虽然他和美绘之间生下了一个女儿,但是实质性的夫妻生活已经到头了。他离开了代代木的家,租了公寓自己单住。

——从甲州街道右转进入山手大街,汽车向南行驶。街道两侧均等排列的路灯,一盏盏消失在身后。佐伯朝着家的方向驶去,感觉到了疲劳所带来的轻微偏头疼。他把车暂时停在大门口,打开车库门,车头冲里停了进去。

一熄火,寂静就立刻袭来。这一带闹中取静,静得不像在市中心。每一座房子的占地面积都很大,人口并不集中,也许是原因之一。人影稀少,甚至让人有些害怕。

佐伯打开从车库通往院子的门,沿着踏脚石向玄关走去。他先短短地按了一下门铃,然后又长长地按了一次。这是两人新婚之时就约定的暗号。身为警察干部,这种程度的小心谨慎是理所当然的。

虽然他按了门铃,但是他并不期待有人来玄关迎接自己。他掏出自己的钥匙打开了门。就在他默默地走进屋,坐在横框上脱鞋的时候,身后传来了美绘的声音:

"哎哟,你回来了?"

已经换上棉睡袍的美绘从起居室探出头来。明明打电话说过自己今天会回来,还有必要问什么"你回来了",佐伯在心里恶狠狠地想。

"我回自己家,有什么不对吗?"

他不由得带上了攻击性的口吻。明知不该这样,可是这么长时间已经养成了习惯。

"惠理子已经睡了,你别那么大声!"美绘也毫不掩饰自己的厌烦,"本来你一回来,惠理子就害怕。"

佐伯吃惊地转过头看着美绘。

"惠理子害怕我?"

"是啊。"美绘的脸因为憎恨而扭曲了,"惠理子就是惧怕你!"

这话他是头一回听说。他承认,惠理子和自己并不亲近,但是他万万没有想到惠理子竟然害怕自己。

他知道妻子一天到晚都在惠理子面前抱怨自己,因此惠理子彻底疏远了父亲。尤其是一个月才能见上她一面,这条鸿沟就更加难以弥补了。

佐伯疲惫的双肩重得如同灌了铅一样。他拖着沉重的步伐走进起居室,倒在了沙发上。

"你看上去挺累呢。"美绘靠在门框上,两手环抱在胸前,"是工作辛苦,还是因为玩女人把精力都消耗光了?"

美绘充满恶意地说。你不是也搞外遇吗——这句话差点脱口而出,被佐伯强压了下去。迄今为止,他们已经进行了多少次没有结果的对话啊。

"有咖啡吗?"

佐伯尽量平静地问道。他已经厌倦了争吵。

"有啊。给你冲一杯?"

"好啊,能帮我来一杯吗?"

"这有什么不行的。"

美绘的身影迅速消失在走廊里。

头疼又一次袭来。他抱着脑袋。

佐伯无意间一抬眼,发现身穿睡衣的惠理子,正站在门边儿盯着自己。

"惠理子,你醒了?"

佐伯茫然地问。他没想到还能见到女儿。

惠理子没有回答。她表情紧张地盯着佐伯看了一会儿,突然又跑了。佐伯摇摇头,又一次把站起一半的身子沉沉地落在沙发上。

"惠理子起来了。"

美绘端着托盘回来了,跟在后面的惠理子露出了不安的表情。

"喝吧,不过这是速溶咖啡,只放牛奶,不加糖,对吧?"

美绘把咖啡杯放在桌上。

"啊,麻烦你了。"

佐伯嘴上回答着,视线却还在女儿身上。

惠理子看上去并无睡意，她把眼睛睁得大大的，目不转睛地看着佐伯，就像是在动物园里看熊、虎一类的猛兽。佐伯感到一阵心痛。

"哎，惠理子，你先去睡吧。妈妈不在你也能睡的，是吧？"

美绘俯视着她说道。惠理子点点头走出了起居室。

"这孩子自从那件事之后，一直就很怕你。"

美绘隔着桌子在佐伯正对面坐下。

"那件事之后？"

佐伯把热气腾腾的杯子送到嘴边，停下了动作。

"是啊，在你打我之后。"

美绘缓缓地触摸着自己的右脸。

佐伯到现在都还记得。他打妻子，只有那么一次。

那是当他知道妻子有外遇的时候。妻子和大学时代的朋友幽会过好几次。美绘满不在乎地说，要瞒过借口工作几乎不着家的丈夫，简单得很。在那一瞬间，佐伯觉得自己眼前一片血红。等他反应过来，美绘已经被他打倒在地了。佐伯决定和妻子分居，就是这个原因。和伊津子在一起，是后来的事了。

"惠理子……看见了？"

佐伯茫然地问。他记不清当时自己的行为了，但是劈头盖脸的痛骂一定有的。他当时的样子，在女儿眼中一定宛如恶魔。女儿或许就是在那一瞬间，将欺负母亲的这个男人排斥在了心门之外。

"她看见了,被你吓得哇哇大哭,可怜巴巴的。"

美绘把肩膀蜷缩起来。

"是我不对吗?"

佐伯不禁问道。

"不知道,事到如今,这些都无所谓了。"美绘随便地说,"惠理子不需要父亲。"

扔下这句话,美绘站起身来。

"我去睡了。"

美绘毅然走出了起居室。

当他缓过神来,发现双肩出奇的沉重。他整个人从头到脚都被疲劳的泥土所埋葬。连端起咖啡杯,不,甚至连呼吸都让他感觉费事。他的喉头到胸口,就像被塞了土块似的难受。沉积在胃里的异物,似乎转眼间便膨胀了起来。

为什么自己会如此沮丧难过?佐伯问自己。答案立刻就找到了,这是因为得知了女儿对自己的态度。那么,迄今为止他又是否如此珍视过女儿呢?答案是否定的。佐伯明显不是一个好父亲。他从来没有接送过她上幼儿园,也极少带她去游乐园和动物园,少得连自己都想不起来。对于惠理子来说,她一定是个可有可无的父亲。

不,要只是这样还好些,佐伯自嘲着。不是可有可无,对于女儿来说，自己是个令她无比恐惧的存在。对于惠理子来说，佐伯只是个憎恨的对象。

没关系。这和我对押川英良抱有的感情不是一样的吗？我一边憎恨着亲生父亲，一边又对自己的孩子重复着同样的行为，这是多么愚蠢啊。佐伯意识到这一点，不禁愕然。

佐伯终于认识到，这一回的谋杀幼女案，自己心痛得超出了想象。伊津子指出的，就是佐伯这样的心境。敏感的伊津子觉察到了佐伯尚未发现的、自己内心的痛楚，然后用她独有的方式指了出来。

佐伯常常在被杀害的齐藤奈绪美身上看到女儿的影子。他在无意识中责备着不称职的自己，怜悯着缺少父爱的女儿。他把自己的悲哀和家长痛失爱女的悲哀重叠了起来，为自己活生生的女儿在心里的某个角落保留了一片天地。那就是自己无法逃避的过往。

"我太差劲了。"

佐伯低吟道。但是，没有一个人回应他。

29

在教团的圣歌合唱之后,大会结束了。大家的兴奋之情留有余韵,尚未冷却,还在涨红着脸互相讨论着。

他因为没有同伴,所以打算趁着人还不太多赶紧回去,于是离开了大厅。这时候,有人在身后叫住了他。

他回头一看,原来是司摩,他迈着不紧不慢的步子向他缓缓走来。他这才想起来,大会开始之前,斯摩曾说了句"一会儿再见"。

"哎呀,太好了。你正要回去吧?"

司摩扯扯嘴角,浮起了微笑。

"是啊。"

听了他的回答,司摩抱怨道:

"你真是的,不是说了一会儿再见吗?"

"有什么事吗?"

他也不在意,反问道。司摩一下子靠过来,抓住他的胳膊说:

"有好事情。你不是说想要见胡泉导师吗?"

"是啊。怎么了？"

见他露出讶异的表情，司摩的右脸歪了歪，说：

"我带你见见他。"

"真的？"

他半信半疑地问。司摩区区一介会员，能有多大的权限？

"你别不相信啊。怎么样，你见还是不见？"

被这么一问，他只好点点头。如果真能见上一面，也算是千载难逢的机会啊。

"想见。"

他干脆地回答。

"我就说嘛。"司摩脸上的笑意更浓，"那就来吧，这边。快点！"

司摩拽住他胳膊一个劲儿地把他往前拉，沿着走廊不断前行，然后毫不踌躇地推开了一扇写着"闲人止步"的门。

门的另一侧是相当于后台的一个地方。左右两侧排列着小房间，干部们的谈笑风生从门缝里传了出来。司摩径直往里走，一点也不犹豫。而他则忐忑不安，生怕有人来盘问他，可奇怪的是，他们没有碰上任何人。

"来，就是这儿。"

司摩停在了最里面的房间门口，终于放下了他的胳膊。接近于钝痛的温暖还残留在他的手臂上。

"胡泉导师就在里面,他等着和你谈话呢。"

司摩一边说,一边打开了门。

那是一间左右都贴着大镜子、铺着榻榻米的宽敞房间。房间角落里叠放着坐垫,其中有几张散落在地上。里面只有一个人,就是他曾经在照片上见过的胡泉翔叡本人。

"你快进去吧。把门关上。"

在催促声中,他总算缓过神来。原来,他在不知不觉中,被胡泉翔叡吸引了视线,正呆呆地站在原地一动不动。他连忙关上了身后的门。

"请坐!"

胡泉翔叡微笑着指指坐垫。他在讲台上那神秘的天才气质,现在已经消散得一干二净,看上去和一个取下领带的工薪族没有任何外表上的不同。

"快去呀。"

司摩推了推他的后背。

他这才看看司摩的脸,轻轻地点点头。

"失礼了。"

他鞠了个躬,脱掉鞋,没有用胡泉指给他的坐垫,而是直接在榻榻米上跪坐了下来。

"这位是松本先生。"

司摩在他身后介绍道。他也做了自我介绍。

"我是胡泉翔叡。"

教祖从容地说,让人感受到了他的沉着。

"你坐在坐垫上吧。"

"是。"

得到邀请,他这才往前移了一步,和胡泉翔叡相对而坐。

胡泉翔叡漆黑的眼眸凝视着他的双眼,估计看了足有一分钟。他挺直脊背,迎接着胡泉的视线。司摩似乎还站在他身后。

"你背负着沉重的包袱。"胡泉翔叡开口低语道,"那是深不见底的悲哀。可怜啊。"

教祖背过脸去,紧紧闭上了双眼,就像不忍再看下去一样。

"您发现了?"

他毫不讶异地问。他觉得胡泉翔叡理所当然能够看透自己的心思。

"我发现了。你的胸口有一个空洞,我看得一清二楚。"教祖说出了司摩曾经说过的话,"不仅如此,你为何会背负重担,我想我也看清了。"

胡泉竖起两根手指,放在额头。他紧闭双目,轻皱眉头,聚精会神地思考着。

他一动不动地等待着,也并没有感到特别兴奋。他觉得,就这样顺其自然地遵循教祖的教诲就可以了。这种安心感让他觉得可以托付一切。要说起来,他已经很久没有体验到这种安宁的感觉了。

"你啊……"胡泉翔叡总算开口了,"失去了自己的女儿。"

"是。"

他态度相当冷静地点点头。他明白,胡泉翔叡已经洞晓一切。

"这事在你的胸口砸开了一个洞,对吧?"

"如您所说。"

"你女儿的名字,数字路径应该是4吧?"

"是的。"

这个说法还是让他小吃了一惊。教祖竟然连这个都知道。他以前曾经试着算过,亡女的数字路径确实是4。

胡泉翔叡痛心地摇摇头。

"就是这个不对啊。4是个不吉利的数字,是一个阴暗的、充满痛苦的干涸数字。很遗憾,你的女儿踏上了这样一条命运轨道。"

"真是这样吗?"他第一次凑近教祖,"我女儿的死,真的是早已决定的命运吗?"

教祖庄严地点点头:

"很遗憾,确实如此。"

"不是因为我的错吗?"

他如同找到了依靠似的追问。这正是长时间以来折磨他的自责之念。

"不是。人的死,不是任何人的错。人的死,是他固有的命运所造成的。"

他忽然觉得整个身体都失去了力量,无以言表的安心感充盈了他的身体,甚至让他感到眩晕。

"你不用责备自己,谁都无法改变卡巴拉的法则。虽然令人悲哀,可是你女儿的死是早已注定的。"

胡泉翔叡的声音温柔地传到他耳朵里。

"……感谢您,我终于觉得自己获得了拯救。"

他断断续续地说。他感到,让他想把脑袋砍掉的剧烈头疼,忽然间得到了治愈。

"那太好了。"教祖微微一笑,"不过,还不能疏忽大意。你现在得到的安宁,只是一时之物。随着时间的流逝,你会又一次开始自责。为了避免这种情况,请你坚持修行,让光明照亮你的整个心灵。"

他一心一意回味着和教祖之间的交谈,不知不觉已经走出了大厅。司摩则静静地站在一旁。

他回过头,深深地鞠了一躬。

"真的太感谢你了。多亏司摩先生,我才解开了心结。"

"没有没有。"司摩摇摇头,"我也没出什么力,这都是源于教祖的力量。"

"哪里啊。如果没有司摩先生，我哪能这么快就聆听到导师的教诲呢？我是真心感激你。"

"请珍惜这种心情，为了你自己。"司摩向他贴近一步，"为了你自己。"

"为了我自己？"

"是的。你是应该不断攀登生命之树的人。我就是因为这么想，才把你引见给教祖的。"

"攀登生命之树……"他重复着司摩的话。

"是的。你不应该仅仅满足于当个初学者（第十位）或者热心者（第九位）。你有升到被免达人（Adeptus Exemptus 第四位）、神殿首领（Magister 第三位），不，你有达到魔术师（Magus 第二位）的资格。"

司摩的话说到了他的心坎上。他不由问道：

"怎么做，怎么做才能在生命之树上越攀越高呢？"

"施财。"司摩不失时机地说，"施财可以把你的精神引向更高处。要毫不迟疑地施财，要相信教团，奉献你的一切。这样的话，你会自然而然地看到救赎。"

司摩语气热忱，他的一切话语都变作楔子，深深地扎进了他的心底。

"我相信——我相信教团。"

30

一月的最后一天，搜查总部并不知情的目击新闻又一次出现在报纸上。新闻里说，发现尸体的前一天晚上，有一辆可疑汽车在现场附近徘徊。刊登报道的是《日报新闻》。和日报记者有交情的刑警立刻打电话，打听到了消息源。为了证实报道的真实性，丘本和北冈外出调查。

"肯定又是假消息。"

北冈并不重视这件事。他列举着迄今为止白跑的经历，埋怨说不知费了多大力气。这种消极的心理状态不仅仅表现在北冈一个人身上。不知何时，整个搜查总部都被倦怠感所笼罩。迟迟没有进展的搜查工作，不知不觉中侵蚀了搜查员的神经。可以说这是相当糟糕的迹象。

"……"

丘本并没有特别提醒他，又不是挨了批评就能有干劲儿。只有自己觉察到，为自己鼓劲儿，才能解决问题。

《日报新闻》告诉警方，给他们提供线索的是在现场附近披萨店打工的学生。这片区域，以前丘本他们也来打听过情况。这家披萨店，他们应该已经来过两趟了。

跨过自动门，就听见年轻女子跟他们打招呼说"欢迎光临"。丘本悄悄地给对方看了自己的警官证，要求见那位作证的学生。收银台的女孩子一叫，一名手拿杂志、满脸青春痘的男青年就从里面走了出来。

"有警察找你。"

女孩子感兴趣地说。学生一听，吃惊得眼珠子都快掉出来了。

"抱歉，让你受惊了。我们来找你，是想请你把告诉《日报记者》的事情再给我们讲一遍。"

丘本尽量温和地说。学生一听，挠挠头说："是这样啊，吓我一跳。"

"可以到外面聊吗？"

丘本抬手催促道。

"没关系，在这里就可以，外面太冷了。"

学生指指店里的椅子。

"不会给你们添麻烦？"

"没事儿。这家店几乎都是送外卖，没有客人到店面来。"

这么说着，学生在一张长椅上坐下，丘本和北冈也一起在他旁边坐了下来。

"我们以前也到这家店来过，但是你不在吧？"

听丘本这么一问，学生连忙点头：

"学校当时在考试，所以我请假了。然后昨天报社的人来了，正好没人点餐，我正闲着，就跟他聊了一会儿。然后我才想起来。"

原来是这样，所以才没打听到呢——丘本搞明白了情况。

"告诉你们得太晚，很抱歉。不过，那家伙真的是犯人吗？"

"就是想要确定这一点，所以才来找你。"

学生点点头：

"我去送外卖，披萨。我们店提供外送服务，骑那个送披萨。你们知道吧？"

学生指指店门口的自行车。丘本附和一声，催他讲下去。

"正好是11点的样子。我正骑到那个河堤上，就看见了一辆车，晃晃悠悠地开着，慢得我骑自行车都能超过，看上去像是在找什么东西。"

"哦，然后呢？"

"就这些了。"

学生扫兴地简短回答。

"是什么车型呢？"

北冈问。

"是Sylvia，深蓝色的。车牌号我就不知道了。"

"完全记不清了？"

"是啊，完全记不清。谁会无缘无故注意车牌号呢？再说了，我根本没想到那辆车和案子会有关系，直到昨天报社的人来问我。"

学生噘起了嘴。

围绕这一证言，搜查总部的意见分为了两派。一派以东日野署刑事科长为首，认为应该公开承认报道的正确性，更为广泛地搜集普通群众提供的信息。另一派则以佐伯为首，认为这一消息尚未确定，主张经过搜查证实之后再公开。

东日野署刑事科长断然说道：

"本来搜查就谈不上任何进展，而且有力情报一天比一天少。发现尸体就快一个月了，很快就会有声音批评警方不干活儿。如果不向公众表明我们在一点点地接近犯人，会有损警方的威信！"

"但是，"与此形成对照的是佐伯的稳健态度，"我们并没有确凿的证据说明那辆车就是犯人的。如果随随便便就让社会上形成一个固定印象，万一犯人另有其人，岂不是太危险了。"

"但是，这不是好不容易才搞到手的确切情报吗？谁也不能否定那辆车很可疑。如果公开信息后车主现身，就不会有任何问题。如果什么反应都没有，那他必然就是犯人！"

刑事科长的主张虽然粗暴，但是赞同的刑警很多，因为大家都万分期待搜查的进展。

"没办法。"

佐伯沉思片刻，认可了刑事科长的主张。

这天晚上举行了紧急新闻发布会。佐伯认可《日报新闻》报道无误，面向社会大范围地搜集情报。这是迄今为止无视媒体存在的搜查总部第一次谈及新闻报道的新闻发布会。这象征着搜查陷入困境。新闻报道先行一步，让警方颜面尽失。

但是，佐伯仅仅只是暗示 Sylvia 的车主是重要嫌疑人，并没有断言他就是犯人。记者的提问虽然咬住这一点不放，但是佐伯没有松口，一直强调车主并不等同于犯人。他是担心这样做会错过其他的有力情报。

然而令人吃惊的是，第二天的晨报上，有两家报社口气强硬地刊登了"目击到犯人"的消息，这是佐伯最为忌讳的。

得到佐伯授意的丘本，对此展开了调查。警方必须提出申诉，要求报社刊登订正报道。但是，这项工作或许为时已晚。普通读者通常根据标题来选择报道进行阅读，大部分人都不会看订正信息。Sylvia 就是犯人的车——这条消息将使得这一印象在社会上固化。如此一来，即便有人看到了其他可疑车辆，也不会再把这个信息通报给警方了。媒体的独断专行拖了警察的后腿，这就是个典型的案例。

但是，丘本打通谷尾手机之后，得知了一个令人愕然的事实。

"那个报道吗？"谷尾的声音和杂音混杂在一起，难以听清，"我听说东日野署刑事科长已经承认了呀。那真是犯人的车吗？"

"你说什么？"丘本不禁对着话筒咆哮起来，"你再说一遍！"

"东日野署的刑事科长透露了消息，说搜查总部断定那辆车就是犯人的，所以他们才那么报道！"

丘本简直怀疑自己听错了。他道完谢挂上了电话，坐在窗边的刑事科长，并不知道刚才的对话，还一副逍遥自在的样子。

丘本压抑住了厌恶的情绪。明摆着是想要掌握搜查主导权的刑事科长在给媒体甜头吃呢。警察队伍并不像社会上所认为的那样团结，并非固若金汤。倒不如说，内部的争斗比普通企业还激烈。内讧所导致的搜查停滞、犯人漏网，是常有的事。这回又会因为刑事科长个人的愚蠢主张而重蹈覆辙。

"……我们走吧，北冈！"

丘本强忍住自己的厌倦之情，催促着身边的北冈，站起身来。

31

凭借一百万日元的"施财",他升到了哲人(第七级),是从热心者(第九级)连跳两级的特殊晋阶。从初学者升到热心者,他并没有多少感触,但是"施财"后的特殊晋级,却让他对教团的归属感更加强烈。

他参加了施财金额比较大、较为富裕的会员们的集会。出席的人们工作类型多种多样,既有中小企业主,也有大公司的董事。大家都在谈论着施财所带来的功德。

"——我呀,一直以来只顾着工作,从来没有考虑过家庭。不顾一切地拼过来,等到幡然醒悟,才惊讶地发现,自己走过的路是多么的荒芜。我到底干了些什么啊?就算是挣了钱,我也会扪心自问,这究竟有什么意义?就在这个时候,我遇上了教团,这才明白了自己的使命。啊,原来我挣钱就是为了施财啊。"

一个中小企业主热情洋溢地说道。

另一位大银行的董事也发言了:

"施财之后,我明显感觉到自己的内心变得纯净了,真的感觉轻松多了。金钱就是手铐啊,明白这一点之后,我觉得自己实在是太愚蠢了，长期以来孜孜不倦，连一分钱都不放过。"

一位丈夫是知名艺人的女性，目光灼灼地说：

"我也是这样。在加入教团之前，我的家人心已经散了。各人忙各人的，只不过是住在一起而已，一点家的样子都没有。因为我们全家都加入了教团，所以现在有了共同话题，感情也更深了，和以前迥然不同。我花多少钱为教团施财都可以。"

"我前一阵第一次施财了，确实体会到了一种充实感。这样一来，我就真的成为了教会的一员。一想到这一点，我就觉得特别高兴。"

听他这么说，大家都愉快地点点头。

"是啊，我们应该不断施财。年轻人打着工都在施财呢。我们这种年龄大一些的人，可不能输给他们！"

银行董事说道。

"而且生命之树的级别还能上升。"艺人的夫人笑着说，"我现在的乐趣，就是期盼着什么时候能够升到上一级。"

"我入会时日尚浅，才刚刚得以升到哲人，现在我一心想着怎样才能早日升到更高的级别。"

他连忙附和道。

"施财呀，施财可以让你的每一天都过得充实。松本先生经济上比较宽裕吧？既然这样就不要犹豫了。如果升到大达人（Adeptus Major），就可以和导师亲密对话了。"

他深深地点点头。

教团的升级系统引入了积分制。通过施财和参加志愿者活动对教团作出贡献就可以积累分数。这些都用电脑管理并登记。他受到周围人的刺激，毫不吝惜地把钱注入教团。进入十月份，他就成为了大达人。

"恭喜你升级！"

有一天，他正在走廊里吸烟，司摩向他打了声招呼。司摩工作日也会出入教团。认识司摩已经好几个星期了，但是他还不知道司摩是做什么工作的。

"这样一来，你无论何时都可以见到胡泉导师了。"

"是啊。"他回应道，"总算升到这一级别了。"

"就此安心可是不行的哟，路还长着呢。"

司摩一如既往地露出淡淡的微笑。见他表情严肃地点点头，司摩立刻凑近他说道：

"成为大达人之后，就可以慢慢开始学习卡巴拉的奥秘了。当然也可以不学，还是参加以前那些活动。你做何打算？"

"卡巴拉的奥秘？"他是头一回听说，于是反问道，"是什么呢？"

"这不是跟谁都能说的。"司摩低声说，"因为我觉得你不错，所以才邀请你。这可不能告诉别人，明白了吗？"

司摩表情严肃地贴近他，让他不由得往后退了一步。

"这不是什么可怕的事。胡泉导师遵循卡巴拉，会不定期地获得灵言。我们可以参加这种仪式。如果你愿意，我可以帮你说说。"

"我可以参加那么重要的活动吗？"

他睁大了双眼。

"是啊，如果你愿意的话。"

"请一定、一定让我参加！"

他振奋地请求道。司摩用力地歪歪嘴角说：

"这是一定的。我果然没有看错啊，你确实拥有成为卡巴拉修行者的素质。"

32

搜查完全陷入了胶着状态。

一月份在碌碌无为中逝去，在毫无线索的搜寻中，新的一个月到来了。警方虽然掌握了很多零散信息，但是没有一条能够起到决定性作用。关于发现尸体后立刻通报的黑框眼镜戴帽男，后来也没能获得有力线索。搜查人员手持画像，一个不漏地跑遍了附近所有的地方。但是，这幅画像只是个斜后方的背影，只能打听出一些模棱两可的证言。说到底，第一个目击者就没有看清他的长相。既然做不出画影图像，探听消息最终没有成效，也是无可奈何的。

关于大家满怀期待的可疑Sylvia，人们提供的信息也缺乏可信性。给警方通报信息的全都是些冒失鬼，他们只是知道某处某人有一辆深蓝色Sylvia，就慌慌张张地报警了。搜查总部决定重点调查深蓝色Sylvia的车主。刑警们从经销商那里找来销售名单，一家一家地挨个询问，开始把工作地点不明确的人、周围人评价不高的人，还有平时就行为诡异的人挑选出来。因为犯人也有可能是邻县的居民，所以警方也向埼玉县和神奈川县警方寻求了支援。搜查人员的韧性和毅力将决定搜查的胜负。

在这种情况下,甲斐刑事部长要来搜查总部进行视察。搜查总部的总部长原本就是警视厅的刑事部长,但是通常站在阵前指挥的都是一科科长。但是在搜查出现停滞的时候,刑事部长往往会来督阵。虽然搜查工作并不会因为刑事部长的到来就出现明显进展,但是多多少少会为第一线的工作注入活力。而在一线刑警看来,迎接刑事部长的视察,却是让人感到屈辱的状况。

刑事部长视察一事确定的原因很明显。由于可疑Sylvia的信息被《日报新闻》抢先爆料,警视厅上层觉得颜面扫地。这次的决定是在佐伯召开记者会后作出的。

二月二日。搜查员们外出调查车辆的时候,刑事部长辅佐官来了。佐伯极力殷勤接待,但辅佐官却没有掩饰自己的蔑视:

"最后情况还是演变成这样了。"

他轻蔑地说。辅佐官的警衔和佐伯一样,都是警视。但是他们的职务却有着天壤之别。搜查一科长是个热门职位,新任科长上任之时,全国性的报纸都会发通告,而刑事部长辅佐官却完全没有实质性工作。按照原本的人事安排办事的话,这个辅佐官才应该是现在的一科长。然而,因为佐伯的存在,他被踢到了闲职。面对佐伯,辅佐官自然不会有什么好态度。

"很遗憾。"

佐伯压抑住内心的屈辱感,简短地回答。站在一旁的刑事科长愉快地斜着眼露出嘲笑。

"对于佐伯君的搜查方针,我一直都很感兴趣。今天能仔细听一听,真是高兴啊。"

实际上,甲斐刑事部长来搜查总部是在明天。辅佐官的职责只是预先通知。他会听一听打探信息的刑警们汇报搜查的情况,质问不明白的地方,然后让他们再向刑事部长汇报一遍。因为不仅要费事两次,还会被唠唠叨叨痛骂一顿,所以刑警们对此难以忍受。可以说,这是受到一线反感的、不合理的陋习。

辅佐官自身也明白,自己的存在是让人避之不及的,所以心里更不舒服。这种心情表现成了对佐伯的挖苦。

"社会上对搜查总部的压力一天比一天大了。本来警方的丑闻就接连不断,已经加剧了国民的不信任感。如果接下来又发生案子,还不知道媒体会闹成什么样呢。"

"我们绝对不会让这样的事态出现。"

佐伯加强语气说。

"我对你寄予厚望。"

辅佐官轻蔑地微微扬起下颚。

一周之后,辅佐官的担忧成为了现实。

33

司摩把胡泉翔叡获取灵言的仪式日程告诉了他,是在十月六日晚上 11 点。日期、时间都是按照卡巴拉的秘法所确定的。

因为得到了净身的指示,所以他洗完澡后才开车前往教团的分部。当他到达大楼入口的时候,里面似乎已经没有人了。

他以为门锁着,没想到一推门就开了。大堂里只开着应急灯,让他仿佛置身于深夜的医院。

一看表,已是 10 点 45 分了。时间正好合适。他乘坐电梯上了六楼。在轿厢里,他一边盯着楼层数字,一边回味着在书里得到的知识。据说胡泉翔叡是在二十四岁时突然获得灵言的,与他的意志毫无关系的语言脱口而出。说出的内容让胡泉翔叡大吃一惊,因为这些语言讲述着神的真理。胡泉翔叡不顾一切地把这些话记录了下来。灵言后来也时不时地注入胡泉翔叡的脑海。胡泉把这些话都写进了一本书里,并自费出版了。这就是教团的开端。他入会时得到的那本灵言集,就是最早的那一本。

他听说,教团的教义就是由灵言构成的。也就是说,接下来的仪式,就是与教团根基密切相关的、最为重要的仪式。一想到自己接下来也要参加，他就备感兴奋。

电梯的门一开，他就看见一位面熟的中年女性在此等候。柔和的灯光照耀着走廊。她指引他走进销售部旁边的小房间，递给他白色的衣服，让他换上。

等这位女子离开，他遵照指示换了衣服。这是件具有原始风格的、斗篷一样的柔软衣服。另外还有一个遮挡面孔的面具。这个面具只覆盖眼睛周围，就像化装舞会时佩戴的一样。

他换完衣服来到走廊，再一次跟随中年女性往里走。经过修行的讲堂，继续往里，他被领进了一个从未踏足的空间。

打开门，里面还有一部电梯。他以往从来不知道还有这样一部电梯。

"请乘电梯上楼吧，在电梯停住的地方下来就可以。"

女性说完这话就沿着走廊回去了。

他按下墙上的按钮，门开了。走进电梯一看，里面没有楼层按钮，只有"开"和"关"两个键。他按下"关"键，电梯就把他朝上方送去。

大概上了一层楼的高度，电梯停下了。这里好像是七层。微弱的灯光从缓缓打开的电梯门缝里照射进来。

"欢迎光临！"

站在电梯间里的男子殷勤地点头致意。男子和他一样身着白衣。虽然看不见面孔，但是从声音和个头判断，这应该是司摩。

"在这里，互相称呼姓名是被禁止的，请遵守。"

司摩用阴沉沉的声音说。他无言地点点头。

"请进！"

司摩打开眼前的门，他依言走了进去。

迎面看见的是很大一尊雕像。在有着希腊风格雕刻的精致圆柱和祭坛之间，一座鸟面人身的雕像威风凛凛地耸立着。房间有学校教室么大，里面跪着大概十个身穿白衣的人。房间里烟雾缭绕，像是在焚香，笼罩着一股他从来没有闻过的香味。红色的灯光把人们的衣服染得血红。

他被这氛围所震慑，一时间呆立在原地。笼罩房间的气氛庄严，如同异世界，营造出了一个不同寻常的空间。

"进去吧。"

身后传来了催促声，他这才回过神来，跪在其他人后面。

因为没有戴手表，所以他不清楚时间。大概等了有十分钟吧，又来了三个人，仪式开始了。

最后一个进屋的司摩关上房门，缓缓登台。他在祭坛前转过身来，阴森森地说：

"从现在开始，胡泉导师将遵循卡巴拉的秘法获得灵言。我想大家都已经清楚，接下来请不要互称姓名。在卡巴拉中，姓名被认为是有着强大力量的东西，随便互称姓名，有可能招来邪灵。请多加注意！"

司摩说完这话，并没有走下台来，而是在左侧等候。他很惊讶，居然是司摩担任主持。司摩究竟在教团内处于什么样的地位呢？

等候片刻，右侧的门开了，胡泉翔叡走了进来。他同样身着白衣，但是没有戴面具。在众人当中，他是唯一一个露出真面目的人。

胡泉翔叡连看都没看聚集在场的信徒们一眼，就带着冥思苦想的表情走向了祭坛。在红色灯光的映照下，他紧绷的僵硬侧脸流露出极具异国情调的表情。

胡泉翔叡跪了下来，祈祷般地双手合十。不，他已经开始祈祷了。他闭上眼睛，嘴里念念有词。他一留神，发现身边的信徒都摆出了同样的姿势在祈祷，于是也连忙双手合十。

胡泉翔叡的声音很快就越来越大。他感到笼罩在房间里的香气也随之越发浓烈。声音逐渐抬高，周围的紧张感也越来越强烈。他不由得感到一种看不见的力量正在慢慢汇聚到房间里。

胡泉翔叡的声音越来越大，已经可以听清他在说什么了。教祖那回荡在房间里的洪亮声音一遍遍重复着：

来吧，来吧。

请跟我来。

让所有的灵魂都随我来。

天空之灵、以太之灵、地上之灵，

地下之灵、沙漠之灵、大海之灵，

卷起漩涡的大气之灵、席卷而来的火之灵，

以及神的一切魔术和灾难啊。

请跟我来。

戴着假面的信徒们也跟在胡泉翔叡后面唱和着。阴森森的声音逐渐变得高亢，成为物理性的压力，充斥了整个房间。

胡泉翔叡还在继续：

……我是你的伙伴，我属于你，

是你们当中的山羊，我是黄金，我是神，

是你的骨肉、你手杖上的装饰。

我乘铁蹄在山岩上奔跑，

经过不屈的春分点与秋分点，到达冬至点与夏至点。

诡谲的异国气氛迅速膨胀，没有一个人能够抵抗。在场的人都像得了热病一般昏昏然，重复着这些语句。

……然后我喊叫、侵犯，

揭露、撕裂，

这永恒的、没有终结的世界，

卡巴拉、姑娘、阴性、人。

依靠潘①的力量。

胡泉翔叡把双手举过头顶，响亮地击掌。

喔，潘！
喔，潘！
潘！潘！潘！潘！

跟随这奇妙的吆喝声，信徒们一遍又一遍地鼓掌。他也不甘落后地拼命吟唱咒语。

吆喝声就这样延续下去，时间的感觉已经麻痹。一分钟如同一秒钟，一秒钟又如同一个小时。头脑已经麻木，无法进行思考。他的思维已经被一片血红所占据，只能像机器人一样拍手。

"你，给我一条路，给我指引，带我到更高的地方去！"

胡泉翔叡声嘶力竭的喊叫声回响着。这就像临终时的痛苦喊叫，让教祖颓然倒下。他深受打击一般地伏倒在地，肩膀随着剧烈的喘息上下起伏。

有的信徒就像是受到了教祖奇异状态的感染，也伏倒在地，口吐白沫失去了意识。

---

① 希腊神话里的半羊半人神。

很快，教祖的喘息平静下来，他霍地起身，嘴里吐出一句话来：

"啊，创造也。"

只说了这么一句话，胡泉翔叡又伏倒在地上，已然纹丝不动。

目不转睛、一动不动地注视这一过程的司摩，终于站起身来。他眼角的余光捕捉到了这一幕。

"灵言已降。神言：人之和睦乃最为重要之物。教团之和睦可以创造新世界。在场的各位听到了神的声音，你们就是新世界的选民，被赋予了引导其他人的使命。这一点请不要忘记。"

司摩行礼告退。信徒们齐声呼喊："哦——"狂热的激情登上了顶峰，大家都争先恐后地奔向教祖。

他们抚摸着教主卧倒的身体，把他的汗水捧在掌心，涂在自己的脸上。在场的所有人都丑态百出，却毫不介意别人的目光。

他也不例外。

34

在高密度的时间之后,房间里一片静谧。佐伯从躺在身旁的伊津子手里借过火,把香烟慢慢地送进肺里。

不管他什么时候来,伊津子的房间都收拾得整整齐齐,就像没有人居住的样板间,但是并不缺少温情。细心周到的布置,让物品井井有条,给人一种安心感。伊津子创造出了一个毫不杂乱、能让人心情平静的空间。

这是他第一次在搜查总部设立期间来到伊津子的家。佐伯在有工作牵挂的时候总是回自己的公寓。或许是因为不愿让神经紧张的自己影响伊津子的心情,但更为重要的是对自身的节制。

但是,今天他打破了自己定下的规矩。他难以抑制地想要见到伊津子。

他知道原因何在。他没料到,前两天和妻子的谈话对自己造成了难以磨灭的打击。佐伯一直以来认为自己是个什么事都可以独自处理的人。但是现在,他发现这是个天大的误会。这只不过是因为,迄今为止自己所背负的重担,没有超过他个人的负荷而已。他痛彻心扉地体会到了这一点。

他苦笑着想，看来自己完全没有别人想象的那么坚强。年过三十才意识到自己内心的脆弱，并不是件令人愉快的事。如果一直以来都为了自己的坚强而自我陶醉，那种不快感就更加强烈了。

虽然他疲惫得如同整个身体都浸泡在泥沼中一般，但是动作却格外激烈。他如此忘我，就像在痛击着自己。

"也给我来支烟吧。"

挽着佐伯胳膊、闭着眼睛的伊津子起身说道。佐伯默默无语地把香烟递给她。

"谢谢。"

伊津子道声谢，极为享受地吐出一口烟圈。伊津子抽烟比佐伯还要多。

"还不困吗？"

伊津子把香烟从唇边拿开，窥视般地盯着佐伯的脸。

"嗯，还不困呢。"

"是吗？"伊津子把毛毯拉到胸前，靠在床头说，"我今天呀，为了写那篇医疗过失的报告，去了庆邦医大附属医院采访。不过，那儿可真不行。我没有申请采访，就是坐在候诊室一直观察护士的工作情况。他们一个个都蛮横马虎。虽然我知道他们因为人手不足很疲劳，可是凡事都有个限度吧……喂，你在听我说吗？"

"啊，嗯。"

佐伯回过神来。他根本就没在听伊津子说话。

"你没听我在说什么吧？最近我们沟通不够哦。"

"对不起。"他转过身把香烟塞进烟灰缸，"我在想事情。"

"是工作的事吗？"

"嗯，是啊。"佐伯抬抬下颚，"抱歉！"

"没关系，我说的不也是工作上的事吗？彼此彼此。"伊津子轻轻地拍拍佐伯的右胳膊，"对不起，打扰你想事情了。"

"没有，没关系，不是什么大不了的事。"佐伯下了床，俯视着伊津子。

"我渴了。你要喝点什么吗？"

"嗯。冰箱里有乌龙茶。"

佐伯走进厨房，打开冰箱，两手各拿一罐茶，扔了一罐给伊津子。他打开留在右手的易拉罐，一口气喝了下去。

"对了，有事想要跟你说。"

佐伯一边朝床边走一边说。

"什么事？"

"案子的事，关于我现在正在处理的幼女谋杀案。"

"真难得啊，你还会给我讲案子的事，搜查内容不是要保密吗？"

"我想要听听你的意见，我连犯人是男是女都不知道。"

"真的？我还以为铁定是个男人呢！"

"你觉得犯人什么样？"

佐伯又问道。

"说说大概印象就行吗？"

看见佐伯点头，伊津子掐灭了烟，说：

"让我想想啊。男性。年龄在二十五岁到三十岁之间。头发不鬈，干巴巴的缺少光泽。戴眼镜。服装是运动衫加工装裤，还有运动夹克。总之打扮俗气。喜欢的东西是游戏、动画、录像。在父母的娇惯下长大。自我意识异常发达，自尊心强。不过他无法适应社会，这种反差让他烦躁不安。"

面对滔滔不绝的伊津子，佐伯苦笑着说：

"你真是个了不起的心理学家啊，就算不写报告文学也能吃饱饭。"

"这些全都是媒体报道给我留下的印象呀。社会上任何人都是这么觉得的吧？"

"果然如此啊。"佐伯黯然地说，"可是警方并没有传播这种信息啊。"

"是吗？那么，我刚才说的，都只是先入为主的印象？"

"完全正确，而且是相当危险的成见。"

"哦，是这样啊。"

伊津子佩服地感叹道。

"这是因为多年前发生的类似案件还留在人们的记忆中。你刚才所说的特征，全都和那起案子的犯人一致。但是，在很久以前，一提起变态者，大家都认为是中年男人。"

"是吗？说起来好像还真是这么一回事呢。不过，好像没什么人认为犯人是中年人吧？"

"所以才危险啊，恐怕就是这种固化的印象导致了目击情报的减少。"

"那么，警察是怎么考虑的呢？"

"我就是想和你一起思考一下，行吗？"佐伯又点燃一支香烟，"首先从性别开始。犯人是男，还是女？"

"会是女人吗？"

伊津子歪歪脑袋。

"你怎么想？作为女人，你怎么看待这个案子？"

"动机是什么呢？什么样的女人会去杀害小孩子呀？"

"例如，失去自己孩子的母亲。对亡者的思念，和偶然遇到的女孩子重叠在一起，于是就把她带走了。清醒后不知应该如何处置孩子，于是就把她杀害了。"

伊津子凝神思考片刻，缓缓地摇摇头说：

"在我看来，不可能有这种事。"

"是吗？"

"嗯。虽然我没有孩子，说的不是我自身的感情，只是观察别人所得到的感受而已。"伊津子做开场白似的说道,"不过,我以前曾经打算写关于收养的报告,所以曾经做过采访。"

"我知道。然后呢?"

"我见过很多失去孩子的家长。要说起当时我的印象,就是再也不愿意看见父母因为年幼子女的死而痛苦万分的场景。哪怕是别人的孩子。他们说,看到不认识的孩子在哭,都会忍不住去安慰。"

"原来如此。"

"所以,我觉得把犯人设定为失去孩子的家长是错误的。如果了解失去孩子的悲伤,就绝对不会去杀人。"

"嗯。"佐伯把胳膊交叉在胸前,点点头,"确实如此啊,这是只有女性才能给出的宝贵意见,在搜查总部是绝对听不到的。"

"因为你们都是站在警察的角度考虑问题嘛。"

伊津子皱皱眉头。

"好像是这么一回事呢。那么,还存不存在犯人是女性的其他可能呢?"

"这个嘛,只要是正常人,我想不出来谁会干这种事。当然脑子有问题的另当别论。"

"你还是觉得这是疯子,或者变态者干的事?"

"是的,又不是以金钱为目的。哦,对了。有没有可能犯人跟家长有仇呢?"

"可能性很低。"

"这样啊。毕竟不会有人跟孩子结仇，看来还是变态者干的。"

"其实搜查总部基本上也都是这个意见。"

"尸体没被侵犯过吧？例如猥亵一类的？"

"只是光着身子而已，还有就是脖子被勒着。"

"真是不好说啊。要说光着身子，怎么都像是男变态。可是要是他并没有干别的……"

"是啊，所以我无法排除女犯人伪装成男性作案的猜想。"

"你想太多了吧？我觉得犯人是女性的可能性很低呢。"

伊津子坚持自己的意见。

"也不是说过去完全没有这样的例子。女性杀害小孩子并不罕见。"

"可那是过去的情况吧？是女性极度压抑，只能把感情倾注在孩子身上的时代才发生的事情吧？是过度的爱引发意料之外的事故。"

"的确如此。"

"发现尸体的头一天晚上，不是有人目击到可疑车辆吗？是辆Sylvia吧？那是年轻人的车型呢。要是年轻的话，绝对不会是女人。犯人是男的！"

面对伊津子的断定，佐伯把胳膊交叉在胸前，沉默了。他很理解伊津子的话，但是还无法释然。

如果是自己——佐伯假设，如果女儿被杀害了，自己会怎么办？

会疯的。答案立刻浮现出来。如果女儿被残忍地杀害，他毫无疑问会精神失常——无论女儿有多么讨厌父亲。

正因为如此，佐伯才不愿意把犯人的形象固定为年轻的变态者。因为他感到，失去理智的家长会做出什么事情是难以预料的，即使是他自己。

35

　　他几乎每天都去教团，因此对会员的出入了如指掌。尽管新会员频繁加入，可是一留意，他就会发现有些人彻底不来了。最近一直不露面的人，十有八九都是脱离教团了。连入会之前曾经热情接待过他的川上也是其中一员。因为川上是他在教团里接触的第一个会员，所以这件事令他格外吃惊。

　　"为什么他要脱离教团呢？"

　　他向女事务员询问。

　　"我不能告诉您他脱离教团的原因。"

　　她用机械性的声音把他打发了。

　　他知道离开教团的人不少，但是一直认为这和自己没关系。一来脱离教团的都是些跟他不太熟的人，而且他认为这些人本来就是与神无缘的普通人。

　　正因如此，川上的脱离教团才让他深受打击。川上是出于什么样的原因脱离教团的呢？他忍不住要去问个究竟。

　　他再一次查阅办公室的名册，找到了川上公司的电话号码。川上在一家房地产公司上班，这家公司在首都圈里有很多店面。

他毫不犹豫地就拨通了电话，对方的声音显得有些惊慌。

"啊，是松本先生啊，您好吗？"

可能是因为川上正在公司，所以他的应答依然周到。

"我真是大吃一惊啊，正想着最近怎么没看见您，就听说您脱离教团了。"

"嗯，是啊。"

川上爽朗地回答，看来并不避讳他的电话。这给了他询问原因的勇气。

"哎哟，真为难呀，这事一言难尽呢。我现在又在上班，还是不说了吧。"

"那么，可以另找时间跟您聊聊吗？"

见他不肯罢休，川上说：

"可以啊。松本先生还满心热忱地相信教团吧？"

"这是当然。"

他语气肯定地承认了。

"既然这样，我还是告诉您为好。再说了，让您入会的人又是我。"

"告诉我什么呢？"

"告诉您教团有多么不可靠。"

"您这是什么意思？"

他觉得很意外，就像是自己的品行遭到了怀疑，自然也话中带刺。

"唉,等见了面再说吧,那样能讲得更清楚。您大概什么时间合适呢?"

他表示说任何时间都可以,于是川上就指定了见面地点,在池袋的咖啡店,说是当晚8点能去。他答应后挂上了电话。

川上比约好的时间晚到了十分钟。一看到正在读报纸的他,川上点头哈腰地走过来说:

"对不起,我来晚了。"

"不晚不晚。"

他把报纸叠起来放在旁边的椅子上。

川上慌慌张张地坐在他对面的椅子上,连菜单都不看,就问服务员要了一杯咖啡。

"对不起,我的工作没能按时处理完。"

川上再一次道歉。

"没有没有,我也没等多久。没关系的,我上班的时候也很难按照计划行事。"

"松本先生以前是做什么工作的?"

川上可能是随口一问,可是他却一时词穷。

"啊,抱歉。您不说也没关系的。"川上思虑周到地举起手中断了话题。

"那么,您是想知道为什么我会脱离教团吧?"

川上从西服内侧的口袋里取出香烟，跟他打声招呼点燃了火。

"从哪儿说起好呢……还是先跟您讲讲我为什么会信教吧。"

川上以销售人员的口吻流利地说。他默默地点点头。

川上朝旁边吐了一口烟，开始讲述道：

"我原本是受到大学时代朋友的邀请才信教的。我从学生时代开始就喜欢读一些和思想有关系的书，对宗教也感兴趣，所以没什么抵触。我和那位朋友关系很好。他一再劝说，我又找不到拒绝的理由，所以就顺势而为了。

"要说起我的朋友是从哪儿听说教团的，还得提到他的伯父。他的伯父是一位热心的信徒，以至于连侄子的朋友都要介绍到教团去。"

川上掐灭香烟，喝了口咖啡润润嗓子，继续说了下去。朋友的伯父是位社长，经营着一家在精密仪器制造行业小有名气的公司，虽然规模不大，但是以稳健著称。中小企业主热衷于新兴宗教并不是什么稀罕事。让亲戚进入自己的公司工作，也并不奇怪。

"既然是伯父社长的要求，我的朋友自然无法反对。因为对于他来说，伯父是个绝对化的存在。"

朋友虽然是在半信半疑中加入教会的，但是他很快就发自内心地来邀请川上入会了。当时的川上，进入公司已经到了第三个年头，体验过了工作的好与坏，处在渐渐对生活感到无聊的时期。于是，川上以一种连自己都没有体验过的严肃认真的态度投入了教团的活动。

"奖金基本上都用来施财了，搞得我现在连存款都没有，一到了月末就被账单追着跑。"

川上苦笑起来。

在投入资金这方面，朋友的伯父比谁都强。他在生意上销售的产品细致而缜密，花起钱来却慷慨大方。据说每个月都会给教团施财一两百万日元。

"那时候经济很景气啊，才能容许他这么大手大脚花钱。"

伯父生命之树的级别，也在短时间内理所当然地升到了很高的位置。他成为了第四级的被免达人，获得了可以对教团运营产生影响的发言权。

"总之，在施财的金额上，他在教团里可以说是数一数二的。对教团那么尽心尽力，按理说生命之树的级别也应该升得更高才对呢。"

但是，有人和伯父不和。就是因为被那个人盯上，伯父的级别才停在了第四级。

"尽管如此，在贡献大的时候，教团还是很重视我朋友的伯父。虽然他的生命之树在第四级，但是他的想法基本上都能行得通。教团的新企划、活动，等等，在很大程度上都反映了他的意见。"

情况发生变化，源于经济衰退。从前年开始，冲击了日本几乎所有行业的经济衰退，尤为沉重地打击了制造业。伯父哪还顾得上宗教，连自身的立足之地都受到了威胁。

"也是一直以来花钱太过大手大脚造成的恶果吧。以往订购机器的大公司都站不稳脚跟了，分包商的情况可想而知。"

伯父施财的金额减少，最终连一分钱都拿不出来了，他在教团的地位转眼间就降低了，遭到了干部们彻底的轻视。川上听朋友说过，说这是与伯父合不来的那个人唆使的。

"结果，他公司破产了。与此同时，生命之树的级别也降到了哲人。听说我朋友的伯父愤怒得几乎失去了理智。"

最终，他失去了利用价值，被教团抛弃了。川上说到这里，脸上露出了痛苦的表情。伯父离开教团，与他共同进退的朋友也脱离了教团。川上说，他自身也质疑教团如此重视金钱的做法，于是也远离了教团。

"但是，"他终于打断川上说，"这种看法也太片面了吧？虽然我觉得你的熟人遭遇不幸很可怜，但是把这种感情置换为对教团的怨恨，是不合理的。"

面对他的反驳，川上苦笑着说：

"看来您也被教团彻底洗脑了。宗教就是有这种魔力啊。沉浸于其中，忘我地参与活动时是意识不到的，退后一步冷眼旁观，就能看清这是多么的靠不住。"

"靠不住？"他皱起了眉头，"教团哪一点靠不住啊？"

川上耸耸肩，又点燃了一支烟。

"他们没一个劲儿催你财施吗？"

"他们并没有催我，是我自己愿意才这么做的。"

"教团真正重视的只有富人。没有钱的年轻人，被当作聚集人气的棋子，最大限度地肆意驱使。没有钱，也不好好参加志愿者活动的人，对教团来说是没有用处的。"

"这是你的偏见。"

他摇摇头说。

"这可不是偏见，是有证据的。"川上信心十足地说，"松本先生，我听说您比较富有。"

听了这话，他暧昧地搪塞说：

"我不知道怎么样才算得上富有。"

"您认识司摩这个男人吗？"

川上表情严肃。

"认识。"他不明白川上打算问什么，点了点头，"挺熟的。"

"司摩就是把我朋友赶走的那个人！"

"哦。"

他并没有表现出惊讶，只是附和了一声。但是，川上接下来的话却让他大感意外。

"司摩在实质上掌握着教团，是一个影子支配者。松本先生知道吗？"

"这是怎么一回事？"

他没有隐藏自己的惊讶之情。

"这还用说吗？胡泉翔叡不过是司摩的傀儡而已。"

他喝了口咖啡，让自己冷静下来。

"真是难以置信啊。"

"松本先生，司摩有没有缠住您，让您去参加一个奇怪的仪式？"

他尽力让自己不要表现出惊讶，感觉自己的面部肌肉一点也没动。

"你在说什么？"

川上毫不介意地接着说：

"年龄比较大的人入会后，教团会对这个人进行调查。如果发现他是个富有的人，司摩就会接近他，然后强行要求他出钱给教团。"

"教团并没有强迫我出钱。"

他表示反对，但是川上无视他的反驳：

"司摩的任务，一方面是掌握生财之道，另一方面就是举行奇怪的仪式。司摩为了给自己举行仪式，才掩人耳目地建立了教团。"

"你是说教团是司摩先生建立的？"

"是啊。您不知道吗？"

川上理所当然地说。他不禁大吃一惊。虽然他知道司摩自创始之初就是会员，但是完全没有料到他居然和教团的创立有关。

"你有证据吗？"

他的语气严厉了起来。

"据说司摩进行的是黑魔术。"

川上并不打算直接回答他的问题。

"黑魔术？"

"是的，那是在中世纪的欧洲流行的、恶魔的仪式。您应该知道'黑弥撒''女巫的聚会'这些词吧？是把动物、年轻女性作为活祭品，向恶魔祈祷的邪教！松本先生不也参加了吗？"

"我跟这种事情可没有关系！"

他叫了起来。川上说的事情，和现实的距离未免太过遥远。

"我从朋友的伯父那儿直接听说了这种情况。教团背地里在搞恶魔崇拜呢！"

"很遗憾，你所说的事情毫无根据，我不能相信。"

"司摩和你搭话难道还不是充分的证据吗？虽然你嘴上否定，可实际上你不也在参加司摩的仪式吗？"

"不对，我绝对没有参与。"

"是吗？那就太好了，我不会骗您的。在被迫参与恶魔崇拜之前，您最好赶紧洗手不干，离开教团。"

川上告诫他说。他只能无力地摇摇头，表示否定。

36

结束了上午的打听信息的工作，丘本和北冈暂时回到搜查总部。他们拿着汽车经销商给的名单，一家一家地拜访了深蓝色 Sylvia 的车主，但是尚无收获。在搜查总部刚刚成立的时候，每跑一天都会打听到新情况，然后随着时间流逝，无功而返的日子多了起来。到了现在，能够带回新信息的搜查员反倒成了少数派。

"真让人受不了！"

北冈穿着外套靠近炉子，把完全冻僵的手放在炉子上方烤火。进入二月后，严寒更加肆虐。

"为什么总是这么白跑啊？是不是有人吃了荞麦面啊？"

北冈不愿被坐在窗边的上司们听见，压低声音说道。

"你这年轻人，怎么还迷信啊？"

丘本挖苦他。设立搜查总部后，为了不让案子拖延下去，刑警们都不吃面条。北冈的埋怨就来源于这个迷信。

"哎，这种冷天儿，真想吃碗拉面呀。"

北冈的感叹说到了人的心坎儿里，丘本不禁露出了微笑。

他忽然想起一件事，转过头看看墙上挂着的钟。12点半。结果应该已经出来了。

"我去打个电话。"

听他这么说，北冈会意地笑起来：

"要是考上就好啦。"

"谢谢！"

丘本回答后走向了一楼大厅。今天是儿子小升初考试公布结果的日子。考完试以后他问过情况，阿隆缺乏自信地说：

"可能性一半一半吧，不能抱太大希望。"

结果还没出来，安慰他也不是时候，于是丘本当时什么都没说。尽管如此，今天他从一大早开始就心神不宁。虽然睡眠不足，可是不到6点就醒了，还把早饭的酱汤打翻了，惹妻子笑话说："又不是你自己考试，干嘛那么紧张？"

明明他直到最后都主张说，公立学校也没什么不好。可是到了关键时刻却忐忑得让人感到滑稽。虽然现在依然没有改变想法，但是既然已经报考，他还是希望儿子能够考上。要体验挫折，十二岁还是太早了。

他知道自己心跳得厉害，于是深呼吸之后，才把硬币投进了公用电话。他费了好大的力气才控制住手指，没在拨号的时候发抖。

"喂！"

电话刚一接通，他就听见了儿子还没有变声的嗓音。丘本原以为会是妻子来接电话，不禁感到几分狼狈。

"啊，是我。"他一瞬间不知道该说什么好，拼命寻找词语，"怎，怎么样？"

"什么怎么样啊？"

儿子就像不知道他的心情，漫不经心地问。

"考试呀！公布的结果！"

他着急得都快要跺脚了，这还用问吗？

"公布的结果？哦，我考上了。"

他顿时觉得浑身的力气都消失了，安心感让他觉得两条腿软绵绵的。

"你早说啊！干得不错嘛！"

"还行吧。"

听了这回答，他都能想象出儿子的笑脸。

"妈妈怎么说？"

"她说太好了！"

"是啊。"他再三点头，"真是太好了！"

"谢谢！"

儿子坦诚地向他道了谢。

他和妻子又说了会儿话，挂上了电话，感觉脚步都轻巧了几分。

回到总部，北冈一眼就读懂了丘本的表情。

"看来结果不错嘛。"

"是啊，托你的福。"丘本不好意思地挠挠脑袋说，"我这儿子，不像他老爸，脑子还挺好用的。"

"恭喜你了！"

北冈露出了笑脸。

"嗯。"

他强忍住了受到感染正要迸发的笑意。因为，他留意到佐伯正朝这边看过来，露出笑脸未免不合时宜。

这时，佐伯站起身走了过来，对他说：

"你儿子考上了吧？恭喜恭喜！"

"哎呀，非常感谢！"

丘本受宠若惊地道了谢。佐伯拉过一把椅子坐下说：

"一块石头落地了，好事啊。"

丘本完全没想到佐伯会对自己说这样一番话，有些不知所措：

"哪里哪里，还好吧。不过这只是小升初，如果没考上也可以去上公立，也并不是很担心。"

面对丘本逞强的回答，佐伯点点头：

"接下来就是女儿的中考了吧？"

"嗯，是啊。这当父母的，不知道要操心到什么时候。"

"是啊。"听了丘本的埋怨，佐伯露出了孤寂的微笑，"不过，操心的时候也是高兴的。等两个孩子都大学毕业，自立门户，你一定会感到寂寞的。"

"有可能啊。"

他没想到从佐伯嘴里也会听到普通人的伤感话，在一旁默不作声的北冈似乎也吃了一惊。

"不过，从这个意义上说，科长的女儿还小，高兴日子还长着呢。"

听丘本这么说，复杂的表情在佐伯的脸上掠过，他摇摇头：

"没有，我跟女儿合不来。很遗憾啊，看来我和这种担心无缘了。"

"……"

不知如何作答，丘本不由得和北冈对视了一眼，好像自己说了不该说的话。

佐伯苦笑着站起身，一边把椅子折叠起来一边说：

"抱歉啊，打断你们说话。我是羡慕你呢！"

佐伯的话说得如此绵软无力，让丘本惊得不由得再一次注视他。这是丘本第一次见到佐伯露出怯懦的表情。

"不过你看，做父母的，心都是一样的。"佐伯自嘲地继续说，"就说我吧，也是个普通的父亲，一旦事情关系到自己的女儿，同样会脑子出问题，虽然说起来很不好意思。"

佐伯转过身，慢慢走回自己的座位。不知是不是想多了，丘本觉得他显得孤苦伶仃。

37

真到了想要找司摩的时候,却总也见不着他的人影。他焦躁不安地出入教团,直到第三天,才总算是等来了司摩。

他把司摩拉到没有人的会谈室。他要告诉司摩自己和川上见了面,而且还要把川上告诉他的情况也和盘托出。他不会让司摩离开,除非把事情的真假彻底搞清楚。他以势在必得的态度靠近司摩,不允许他有丝毫隐瞒。

司摩默默地听他讲完,然后耸耸肩膀说:

"您要说的就这么多?那我告辞了。"

司摩试图站起身来,完全无视他的存在。

"请等等!"他叫了起来,"您如果不认真回答我的问题,我决不罢休。"

司摩露出一副对他的行为感到难以置信的表情,摇摇头又一次坐下来。

"您想让我回答什么?"

"告诉我川上说的究竟是真是假?"

"您怎么认为?"

"……"

他谨慎地缄口不语。

"您认为教团在忙于敛财吗?"司摩语气尖锐,"如果您自己也这么认为,我就没有任何开口的必要了。如果您要离开教团,那也是您的自由。"

"那么,您是在否定?"

他的追问变得软弱无力。

"我究竟是不是在否定,那也该由您自己来判断。"

与他形成对照的,是司摩满不在乎的表情。

"明白了。确实是这么一回事,我相信教团。"

"对呀。"司摩满意地笑了,"我就知道松本先生一定能明白这一点。说到底,脱离教团的人进行的批评,只是源于片面的偏见而已。不管别人怎么说,相信我们自己信任的东西就好。"

"那么关于黑魔术和恶魔崇拜,您怎么解释?"

他再次质问。司摩盯着他,双眼如同深不见底的黑色沼泽。

"这完全是他们找的借口。那不是黑魔术,我举行的是以卡巴拉为基础的正规仪式。"

"就是说,那不是恶魔崇拜?"

"当然不是。现在已经是二十世纪了,社会上怎么可能还有人去真心真意地崇拜恶魔?这种想法也不符合教团的教义。很遗憾,愿意了解卡巴拉体系的人不多,所以才产生了误解。"

"……"

听了司摩的否定回答,他的内心感到一阵轻松。他发现,自己就是为了听到这句否定,才来质问司摩的。

"卡巴拉的体系不是单用物理定理就能解释清楚的。所以,在缺乏知识的人眼里,它看上去就像是黑魔术。从某种意义上来说,这一点也是无可奈何的。我就是为了避免产生误解,才把秘密仪式的展示控制在小范围内,因为这是对于教团来说最为重要的仪式。"

"这个仪式,和我所参加的获得灵言的仪式不同吧?"

"是的。"司摩缓缓点头,"我之前就想,总有一天也必须邀请您参加。正好有个好机会,您愿意参加下一次的仪式吗?如果您亲眼看一看,一定会安心的。"

"我非常想参加。"

"对吧?"司摩又一次笑起来,"我也安心了。因为我最担心的,就是松本先生因为那些充满偏见的人鼓吹邪念而失去方向。"

司摩探过身来,凑近他的脸说:

"长时间保持信仰之心,也会产生迷惘。这时候,会不会走上歧路,将决定这个人的未来。教团期待能够将您引向正道。哦,对了,我忘记说了,秘密仪式还请您保密。"

"我知道。"

他点点头。

"那么,我可以走了吧?"

司摩起身向门口走去。他慌忙转身朝着司摩的背影说:

"还有最后一点。他说真正掌控教团的人是您,这是真的吗?"

司摩手握门把手,回头说:

"那是无缘无故的中伤。"

然后司摩无声地离开了房间。

38

案子迎来新情况,是在二月二十日,星期一。

紧急消息传来,是在晚上8点多。搜查总部正在对当天探听到的信息进行讨论。刑警们放松着疲惫的身体,屋子里喧喧嚷嚷。

桌上的电话响了,佐伯拿起话筒跟对方交谈了一会儿。电话来得太过突然,刑警们都安静了下来。丘本屏息静气地注视着他。

佐伯脸上闪过惊讶的表情,他点点头放下了话筒。

"各位,请听我说。"佐伯站起来,盯着露出关切表情的所有人,"刚才的电话是西尾久署打来的。西尾久署管辖区域内,又有幼儿失踪了。家长刚刚报警,他们就立刻给我们打了电话,具体情况还不清楚。"

搜查员们都惊叫起来,面面相觑。

"和我们处理的案子有什么关系,现在还不清楚。也有可能只是个事故,所以我想先等西尾久署的搜查结果。"

佐伯说完之后,转过脸盯着丘本。他有什么打算,丘本立刻心领神会。

"详细情况,我想请丘本警官去了解一下。根据情况明天早晨我们再来讨论对策。"

"好的!"丘本站起身来,疲惫一扫而光,"我这就去。"

他走到储物柜边,取出了外套。神色紧张的同事们向他表示慰劳,他道了谢便离开了总部。

他打算乘坐 JR 中央线到东京站,换乘后在西日暮里站下车,然后再打车。

因为正好和回家的人潮方向相反,电车里很空。他松了口气坐下来。如果接下来的一个多小时都要站着,可就受不了了。

正对面窗外的夜景很单调。和首都圈相比,明显灯光少多了。黑漆漆的夜景并不适合观赏。

丘本一边眺望夜景,一边思考着刚才的报告。齐藤奈绪美被杀害的案子,和这一次的幼儿失踪案有一点很不相同,就是案件发生的场所。日野市虽然有所发展,但是说到底只是东京都中心的睡城而已。就像在这趟电车上看到的风景一样,稍微离开车站一段距离,就显得荒凉起来。即使发生幼儿失踪的案子,也很有可能是事故,例如掉进了河里,或是被车撞了。

但是,这次案子发生的场所却不是人少的地方。荒川区在东京都中心虽然是个不起眼的存在,但是说什么也是二十三区之一。幼儿一旦失踪,就有被卷入案件的危险。

还有一点让丘本放不下心。那就是，今天是星期一。齐藤奈绪美被人带走也是在星期一。而且，去年十月失踪的香川雪穗也是在星期一去向不明的。媒体也是在这个共同点上大做文章。

今天是星期一，难道只是个偶然？还是说，应该把它看作连环案的第三起？如果是连环案，警视厅就陷入了放任第三个受害者出现的窘境。

他在东京站和西尾久署联系了一下，对方说会派车到西日暮里站来接他。为了能够更为迅速地行动，他接受了对方的好意。虽然他们说已经全体出动进行搜寻，可是依然还没找到孩子。

一辆巡逻车在西日暮里站东口等着他。他敲敲驾驶室的玻璃窗，给了个信号，穿着制服的警察就注意到了他，打开了车门。

"我是警视厅的警部补丘本。您辛苦了。"

"哪里哪里，警部补您才辛苦呢，都这么晚了。"

穿着制服的警察拘谨地回答。

"孩子还没找到？"

汽车一发动他就问。

"很遗憾，"穿制服的警察沉痛地说，"虽然我们在竭尽全力进行搜索。"

"失踪的孩子叫什么名字？"

"听说叫多田妆子，四岁，是个正在上幼儿园的小朋友。"

"四岁啊？"丘本皱起了眉头，"知道家长的职业吗？"

"好像是普通的工薪阶层，详细情况我不知道。"

"哦。"

在简短的交谈中，巡逻车到达了西尾久署的正门前。丘本道了谢，就赶紧向刑事科走去。

他打开门报上姓名，立刻就有人打招呼说："您辛苦了。"一名体格健壮得像熊一样的男性起身走了过来。丘本以前曾经见过他，他应该是姓三泽。

三泽的大脸盘一下子就凑近过来，他略微回头，用眼神示意丘本往自己身后看：

"坐在那儿的是孩子的父母。"

他一看，在房间靠边的椅子上坐着一对年轻夫妇，两个人都无力地垂着头。妻子正拿着手帕在擦拭眼角，时不时抽泣着。丈夫则茫然若失地呆望着半空。

"丈夫已经彻底撑不住了，有什么话还是问夫人吧，她还很清醒。"

三泽低声说。

丘本点点头，走近他俩。夫人注意到他，抬起了头。

"我是警视厅的警部补丘本。"他低头施礼，"现在还不能断定这一定就是起案件，所以请您不要泄气。"

夫人点了两三下头，说了声"谢谢您"，口齿清楚得让他感到意外。丈夫依然呆呆地望着半空。

"我想向您了解一下具体情况。"

丘本拉过手边的椅子坐下来。三泽也在他身边落座。

"您发现女儿不见,是在什么时候?"

"是在下午 6 点半。"

夫人立刻回答了丘本的问题。可能是被人问及多次,她的记忆已经相当明晰。她的语气没有模棱两可的感觉。

"傍晚的时候,我从打工的超市回来,发现妆子不在家。"

"您女儿总是在家吗?"

"不,也不完全是,有时候她会和朋友玩到很晚。最近天气冷起来了,所以常常一个人在家玩游戏。"

"是这样啊。就是说您回家就发现她不在。您女儿不是在上幼儿园吗?"

"是的。我的工作只安排在中午和傍晚,幼儿园放学的 3 点左右是空出来的,所以我先去把她接回家,然后再回超市。"

"那么,您最后一次看见女儿,是在 3 点多?"

"4 点前我一直在家,因为我是 4 点钟出门的,有可能后来我女儿又跑到外面去了。"

"她会去哪儿,您有头绪吗?"

"我给所有的人都打了电话。她没在朋友家,也不在常去的公园。"

"先生怎么样?有没有什么线索?"

他抬高音量问坐在夫人对面的丈夫。

"没有,我完全没有。如果我爱人不知道,我就……"

丈夫无力地点点头。

"哦。您家住在什么样的地方?"

"普通的住宅区。"回答问题的是夫人,"是一共有十栋房子的小型住宅区。"

"除了小区居民以外,出入的人多吗?"

"因为面对大马路,所以也有人从小区里穿过。我觉得人流量应该算是多的。"

丘本点点头,思考片刻后说道:

"以前出现过这种情况吗?您女儿跑到远处去玩,晚回来的情况。"

夫人摇摇头,似乎已经死心了。

"没有,一次也没有。"

丘本接下来又详细询问了孩子的相貌、体型特征、衣着打扮等情况,然后站起身来。夫人用手帕掩住鼻子,对他点头行了个礼。

他和三泽一起来到走廊上,取出了香烟。他给三泽递烟,但是三泽谢绝了。

"不用了,我……"

丘本看着挥手拒绝的三泽,想了起来。确实,他虽然有着熊一般的体格,但是烟酒都是不沾的。

"怎么样?你觉得这事和你们那边的案子有关系吗?"

三泽悲伤地问,让他联想到目光温柔的大型犬。

"这是起案子,估计不会有错。"丘本朝旁边突出烟圈,"和我们手里的案子有什么关系就不清楚了。我只能祈祷两者之间没有关系。"

"如果是同一个人干的……"

"唉。"丘本神色紧张了起来,"那就麻烦了。"

39

司摩直接联系了他。也许是心理作用,他感到自己心跳加剧,连握话筒的手都在颤抖。

"您没有告诉任何人吧?"司摩确认道,"我们举行的仪式很容易招致误解,所以严守秘密是非常重要的。"

"没问题,我没有告诉任何人。"

"这就好。"听上去司摩似乎很满意,"那么,仪式于今晚12点开始,请按时到上次的地方来。"

交谈了这么两三句,他放下了电话。他进了浴室,默默地把身体洗干净,然后开车向经堂驶去。

和灵言获得仪式那天一样,他沿着只有紧急照明的走廊往前走,乘上了电梯。在六楼下电梯后,他按照在此等待的女性的要求,换上了白色的装束。当他乘坐电梯上到七楼,看见今天站在那里的是一位陌生的青年,和他一样戴着面具,涂了口红一般鲜红的嘴唇给他留下了深刻的印象。

青年无言地示意他进屋。他穿过打开的门走进房间。

和上次一样,房间里依然有一座鸟头人像。不过,祭坛上放着上次仪式里没有出现过的东西。他在已经并排坐下的白衣人后面落座，然后再一次仔细观察祭坛。

首先映入眼帘的，是四面凹面镜，设置在祭坛的四个角，都面朝着祭坛的中心，从复杂的角度反射着红色的灯光。

祭坛周围环绕着铁链子，就像把凹面镜连接起来一样。铁链内侧有两座陶炉，升腾起白烟，旁边放着木炭。还有四个烛台，放射着微弱的光。祭坛左侧的边缘摆放着一把锐利而闪闪发光的宝剑，还有十二个红酒杯。宝剑被擦得锃亮，没有丝毫模糊之处。

祭坛正面和地上分别画着五角星和魔法阵，在祭坛上各种祭祀器皿的后面，有一个盖着布缦的较大物体。透过布看上去，形状像是一个人。

在红色灯光渲染的房间里，飘荡着妙不可言的香味。从坐着的信徒口中，发出了"哞——"的低沉声音。就在他附和着发出声音的过程中，感觉大脑开始麻痹，转眼间就丧失了思考能力。

他回过神来，发现魔法阵的中央站着一个人。他抬起头，想要看清教祖的脸，却瞠目结舌。

站在那里的不是胡泉翔叡，而是司摩。

司摩虽然也身穿白衣，但是他没有戴面具，他头上戴着金属链子编织而成的绿叶桂冠。他手持黑色羽毛，将它伸向前方，抚摸一般地在陶炉上方来回摆动，正口吐异言。

那不是日语，也不是英语或法语，一定要说的话，那是一种接近于地中海沿岸国家的语言。信徒们异口同声地唱和着，他也自然地张开了嘴。虽然不知道这是在说什么，但是模仿起来却很简单。

在烟雾缭绕的房间里，咒语时高时低，阴森森地回荡着。虽然外表完全不同，可是听起来却酷似密教的和尚在诵经。

仪式已经开始了。

很快，司摩的动作幅度变大了，他开始用两只手握住羽毛，上下左右地摆动。异言的声音也随之变大。司摩额头上渗出的汗水，随着动作飞散。司摩显出了心醉神迷的表情，平时的死板消失无踪，进入了恍惚的状态。

他也如同被催眠了一般，陷入梦境中。他的身体就像飘浮在空中，被无所依存的感觉所包围。仿佛自己的中心已经消失，正在无边无际地扩散开来，达到了一种忘我的境地。

司摩的动作戛然而止。异样的声音突然响彻房间，那是一种仿佛喉咙被撕裂了一样的、高亢的喊叫声。红唇青年出现在了祭坛边，手里抱着一只黑色的鸡，它正拍打着翅膀拼命挣扎。

青年默默地走到司摩身边，抓住鸡头和鸡脚，捧起来献给司摩。肩膀随着呼吸起伏的司摩，一把握住祭坛上的宝剑，狠狠地瞪着那只鸡。他充血的眼睛，清楚地表明他已失去了理智，但是在场的人没有一个觉得恐怖。

"呼哧呼哧"的喘息声在房间里回荡。大约有一分钟时间，司摩都纹丝不动地保持着持剑的姿势。那只鸡试图从青年手中挣脱，痛苦地啼叫着，拍打着翅膀。青年却无动于衷，面无表情地按住它。

突然，司摩猛地举起宝剑，然后顺势放了下来，就像完全没有用力。

但是，就在这一瞬间，鸡已经身首异处，连临终的啼叫都没来得及发出。只剩下双脚低垂的身体，拍了三下翅膀，就没命了。献血从脖子根汩汩涌出，滴落下来。

青年的白衣已经染得鲜红，但是他毫不在意。他拎着鸡的身体，动作自然地靠近祭坛，把滴落的血注入红酒杯。

司摩的呼吸恢复了平静。他把宝剑放回祭坛，冷冷地注视着青年的动作。

青年把所有的红酒杯都注满鲜血后，行个礼退到了一边。司摩见他走开，就从怀里掏出一个十字架形状的黄色蜡烛，凑到烛台上点燃，又开始诵读异言。蜡烛的火苗逐渐把蜡熔化，哧哧作响。司摩把蜡油一滴一滴仔细地注入红酒杯，然后满意地吹灭了火苗。

司摩拿起红酒杯，高高地举过头顶。从他嘴里终于听到了日语：

"——活祭品的母羊啊，你，成为对付恶灵的力量支柱吧！

被杀掉的母羊啊，赋予我胜过黑暗众神的力量吧！活祭品的母羊啊，赋予我控制叛逆恶灵的力量吧！"

说完这话，司摩猛地掀开了祭坛上的白布。白布之下全裸的女性胴体暴露在众人眼前。那是北村沙贵。

沙贵并没有睡着，她空洞的双眸凝视着半空。对于自己的浑身赤裸，她也没有任何反应。她那痴呆一般的眼珠，明眼人一看就知道，是因为服用了某种药物而导致的意识不清，然而没有一个人指出这一点。

他被沙贵的突然登场吸引了目光，但是并未感到多么惊讶。因为他的感觉已经麻痹，任何事物都无法打动他。他冷冰冰地关注着仪式的变化。

平躺的沙贵，胸口随着缓慢的呼吸安静地上下起伏。司摩拿着红酒杯，在她胸口一斜，把鸡血倒了出来。鲜血的朱红在沙贵雪白的胸口艳丽地扩散开来。司摩放下酒杯，伸手去触摸沙贵，怜爱地把血慢慢涂抹在她身上，脸上流露出喜悦之情。信徒们只是目不转睛地看着这一幕。

不知道他到底这么做了多久。当鲜血凝固，不在肌肤上继续流淌的时候，司摩终于停下了。他满足地退后一步。

在一旁等候的青年站起身，来到祭坛前，面对信徒口齿清晰地说：

"接下来轮到各位了。请手捧酒杯，吟唱着心中所愿，给神圣的母羊涂上神圣的血,你的愿望会实现的。"

就在这时,他混沌意识中的一部分苏醒了。青年的话语如同撕裂暗夜的一道光芒,充满了力量。他的眼睛连眨都不眨一下,目光炯炯地凝视着祭坛上的沙贵。那里蕴藏着让人几近癫狂的希望,可是没有人看出来。

信徒们默默地站起身,一个个地登上了祭坛。无论男女,都不抱有任何质疑地把鲜血涂满沙贵赤裸的身体。有的人恍恍惚惚,有的人脸上露出变态的喜悦,还有的人流露出对于愿望毫不掩饰的执着,全都一心一意地投入其中。

很快就轮到他了。他故意慢慢登上祭坛,接过了青年递给他的红酒杯。然后,他站在沙贵身旁,目不转睛地俯视着她。沙贵依然凝视着半空,她的表情就像精致而没有灵魂的瓷娃娃一样。

他把酒杯倾斜,黏稠的鲜血连成一条线滴落下来,溅落到已经染红的肌肤上,沿着侧腹流下。他伸出右手,接住了流下的鲜血,就那样捧在掌心,慢慢地开始涂抹。当鲜血散开,他便再次倾倒酒杯补充鲜血。就这样重复了一遍又一遍。

在他脑海里,只有一个愿望在反复回响。他渴望愿望实现,渴望得脑袋都快要炸裂。只要能够实现这个愿望,无论付出怎样的牺牲他都愿意。

他的愿望只有一个。

——把女儿还给我。

40

多田妆子小朋友已经失踪四十八个小时,生还已经无望。虽然暂时未向媒体公布,舆论目前还比较老实,但是迟早他们会闻风而动。搜查总部将会受到更大的压力,这已是在所难免。

二月二十三日,佐伯接到命令,要他去一趟警察厅。据说,为事态备感担忧的警察厅长官想要亲自了解情况。

佐伯迈着沉重的步伐前往位于霞关的警察厅。他步伐沉重不仅仅是因为疲劳。搜查工作进展不顺利,他一定会挨顿训。单是这一点已经让人心情沉重了,更何况要见的是岳父大人,是和自己关系不睦的妻子的父亲,他的忧郁不免强烈了两三倍。

他在前台请人通报,女秘书把她领到四楼的长官办公室。秘书敲敲门,报告说佐伯来了。

"请进。"

里面传来了应答声。秘书打开门,退到一旁,请佐伯进去。他做好思想准备,迈开了步伐。

这是一个空间奢侈的房间。地上铺着的长毛地毯吸光了脚步声。左手摆放着一套真皮沙发,窗户边是一个巨大的桃花心木办公桌，还有一位与它极为相称的、气质尊贵的男士。

佐伯警察厅长官是一位相貌堂堂的人，在他这个年龄段十分难得。黑白比例恰到好处的花白头发，让人联想到的不是衰老，而是丰富的经验。脸上的皱纹恰好显示出他的积累与历练。和中年发福一点都不沾边的紧致身材，让人看不出他已经年逾五十。他那蕴含着严肃紧张的容貌，和老演员营造出的风姿有着异曲同工之妙。

这，就是佐伯的岳父。

佐伯鞠个躬，走到岳父身前，然后立正行礼。

"佐伯警视前来报到。"

警察厅长官逐一注视着佐伯的动作，"嗯"地颔首凝视着他的脸。佐伯默默地承受着长官的视线。

"今天早晨，"岳父缓缓开口，那是浑厚的男低音，"电视台要求采访我，要我谈一谈对于幼女谋杀案的看法。"

"……"

佐伯没有插话。长官也并不希望他这么做。

"我不清楚尾久的案子你们了解到什么程度，所以就回绝了。因为，如果我接受采访，却不提及新的失踪案，事后媒体又会有话要说。"

佐伯依然保持沉默，因为长官没有要求他回答。如果想要听他说，岳父会直截了当地请他回答。佐伯警察厅长官就是这么一个人。

"我想听听你的意见。"

岳父开门见山地说,语气中没有丝毫暧昧。

"您是指案子的关联性吗?"

佐伯问道。虽然他知道岳父在问什么,但是需要履行一个确认的手续。

"是的。"

岳父表情严肃起来。佐伯毫不犹豫地回答:

"两者有关联的可能性很大。"

"就是说,犯人是同一个人吗?"

"恐怕是这样。"

"嗯。"岳父微微点头,"你肯定知道这意味着什么吧?"

"我认为我知道。"

"生存的可能性如何?"

佐伯慢慢摇摇头。

"很遗憾,就目前阶段看来,可以说是完全无望。"

"是吗?"岳父流露出沉痛的神色,"真让人痛心啊。"

岳父沉默片刻,说道:

"失踪的女孩子,是四岁吧?"

"是的。"

"四岁的话,和惠理子只差一岁啊。对吧?"

"是。"

佐伯简短地回答。

"如果惠理子不在了,我会伤心的,你一定也会伤心。同样的,这个女孩子也有父母,也有祖父母。他们现在一定是痛彻心扉啊。"

"……"

"我希望你们能尽快破案。你明白吧?"

"我明白。"

岳父深深点头。

"那就好。我不打算干涉搜查方针,我相信你们。"

"为了不辜负您的期待,我们会好好努力的!"

佐伯的语气一直很生硬。

"我今天叫你来,就是想确认一下,你有没有把这种家庭的悲哀放在心上。"

听了岳父的话,佐伯不禁皱眉。他不知道岳父究竟想说什么。

"你是一个头脑机敏的人,这一点我最为清楚。但是,机敏的人往往不理解人的感情,这是我所担心的。"

佐伯聪明地保持沉默,因为话题的走向他已经模糊地有所把握。

"因为感情用事而搞错搜查的方向当然不行,但是每一个搜查员都体会到家庭的悲哀,感受到对罪犯的愤恨,是很重要的。不是吗?"

"我也是这么想。"

"听你这么说我就放心了。顺便告诉我,你对犯人是什么态度?"

"我想让他早日受到法律的制裁!"

"哼。"

岳父不满地哼了一声。佐伯也并不认为自己的回答能够让岳父满意。

"惠理子明年就上小学了。"

岳父转动椅子,侧过身去。那是承认自己失败的口吻。他一直在思考如何巧妙地开口,但最终还是没有找到切入点。在他的语气中流露出了因此而感到的懊悔。

"小学生已经算得上是个人了,会自己思考,自己判断。到了这个年龄,你觉得她会怎么看待父亲不回家这件事?"

佐伯面不改色。

"我听说你最近不回家,你们俩已经正式分居了?"

"不是这样。"

"难道你考虑离婚?"

岳父的眼角一歪。

岳父的担心很明显,如果此时女儿被迫离婚,与押川英良好不容易建立起来的姻亲关系就会消失。即使在形式上，他也希望他们保持夫妻关系吧。

"没有，毕竟还有惠理子。"

佐伯冷淡地回答。

"是啊，为惠理子考虑考虑吧。父母离婚，会对惠理子造成多大的打击啊。"

如果对象不是警察厅长官，他一定会耸耸肩。父母离婚，惠理子会受到打击吗？恐怕她反而会感到高兴吧？佐伯自己都为了自身的想法感到厌倦。

岳父假咳一声，难以启齿地开口说：

"我知道你们的事，你们俩都有外遇。如果真心为惠理子的将来考虑，你们多少也应该改变一下想法。"

"让您担心了，对不起，长官！"

佐伯刻意强调道，提醒对方别忘了自己的身份。如果把他从搜查总部叫出来，就是为了挨岳父的批评，那简直是太过公私不分了。

岳父似乎也注意到了这一点，怒气冲冲地说：

"我也不是想说这话。警视厅搜查一科科长如果闹出绯闻，还怎么给下属做表率？这一点你再好好考虑考虑。"

"对不起。"

佐伯谦恭地低下头。

41

他的愿望当然没有实现。

但是他没有失望。非但如此,他还感到令人疯狂的希望紧紧地绑缚着他的身体。因为,他原本已经死心,以为女儿的死已无法挽回,而现在却看到了一线光芒。

上次的仪式不是为他而举行的。缠绕着多个人的欲望与野心,力量必然会分散。如果一切都是为了他的愿望而准备,并集中起来的话,恐怕连死者的复活都会成为可能。卡巴拉里或许确实隐藏着这样的智慧。

他是真心这么认为。常识性的判断已经从他的脑中消失,被点亮的希望就是如此强烈。

他渴望和司摩交谈。如今他什么都明白了,脱离教会的川上告诉他的事,从某个方面来说是对的。司摩的确拥有某种力量。胡泉翔叡是司摩的傀儡,说不定也是真的。但是,对于他来说,这些事都无所谓了。司摩为了什么目的而创立教团?教团是不是在忙于敛财?这些已经都不重要。重要的是,司摩掌握着知识。如果能够让他把知识传授给自己,他可以挥金如土。

仪式的第二天，他找到了司摩。和以前一样，他把司摩带到没有人使用的会客室，慎重地锁上门。这话他不愿意让任何人听见。

"您今天究竟要做什么？"

司摩翘起嘴角，浮现出笑容。他以前就感觉，这种笑容与某种东西相似，现在终于明白了。司摩的笑容和恶魔的微笑有着共同点。但是，如果可以实现愿望，把灵魂出卖给恶魔他也毫不吝惜。

"您邀请我参加仪式，我非常感谢。"他盯着司摩，就像要把他一口吞下，眼睛都不眨一下，"这个仪式，是可以实现参加者愿望的魔术吧？"

"如果您想用魔术这个词也并非不可以。但是说到底，这不是黑魔术，是白魔术。"

司摩故意装糊涂。

"可以实现愿望吗？"

他目不转睛。

他的气势让司摩感到几分畏缩，司摩稍微后退，回答说：

"这得看是什么种类的愿望了。如果是无害的愿望，肯定能够实现。"

"真的吗？"

司摩凝视着他的脸：

"你的愿望是什么？"

他毫不踌躇地回答：

"女儿的复活。"

"啊？"司摩第一次显露出了动摇，"您女儿不是……"

"对，她死了。我想用卡巴拉让她复活。"

"这种事……"

"办不到吗？"

他打断了司摩的话。司摩揣摩着他的眼神，表情严肃起来：

"您是当真吗？"

"是的。"

他果断地说。

片刻的沉默。他盯着司摩的眼睛，司摩也没有避开他的视线。看不见的火花四散。

"原来如此。"司摩忽然放松了下来，点头说，"看来您是当真的。"

"当然了。"

"然后呢？"司摩靠着椅背，双腿交叉，"你到底想问我什么呢？"

"知识。我想让您教给我卡巴拉的知识。"

"让死者复活的知识？"

"是的。"

司摩歪歪头，叹了口气。他逼问道：

"不行吗？"

"凭借卡巴拉的睿智没有办不到的事。解读了宇宙的法则，当然一切皆有可能。但是……"

他静静地等待着司摩说出下一句话。司摩却装模作样，故意让他着急。

"那是卡巴拉秘密中的秘密，是最为严格禁止的奥义之一。因为这有违神的旨意。"

"卖给我吧。请把奥义卖给我，我不会吝惜金钱。"

司摩评定优劣般地盯着他。

"您说不吝惜金钱？"

"是的。"

"原来如此。"司摩咧咧嘴，"这是一直以来都真诚地为我们施财的松本先生说的，应该不会有假吧？"

"绝对不会有假。"

他摇摇头。

"无论价格多高？例如——"

司摩报了一个价，那是可以匹敌工薪阶层平均年收入的金额。

"我设法准备吧。"

"是吗？"司摩喜笑颜开，"既然您连这样的思想准备都做好了，我就教您吧。这可是特例啊。您明白吧？"

他点点头。司摩满意地继续说：

"钱请作为施财汇入教团账户。您的贡献度会在教团里得到很高评价。"

"是拿奥义和它做交换吗？"

"哪里哪里！我信任您。现在我就教您。我一边给您看资料一边讲，我们换个地方。"

司摩站起身来。

他跟着司摩，乘坐那个秘密电梯上了七楼，被司摩领进了一个从来没有去过的房间。

那里似乎是司摩的私人房间。八叠榻榻米大小的房间里放着一张大木桌。两侧靠墙放着书架，上面摆满了茶色封皮的古书。

司摩让他坐下，翻开基本书籍开始说明。他热心听讲，一字不漏地做好了笔记。

当然，司摩的说明完全没有现实性，净是在胡说八道，连司摩自己都不相信。但是，他相信。因为他想要相信，所以就信了。

"……如果您仔细地实行，灵魂一定会降临。幸亏您是左撇子，卡巴拉认为左侧具有强大的力量。如果忠实地遵循我的话，您女儿的灵魂一定会归来。"

听了司摩的话，他默默地点点头。司摩继续说：

"在中世纪的欧洲,举行仪式时曾经用人的尸体作为灵魂的依附之物,但是在现代社会,这肯定是做不到的。因为这样做会成为罪犯。我建议您使用和您女儿一模一样的人偶作为依附物。"

"我明白了。"

他深深颔首,低下头不让司摩看见自己眼中黯淡的火苗。

42

和岳父的对话耗掉了佐伯很大的精力，可接下来发生的事，让他更为厌烦。他不禁咋舌，感叹自己怎么如此不走运。

那是在他离开长官室，等电梯的时候。电梯门无声地打开，当他认出从里面走出来的那个人时，毫不掩饰地皱起了眉头。

居然迎面碰上了属于警务局的监察官石上警视。这世上总会有和自己不投缘的人，对于佐伯来说，监察官石上正是个好例子。他总是在佐伯不愿意见到他的时候出现。这种不凑巧，就是无论如何努力都改变不了的坏运气吧。

佐伯打算对他不理不睬，径直走进电梯，却被石上拽住了胳膊，走不掉了。

"真是难得在这里碰面啊，佐伯警视。"

石上强行拦住他，把脸凑了过来。那是一张与爬行类动物相似的、眼睛凸起的苍白面孔。电梯开走了。

佐伯只好死心，装作刚刚看见他。

"原来是石上警视啊，我没注意。"

"你也没必要无视我的存在啊，长官女婿。虽然我知道你很忙。"

石上终于松开了他的胳膊。

佐伯也没有特别去解释，和他交谈这个行为本身就令人作呕。

"警视厅的搜查一科科长出现在这里，意味着——"石上露出厌恶的笑容，"是来挨长官批评的吧？"

"您真是明察秋毫啊，石上警视。"

他讽刺地说，然而对方却完全不介意。

"搜查好像是陷入僵局了吧？"石上面露喜色地说，脸上的表情越发阴阳怪气，"发生了这么大的案子，对于你来说，也是打错了算盘吧？"

"什么叫打错算盘？"

佐伯追问道。

"当然啊，你想要找到晋升的借口。因为没有任何业绩，光凭搞关系晋升的话，说出去不太好听啊。所以你看上了搜查一科科长的位子，以为这能省事地拿出成绩。如果能够把三年的工作安安稳稳地干下来，自然会有相应的业绩。可是你没有想到，居然会出现这种搞不定的案子。如果在这里慢吞吞地耽误下去，会影响业绩，所以你也格外着急吧，所以我才说你是打错了算盘。不是吗？"

"你这是以小人之心度君子之腹！"

佐伯吐出这么一句话。

"我是在同情你。"石上用强加于人的态度说,"让人生厌的工作可不好干啊。"

回答他未免有些愚蠢,可是要一言不发,佐伯也心有不甘。

"讨人嫌的是你吧?"

"哼哼。"石上冷笑起来,"这工作确实算不上愉快。因为我要揭露的罪行,是和我一样的警察犯下的。但是,没有比这更有意义的工作了!"

"……"

佐伯无言地瞪着他。

"我是有信心的,我能够把警察队伍清扫干净!"

"你搞错了吧?为了不让警察的脓液流到外部,私底下解决问题才是监察官的工作吧?"

"说到脓液,"石上无视佐伯的批评,满不在乎地继续说道,"上次碰到你时提过的警察名单泄露案,犯人是谁,已经有眉目了。"

"……"

"犯人不是你们搜查一科的,你放心!"

"那还用说?"

"果然是非精英组的家伙干的,他们真是些无药可救的垃圾。"

"这种话你还是别说了。"佐伯不由得提高了声音,"我跟你都是精英组的,让人听见的话,会把我跟你归为一类的。"

"哟,真没想到。"石上夸张地耸耸肩,"原来佐伯警视同情非精英组啊。真是博爱!"

我只是讨厌你而已——佐伯拼命压抑住自己的怒吼。如果在这里破口大骂,岂不是把自己也降到对方那种层次了?这一点他是绝对忍受不了的。

"对了,以前有个难缠的女独立记者找过我。"石上又露出了不怀好意的笑容,"她纠缠不休地问我,怎么看待精英制度。应该是姓篠吧,没去找过佐伯警视?"

佐伯没有理睬他。电梯终于升上来了。

"我听说那个女作家跟佐伯警视交情深厚呢,是真的吗?"

"如果是真的,监察官也要管?"

门一开佐伯就蹦了进去,急忙按下按钮。

"我考虑考虑。"

石上的声音从正在关闭的门缝里钻了进来。

43

他心里有个想法,这个想法酝酿着超出了一般常识的疯狂,而这种疯狂就是由于盲目的信任。

他全盘相信了司摩的介绍,深信那些骗人的仪式具有效力。就在这一瞬间,他那原本就快失去平衡的精神,急速坠落到癫狂状态。

他的愿望只有一个,就是女儿的完全复活。仅仅是让灵魂依附于人偶,他是不会满意的。他渴望女儿能够作为一个有血有肉的存在而复活。

他凭借与疯狂奇妙共存的冷静判断力,按照自己的方式开始做准备。首先需要考虑的是举行仪式的地点。他有一个绝佳的地方。几年前他在饭能买的圆木屋,有着非常合适的地理条件。从饭能站出发,只有开车才能到达那里。除了保留着自然风貌之外,这个地方没有任何优点。虽然周围也零散坐落着同样的别墅,但现在是淡季,应该不会有人来。一到晚上,这里应该会寂静得令人害怕。而且,如果开车的话,去东京也很方便。还在上班的时候,他由于工作性质,不能在太过偏远的地方买别墅,而现在看来却是起到了作用。

首先，他开车去预先查看了一下。到达后一看，确实如他预计的一样，别墅区没有什么人。被一时的景气冲昏头脑而买下别墅的业主们，眼下恐怕在为自己的仓促判断而后悔呢。饭能这个地方，对于体验休闲氛围来说，距离东京太近了。这一点对他来说却很合适。

然后，他开始为仪式做准备。按照司摩的说法，使用的祭器必须是一次都没有用过的崭新物品。最理想的是使用新材料自己亲手制作，但是如果办不到的话，就需要购买用于仪式的新东西。据说，卡巴拉认为，旧东西有可能附着着和仪式目的不协调的影响力。这一不同种类的力量，会和仪式举行者的力量产生短路现象，导致危险的后果。与此相反的是，尚未使用的工具没有浪费其内在的能量，这一点对于仪式来说是最为重要的。

他谨慎地一件件买齐了东西。他耐心地走遍了整个东京，所有的工具都从不同的商店购买。最为重要的祭器——手杖，则是他亲手制作的。他在日出之时从榛树上砍下枝条，把它削成五十厘米长，两端罩上铁套子。完工的手杖虽然是个外行人做的，却相当漂亮。他把手杖和买来的刀用白色绸缎包裹了起来。

在装束上，他特地避开白色，选择了红色。因为死者复活需要蕴藏着强大能量的火星力量。而象征火星的颜色就是红色。他细心地把举行仪式的房间统一布置成了红色。窗帘、地毯自不必说，连墙上的木头都刷成了红色。

他花了两个星期时间，做好了一切准备。行动期间，他几乎不睡觉，可是到最后还是需要花费这么长时间。其间，他每天只吃一顿饭，这是为了清洁自己的身体，激活内在能量。一旦进入举行仪式的阶段，还必须从一周前开始绝食。

履行完这些琐碎的规矩，他开始了行动。他必须找到能够容纳女儿灵魂的依附物。他不打算用人偶来应付。他想要的，是活生生的、人的身体。

他像以前经常做的那样，在公园的长椅上打发时间。在那里玩耍的孩子正是他的目标。他只是假装享受阳光而已，实际上眼睛则谨慎地追赶着孩子们。最重要的事就是选择依附物。一旦选错，迄今为止的努力都会白费。

他最重视的是体形和名字。体形当然要和去世的女儿相似才行。同时，名字也很重要。必须是和女儿一样的、数字路径为4的名字。否则，有可能阻碍降临的灵魂与依附物融合。

这是个难题。因为他不可能和每一个孩子交谈，确认她们的名字。即使用糖果哄骗打听出了名字，也不见得一开始就能遇到符合条件的孩子。反反复复这么做，又有可能引起家长的警戒。一旦大家把他当作变态奔走相告，就彻底没戏了。

他束手无策地在公园耗掉了两天时间之后，终于找到了一个好办法。当他看见孩子们聚集在遛狗的老人身边时，脑中灵光一闪。他立刻买了一只体型小巧得不能再小巧的可爱小狗。他只是给小狗戴上项圈牵到了公园而已，就吸引来了很多感兴趣的孩子。

他脸上露出温和的微笑，和抚摸小狗的孩子们搭起话来。他对男孩子不感兴趣，理想的对象是五岁左右，尽可能容貌端正的小女孩。

"喜欢小狗吗？"

只需要问上这么一句，孩子们就天真无邪地和他熟稔起来。

"小狗叫什么名字呀？"

"小狗几岁了？"

他一边回答孩子们提出的众多问题，一边不露声色地问出了她们的名字。

那是在买来小狗后的第三天。他算准时间，在3点左右去了公园。这个时间段，从幼儿园放学回来的孩子们会聚集在公园里玩耍。转眼间，小朋友们就围住了小狗。他们还自作主张地给小狗起了个名字，叫"小不点"。他和蔼可亲地和孩子们交谈，挨个问出了她们的名字。于是他找到了一个数字路径是4的孩子。不会算错了吧？他在脑子里反复确认。然后他确信，这是正确无误的。

"你住在哪儿呀？"

他温和地问。

孩子十分努力地把自家的地址告诉了他。在那里转弯,在这里转弯——她的说明很天真,方式稚嫩,但是对于他来说已经足够了。

"今天和妈妈一起来的?"

"嗯。"孩子精神地点点头,"妈妈在那儿。不过妈妈傍晚就要去上班了,我一个人看家。"

"是吗?真了不起呀。"

他的眼睛熠熠生辉。

目标确定!

44

他按下门铃,里面的人没有询问他是谁,就打开了门。没有化妆的伊津子出现在门后。

"真是少见啊,搜查过程中居然来了两次!"

"你嫌麻烦?"

佐伯迅速地闪进屋。

"怎么会呢?永远都热烈欢迎!"

伊津子侧过身,让佐伯往里走。

来到起居室,他发现这里干净如故。虽然他提前打过电话说自己会来,但是屋子也并不是因此而慌慌张张收拾出来的。工作资料也整整齐齐地叠放在桌上。

"你没在工作?"

他回过头问道。伊津子咧开嘴,表情诙谐地说:

"中场休息呀。又不是一坐在打字机前面就能写出好东西。"

伊津子穿着一套手感粗糙的灰色运动服,着装极为不修边幅。不管佐伯来还是不来,她总是一身家居服的装扮。再加上她是短发,看上去就像个涉世未深的少女。佐伯倒也不反感她这种形象。

"第一次见面的时候,你应该是长头发吧?"

他脱下外套,在沙发上坐定后,对着身后的伊津子说。

"是啊。突然问这个干吗?"

站在厨房里的伊津子头也不回地答道。

"哦,今天去警察厅,有人提起了你。"

"为什么会说起我?"

她似乎有了兴趣,湿着手走到佐伯身边。她好像正打算给佐伯做吃的。

"你认识石上这个男人吗?"

他转过身看着伊津子。

"是谁?"

"警务局的监察官,精英组的。"

"哦,这么说我就想起来了。我记得这个人,去你那里之前,我曾经申请过采访他,不过他的态度特别冷淡。"

伊津子侧身坐在沙发靠背上说。

"原来如此。我是头一回听说。"

"我采访了好几个精英组警官呢。"

"然后就选中了我这个牺牲者?"

"说对了!"

伊津子拍拍佐伯的肩膀,回到了厨房。

和伊津子的相逢，佐伯到现在都还记忆犹新。那是佐伯刚刚走马上任搜查一科科长的时候。

当时，伊津子突然出现在他面前。采访时也是旁若无人般全力以赴、莽撞无比。伊津子当时刚刚成为独立记者，正处于初生牛犊不怕虎的时期。直到现在，他们俩提到这个问题都还会为了当时的胡来一气而相互取笑。

"请告诉我，您如何看待精英和非精英的差别？"

做完自我介绍，伊津子没有任何开场白地直接问道。佐伯婉拒说，自己虽然不是特别忙，但是不能接受这样的采访。

第一次这么应付了过去。但是，伊津子的耐性是连老练的记者都自愧不如的。她瞅准佐伯回家的时间，又一次展开了攻势。

"我正在就警察晋升制度的矛盾进行采访。针对一部分只有学历而没有经验的精英担任警察队伍的管理职位，非精英组有这么多不满呢！"

伊津子取出密密麻麻排列着铅字的一叠纸，在佐伯面前拍得啪啪作响。

佐伯正急于走到停车场里自己的车旁。他不止步不转头，斜着眼瞟了她一下。伊津子也不放过他，紧随其后。

"你是一个人采访的吗？"

佐伯看看那叠纸的分量问道。

"当然了。"

伊津子强硬地说。

佐伯的视线回到正前方,旁若无人地继续往前走。伊津子拼命地继续说:

"我想问的是,操纵警察高层的精英们,是怎么看待这些不满的?您能看看这些内容吗?然后告诉我您的感想。"

佐伯站在自己的车旁,取出钥匙插进钥匙孔。伊津子完全无视他的动作。

"请等等!"

伊津子拉住打开的车门。

佐伯这才第一次认真地看着伊津子的脸,然后冷冷地说:

"收集了这么多材料,你付出的努力很了不起啊。但是,这里面到底有多少人说了真心话,你想过吗?"

"你说什么?"

伊津子愕然地把手从车门上抽回。佐伯乘机关上门,发动了汽车。后视镜里映出了被抛下的伊津子茫然伫立的身影。

从那天开始,伊津子每天都出现在佐伯的身边。虽然她进不了警视厅的大楼,但是她总是在他回家的时候叫住他。虽然佐伯觉得很厌烦,但是也不禁为她的执着而感叹。可是一旦要比起耐性,他却是不能输的。要不就是伊津子消失,要不就是佐伯屈服,这几乎成为了两个人意气用事的争斗。

虽然佐伯无视伊津子的存在驱车而去,伊津子却毫不气馁地追到了佐伯的公寓。她静静地站在路边,仰望着佐伯房间的窗户。她长达两三个小时地站在那里,直到末班车的时间到了她才离开。这种情况持续了两周。佐伯故意开车绕到别处,或是回代代木自己的家,让她扑个空。可即便是这样,伊津子也没有放弃。

"我可是不服输的!"

伊津子后来笑着说。然而,发生了一件事,让他们不能再一笑了之了。

有一天,晚上8点多突然下起雨来。雨渐渐越下越大,很快发展成了暴雨。佐伯那天早早地回了家,正在休息,忽然有点担心,于是往窗外一看,发现被雨淋得浑身湿透的伊津子依然伫立在那里。她好像是没有带伞,任凭雨水淋在身上。

佐伯拉上窗帘,打算不管她。他想,可能很快她就会回家了。

然而,伊津子的耐性更胜一筹。她一直坚持到发烧倒地。既然她晕倒在马路上,佐伯也就无法不理不睬了。他强忍住想要咋舌的不悦,把伊津子扶到房间里。他也不能帮她脱衣服,所以就递给她一条浴巾,把她推进了浴室。然后又借给她一套运动服,开车把她送回了家。

"对不起,给您添麻烦了。"

伊津子打着寒战,从颤抖的齿间挤出了这句话。

"你怎么那么倔啊？"

佐伯板起面孔，盯着前方问道。

"我想要听真心话，警察的真心话。"

"为了什么？"

伊津子环抱双臂说：

"警察和我们的生活安全息息相关，我当然想了解啦！"

佐伯虽然什么都没说，但是伊津子的话让他深受感动，让他发现了一心一意履行职责，顾不上关注普通人视线的自己。

几天之后，伊津子为了表示歉意请他吃饭，他没有拒绝。倔强如伊津子也不免有些沮丧，但是她依然果断地说：

"我决定重新采访一次，因为我想要挖掘到更深层次的东西。"

"那很好！"

这就是他和伊津子关系的开始。

伊津子坦率地把自己的婚史告诉了他，然后说：

"我并不是因为离婚受了伤害，才负气地不愿输给男人。我只是想确认一下，女人独自生活是怎样的一件事。"

几个月之后，非精英殴打精英的事件引发了社会关注。伊津子相继出版的报告文学立刻成为了畅销书。

"我赶上了好时机。"

虽然伊津子说得轻描淡写，但是一石激起千层浪，针对封建警察机构的抨击此起彼伏。在佐伯看来，这种歇斯底里强调民主主义的论调他是跟不上的。但与此同时，他也醒悟，这种批评不具有任何效力。

不出佐伯的预料，随着时间流逝，社会上的关注度也降低了。当然，警方也没有着手进行根本性的制度改革，直到现在伊津子对此都还耿耿于怀。

——佐伯回过神来，切断了回忆。他发现自己与以往不同，开始喜欢怀念过去了。他意识到，自己的内心萌发了怯懦之情。他很清楚原因何在，清楚得令人生厌。女儿望着他时，那如同看待他人一样的视线变成了碎玻璃，刺痛了他的心尖。那是他无论如何怎么躲避，都躲不开的冰冷碎片。

为了转移注意力，他伸手拿起放在桌上的周刊。那是一本《周刊春秋》，既有政治经济类的报道，也有社会文化类的文章，是一本很有可读性的杂志。佐伯哗啦哗啦地翻阅着，忽然注意到了一篇让他在意的报道。

佐伯从头开始认真读起。不知为何，这篇文章里有些内容触动了他的直觉。

"这本周刊是这个星期的吗？"

佐伯询问正在厨房里和饭菜搏斗的伊津子。

"啊？哦，那本啊，是上个星期的。"

"上个星期的呀。"佐伯的目光又回到了报道上，"能借给我看看吗?"

"可以啊。我已经看完了,送给你吧。"

"多谢哟。"

佐伯的视线落在标题的铅字上。那里写着:"性质恶劣的新兴宗教不断造成危害"。

45

　　他当天就确认了目标儿童的家庭地址，也证实了孩子的确和朋友一直玩耍到傍晚。搞清这些信息后，他暂时停止在孩子身边出没，因为他要避免附近的人注意到他。

　　他根据卡巴拉确定举行仪式的日期后，按照时间安排开始绝食。也许是因为他的食量本来就已减少，所以绝食并没带来太大痛苦。同时，他买来了充当活祭品的鸡。他从司摩介绍的一个叫做白冈的农户家里买来了一只黑鸡。他从司摩那里听说，教团仪式所用的鸡也是从这里买来的。据说，这家人不询问鸡的用途，只要给钱他们就卖，所以教团所有的鸡都是从这里买的。

　　他把鸡带回饭能的圆木屋，关在鸟笼里，一天不拉地给水喂食。如果还没到仪式那一天鸡就死了，那可就得不偿失了。他充满爱心地照料着这只鸡。

　　他把仪式定在了星期一。因为作为一周之始的星期一，是宇宙能量最为充盈的一天。为了这一天，他反复斋戒沐浴，向神灵祈祷。他感觉到自己体内的能量正在不断膨胀。

　　他决定在仪式当天把孩子带走。他没有考虑过失败的可能性，他无来由地坚信自己能够一次成功。

傍晚5点半，他把小狗放在车上出发了。他把车停在事先确定的、轨道旁的马路上，下了车静静等待。道路左侧是混凝土墙壁，电车在墙的那一边飞驰。右侧是冷冰冰的灰色仓库，等距排列的路灯散发着寒冷的灯光。来往的行人很少，反倒是沿着混凝土墙乱停乱放的车辆很多。他混在其间，等待着孩子的到来。

他没有戴太阳镜遮住脸庞。不显眼是最重要的，如果弄巧成拙，反倒惹人怀疑，因为这里也不是完全没有行人。他很清楚，只要不引人注目，就不用担心什么目击者。

暮色很快笼罩了四周，晴朗的天空被染得血红。夜色悄然降临，孩子这就要回家了。

在时针指向5点43分的时候，汽车的后视镜里出现了少女脚步匆忙的归家身影。可能是家长提醒过她，一旦天黑就要赶紧回家。她拼命迈动小腿，几乎是一路小跑着过来的。他慢慢起身，抱起后座上的小狗，打开车门，把它放在了地上。他刚一松手，小狗就一溜烟跑了。

"喂，回来！"他大声叫起来，引起了孩子的注意。小狗冲着少女狂奔过去。

"哎呀！"少女高兴地发出了惊讶的叫声，"小狗！"

她蹲下身捉住了跑过来的小狗。被她轻而易举捉住的小狗摇晃着尾巴讨好她。

"哟，谢谢了。"

他举起手，靠近少女。

"咦？叔叔，我以前见过你！"少女抬头看着他的脸说，"哦，这家伙是小不点儿。"

她喜爱地抚摸着小狗的脑袋。

"你帮我大忙了，我还以为它会跑掉了呢。"

"它想要逃走吗？"

少女觉得不可思议，歪歪脑袋。

"是啊，因为它是个调皮的小鬼，一会儿就不见了。"

他蹲下来，看着少女的眼睛。

"跑了也不怕，我帮你找！"

少女骄傲地说。

"那我就放心了。不过，你要是抓住它，会还给叔叔吗？"

"还呀！"少女似乎很意外，气鼓鼓地说，"我可不会要别人的狗。"

"哦，是吗？对不起呀。你喜欢狗吗？"

"嗯。"少女点点头说，"不过，妈妈说不能养。"

"原来是这样啊。妈妈不允许呀。"他同情地说，"既然这样，可就养不成了。"

"嗯。"

少女沮丧地低下头，抚摸着小狗的脊背。

"要不这么办吧,叔叔家还有一只小狗,我把它送给你吧。我来照顾它,但它是你的。你随时可以来找小狗玩,怎么样?"

"啊?真的?"少女抬起头,眼睛都亮了,"可是,我必须告诉妈妈……"

"叔叔会告诉妈妈的,我觉得妈妈也会同意。"

"真的吗?"

"交给叔叔办你就放心吧。"

"嗯。"

少女露出满面笑容。他也微笑着说:

"那我们这就去看小狗吧。叔叔的车就在那儿。"他指指车,"叔叔家马上就到,看一眼就回来,不会挨妈妈骂的。"

"嗯!"

少女抱起小狗,毫无戒备地上了车。

"好,出发!"

他慎重地发动汽车,仔仔细细地观察四周,确认没有任何人看见了这一幕。

46

佐伯在伊津子的公寓住了一个晚上。第二天，他一大早醒来，吃完自己做的早饭就离开了。不打乱对方的生活节奏，自己的事情自己做，是他们俩的规矩。伊津子虽然也起来了，但是她打算佐伯走后再睡一会儿。她没有换衣服，注视着佐伯吃完饭，把他送到了门口。

这是个阴天。低沉得让人喘不过气来的冬日天空，似乎伸手就能触摸到。就在他走出公寓大门的一瞬间，残暴的寒意就开始啃噬他，佐伯不由得把脸埋在了衣领里。

就在这个时候，刺眼的闪光灯突然袭击了佐伯。他眯着眼睛朝光源方向望去。

一个举着照相机的男人，正在连续按下快门。佐伯举起手挡住了直射他眼睛的闪光灯。

"你要干什么？"

佐伯吼了一声，面无表情地接近这个男人。男人把照相机挪开，露出脸来，浮起讨好的笑容。

"你是谁？是哪儿的摄影师？"

摄影师一点一点向后退缩，却被他一把拽住胳膊拉了过来。摄影师弯着腰，像个被欺负的孩子，虚张声势地说：

"你，你是警视厅的佐伯科长吧？"

佐伯没有回答，用犀利的目光狠狠地盯着对方。男人继续结结巴巴地说：

"负责幼女谋杀案的前线指挥，是你吧？记者们都说你神出鬼没，不管夜里还是早晨突袭都找不到你。哎哟哟，疼！你放手啊！"

佐伯松开了他的胳膊。男人用夸张的姿势急忙躲开，甩了两三下右臂。

"疼死我了。你真会使蛮劲儿啊，科长先生！"

"你打算用照片干什么？"

佐伯的声音低沉而冷漠，因而令人害怕。男人被他的气势所压倒，往后退了一步。

"呵呵，我知道你神出鬼没的原因了。原来警视厅的搜查一科科长大人金屋藏娇啊，这可是个不得了的新闻。"

"把胶卷给我！"

佐伯伸出手逼近他。

"去你的，开什么玩笑，这可是独家新闻，你还有脸找我要？"

男人护住了照相机。佐伯纵身抓住男人，拧过他的胳膊，试图夺过照相机。

就在这一瞬间,他暴露在马路对面的另一个闪光灯下。他一抬头,又被灯光闪了。摄影师是两个。

"嘿嘿,你把这个拿走也没用哦,已经晚了!"

另一个摄影师在连续拍摄佐伯之后,以脱兔之势逃跑了。他跑得实在太快,佐伯是追不上的。

"啧!"

佐伯不由咋舌,松开了男人的手。男人表情僵硬地嘿嘿笑着往后退,见佐伯已经放弃,便立刻转身溜走了。

佐伯摇摇头,朝自己的车走去。

这些照片两天后刊登在了周刊上。它们精妙地捕捉到了佐伯从伊津子公寓走出的那个瞬间。附在照片后的文章以开玩笑的口吻揶揄说,指挥搜查的一科科长频繁出入情人家,当然抓不到犯人了。

不用说,这篇报道在社会上引起了强烈反响。抨击搜查总部的声音沸沸扬扬,出现在各家杂志的封面。很多杂志的论调显示,它们与其说是在为搜查的停滞不前感到烦躁不安,不如说是在享受批评警察的过程。确实,作为新闻来说,这条消息比起幼女谋杀案要煽情得多。

当事人佐伯完美地坚守沉默。他没有进行任何解释,如同什么事都没有发生过一样，坦然地履行着自己的职责。甲斐刑事部长虽然怒火冲天地来搜查总部兴师问罪，但是佐伯对他也是冷静处理。对警察厅长官察言观色的甲斐，也只是在一开始的时候气愤得差点血管爆裂，随着时间流逝，慢慢地火气也就消了，最后只是总结性地嘱咐佐伯等等，看以后怎么处理。

反感佐伯的多数派，以及和他有共鸣的少数派，都紧张地关注着佐伯的处分。但是，某件事的发生，让大家把这一内部情况抛到了九霄云外。

各家媒体都收到了犯人的声明。

47

　　他哄睡了孩子，以免她吵闹。因为没有搞到安眠药，所以他给孩子喝了两瓶儿童感冒糖浆。高高兴兴喝下甜蜜糖浆的少女，转眼就沉沉睡去。

　　一到圆木屋，他就把少女抱到了床上，给她盖上被子，让她继续睡。仪式计划在凌晨12点开始。

　　他以为少女中途会醒过来，但是她一动不动地沉睡着。如果不管她，或许这孩子会一觉睡到天亮。这对于他来说再好不过。

　　在凌晨来临之前，他过得悠然自得。他沐浴净身后，打开了久违的书。那是只在学生时代读过一次的、尼采的《查拉图斯特拉如是说》。当时难以理解的文章，不知为何如今却了然于心。他觉得自己内心产生的磁场，和尼采坚硬的文字产生了反应，相互吸引贴近。意识范围的无限扩大，既令他惊讶，又充满乐趣。这种发自内心的轻松感，他已经很久没有体会过了。

　　高密度的时间转瞬即逝。一留神，他发现时间已经到11点半了。他竟然忘记了仪式的存在。他不由得悄悄称赞自己，竟然能够完全保持一颗平常心。

他脱下了身上所有的衣服，贴身穿上了红色的装束，走到已经为仪式做好准备的房间，打开了灯。红色的灯光照亮了红色的房间，连影子都带着奇妙的红。

他满意地环视房间，这是他亲手打造的圣地。地上标准地画着圆形和两个三角形构成的魔法阵。代表火的三角形和代表水的倒三角形组成的魔法阵，象征着贤者之石。他的衣服上也绣着同样的图案。

在包围圆形的四方形上，摆放着烛台。烛台上都竖着黑色的蜡烛。他用从未使用过的火柴一根根地点亮了烛火。

正北方位的祭坛上，有一个小小的火盆。他把火盆里的木炭也点燃，放入香芹、黑色芥菜籽和白檀。就在他守望的过程中，火引燃了这些东西，开始发出噼噼啪啪的声音，散发出一股复杂的香味。

他再一次环视房间，满意地点点头，朝卧室走去。少女还在沉睡，脸上的表情天真无邪。他把手轻轻放在她肩上，把她晃醒。

少女微微睁开双眼，表情恍惚地看着他的脸。他微笑起来。对少女的疼爱之情涌上心头，甚至让他心头一痛。

他把她抱起来，把拿在手里的水杯放在她唇边。杯子里有他住院时开的镇静剂。他把镇静剂捣碎后融化在了水里。或许是渴了，少女毫无抵抗地喝完了液体，再一次沉沉睡去。

他掀开被子，脱光了少女的衣服，然后温柔地把赤裸的她抱到了房间里,轻轻地把她放在祭坛上躺下,就像在放一件贵重物品。她完全没有醒过来的迹象。

他从厨房取来鸟笼,鸡老老实实地任凭他搬动。

一切准备就绪关上门的时候,还差十分钟到12点。时间正好合适。他缓缓朝魔法阵的中央走去。

首先,他安静地进行了默祷,在心里歌唱着对神的感谢。然后,他画画似的绕着魔法阵逆时针走了三圈。"左",是召唤看不见的能量的重要元素之一。

然后,他跪在祭坛前,合掌闭眼,缓慢地呼吸,将精神集中在双眉之间,嘴里开始静静地念诵咒语。

我,凭借神圣的复活和被推落地狱之人的苦恼,
把你,死者的灵魂召唤至此,命令你,
回应我的请求,为了逃离永远的苦恼,
服从这一神圣的仪式。

他念诵着咒语,一开始时声音只是隐约可闻,在一遍又一遍的反复中,自然而然地抬高音量。最为重要的一点,就是把自己的兴奋控制在极小的限度。在煽动内心兴奋的同时,还必须完全支配它。他一心一意地念诵着咒语。

除了咒语,听不到其他任何声音。打破寂静的,只有他的声

音和蜡烛的炸裂声,以及线香燃烧的声音。升腾的烟雾渐渐越来越浓。它和红色的灯光撞击在一起,相互争斗,然后卷起漩涡。漩涡围绕着他,将他吞没。他置身于漩涡中央,一心一意地呼唤着灵魂。

尽管房间里没有开暖气,但是他感觉到温度在一点点升高。他的额头上渗出了汗珠。在他体内,兴奋如波涛般汹涌而来。它就是波涛,一遍遍涌上来又退下去。波涛的能量渐渐越来越大。水位一点点上升,切切实实地接近了临界点。

在波涛涌上来数次之后,他开始有意识保持它。而且,他不让热度减退,而是让它不断高涨。

他站起身来,把祭坛上的面包放在少女的腹部。少女依然沉睡。他取过红酒杯,把液体滴落在面包上。那是葡萄汁。紫色的液体渗入面包,也浸染了少女的身体。

啊,我渴望之处的灵魂啊。
我获得了全能之神的力量,
在此把你呼唤。

他拿起榛树手杖,轻轻敲击少女的身体。重复三遍之后,他再一次开始念诵咒语。

现身吧，高兴地、清楚地，

跟我说话，不要欺瞒。

来吧，无需犹豫。

他又用手杖敲击了少女三次，停顿片刻，又敲击了三次。

"砰砰"的声音在耳畔回响，他意识到，一股巨大的能量正在起作用。这一能量充盈了整个房间，给予了他勇气。此时此刻，兴奋正要达到高潮。很快，他将无法继续控制自己。而这个时刻就是内在能量充盈迸发的瞬间。随着力量，欢喜也在他脑中翻涌，刺激着他采取行动。

啊，我渴望之处的灵魂啊。

他走向鸟笼，掀开网，伸手把鸡抱了出来。鸡温顺地任他摆布。

啊，我获得了全能之神的力量，将你呼唤至此。

他用右手抓住鸡脖子。突然，鸡发出了一声哀鸣。突然被勒住脖子的鸡痛苦地扑腾着翅膀。

他抓住刀，靠在鸡脖子上，横着轻轻一拉。

鲜血四溅。鸡不断发出哀鸣。他把鲜血滴遍了少女的整个身体。

他切实地感受到鸡的生命和鲜血一起流淌了出来。生命如今成为了血的潮水，注入了少女的体内。万事俱备。

来吧。来满足我吧！

他的脑髓在尖锐的声响中麻痹，仿佛脑中被埋入了发出高亢声音的音叉。他扬起了嘴角。

如同轻轻抚摸脆弱的纸工艺品一般，他伸出双手放在少女的喉头。少女的眼睑微微颤动。

他呼唤着亡女的名字，感觉到女儿似乎已经来到了身边。

"现在就把身体还给你哦，你再忍耐一下哟。"

他嗫嚅道，就像女儿近在身边一样。然后，他缓缓地、缓缓地加大了双手的力道。

缓缓地，缓缓地。

紧紧地，紧紧地。

——他一夜没有合眼，等待着黎明的到来。女儿的魂魄已经依附到少女身上，应该会在黎明到来之际苏醒过来。

但是，他的期待落空了。

尽管太阳已经升起，少女却依然冷冰冰的。

48

用打字机打出来的声明,被送到了东都、日报、每朝三大报纸。信封是普通的牛皮纸茶色信封,收信人也是用打字机打出来的。没有寄信人姓名,邮票上的邮戳是新宿区的牛込邮政局。

收到信件的报社态度也各不相同。东都和日报认为事关重大,立刻通过社会部报告了警视厅。但是,唯有每朝报社试图把它作为独家新闻。它没有确认其他报社是否收到了同样的信件,便决定为了报道独家新闻而不通知警方。《每朝新闻》之前也因为操之过急而出现过误报。每朝疏于核实情况的体质暴露无遗,以至于每朝的记者后来在警视厅的记者俱乐部里都抬不起头。当然,这又是另外一件事了。

声明的内容如下:

请原谅我突然来信。

我是了解失踪的多田妆子小朋友行踪的人。

从小妆子消失踪影的那一天起,我一直战战兢兢地过到了今天,总是担心这件事会出现在报纸上。

但是,报纸上完全没有出现小妆子的消息。

为什么警方会选择保密呢？我百思不得其解。

所以，我想到了给报社写信这个点子。

要问我怎么会知道多田妆子失踪，那是因为带走小妆子的人就是我。

为什么要把她带走呢？因为我太喜欢她了。为什么一说喜欢小孩子，世间的人就会露出憎恶的眼神呢？为什么会说这是"萝莉控"呢？难道世间的人不认为小孩子很可爱吗？

我喜欢小妆子喜欢得不得了。本来我也不打算这么做，但是我实在是太喜欢她了，所以忍不住就把她带走了。

我并没有恶意，请相信我。

世间的人会叫我绑架犯吧？但是，情况并非如此。我只是无法抑制地喜欢小孩子而已。

我希望你们能够了解这一点，所以才写了这样一封信。我绝对不是"萝莉控"。

我希望你们早点找到小妆子。我想，小妆子也在期盼你们找到她。

接到报告的搜查总部围绕声明展开了激烈的讨论。

"首先必须确认，这封信是不是真的来自犯人。"

老资格的搜查员发表了意见。听了这话，另一名搜查员举手说：

"在目前这一阶段，多田妆子小朋友失踪的消息还没有在社会上传开。既然写这封信的人知道这个情况，那他应该就是犯人。"

"不对，只是报纸上没有报道这一消息而已。我们并没有完全下封口令，住在附近的人当然知道，亲戚们也都有所耳闻，有可能恶作剧的人就是通过这种途径了解情况的。"

"那么，你认为这只是恶作剧？"

东日野署的刑警问道。

"到目前为止，这样的恶作剧确实让我们很头疼啊。"

一位四十来岁的刑警说。

听大家交谈的丘本缓缓插话说：

"但是，我感觉这一次的信具有一种真实性，不像是单纯的恶作剧。"

"的确如此啊。"

有人表示赞同。

"文章的文笔稚嫩。但是这种稚嫩并不让人怀疑作者的受教育程度，而是给人一种不寒而栗的疯狂印象。"

"他再三强调自己不是萝莉控，反倒让人觉得欲盖弥彰。"

很多人都同意他的意见。组长见状，总结说：

"好，明白了。虽然不能完全排除这是恶作剧的可能性，但是我们需要考虑一下，万一这是真的，我们可以据此推测出什么情况来。"

"犯人的目的是什么?"

"他要我们快点找到小妆子,也就是说,要我们去找尸体吗?"

"如果这封信是真的,那么小妆子的死也就是板上钉钉了吧?真遗憾呐。"

"要是这样,犯人的目标是什么呢?"丘本说,"真的只是狂人的疯言疯语吗?"

"不会是愉快犯①吧?"发言的是北冈,"我认为写这封信的人有着强烈的自我表现欲。他有没有可能是在吸引社会上的关注呢?"

"看到媒体因为自己写的信乱作一团,他正高兴着呢。"

"或许他真的不正常。"

"杀害小女孩的家伙,本来就不正常。"

"确实如此。"

"你们读了信不觉得生气吗?居然还开脱说自己没有恶意!"

"他到底是想脱罪,还是真的没有恶意呢?"

"如果只是想脱罪,倒是有几分可爱之处。如果他真认为自己没干坏事,那就太可怕了。"北冈说。

"不管是哪种,写这封信的人都一定是个变态。"老刑警的意

---

① 扰乱社会并以其反响为乐的犯罪,亦指其犯人。

见让大家异口同声地再次表示赞同,"这样一来,犯人的形象不就清晰多了吗?犯人的年龄,在二十岁出头到三十五岁至四十岁之间,未婚,没有女朋友,是对成年女性提不起兴趣的所谓萝莉控。"

"而且,从文笔来看,他受教育的程度并不高,有可能头脑不太正常。"

"没准儿轻而易举就能检测出指纹呢。"

"这篇文章也有可能是故意写得这么拙劣的。只要稍做检查,就不至于反复用上四个'为什么'。"

"至少他受到的教育让他足以使用打印机。"

一个警察开玩笑说,写信的人在这一点上就比他还聪明。可是没几个人因为这话而笑起来。

佐伯瞅准合适的时机说:"好,我清楚了,无论怎样,把这篇文章发在明天的晨报上。搜查总部必须陈述观点,就按照刚才讨论的内容来表态吧。"

没有人提出异议。

"既然这样,搜查总部就把这封信当作是真的,把重点放在调查变态者和寻找尸体上,请各位加倍努力开展搜查工作!"

在第二天的晨报上,各个报社都把声明文章放在了最好的版面。电视的新闻节目、综艺节目也在谈论这个话题,社会上对此密切关注。幼儿父母深受震撼，统一接送孩子的幼儿园多了起来。没有面包车的幼儿园学童数量明显减少。

多位心理学家出现在电视屏幕和杂志上，展开了各自的论点。犯人是"萝莉控"这一说法迅速得到渗透。

在这样的混乱当中，刑警们默默地展开了调查。事到如今，他们已经顾不得体面了。他们找到发行这类杂志的出版社，打听出了几个有此种癖好的人。搜查范围扩大，刑警们的负担也增加了。

丘本等人继续调查深蓝色 Sylvia 的车主。名单上一半的人都还没有查清。四处奔波忙得双腿酸软的日子看来还要持续一阵。

"最后结果如何呢？"

这天，北冈走着走着突然嘟哝了一句。

"什么如何？"

丘本反问道。

"佐伯科长的处分呀。"北冈抬高了声调，"借着这次的混乱，这桩事儿也不了了之了吧？媒体的注意力转移，上面也完全不追责了。"

这一点丘本也注意到了。不，这是参与搜查的所有刑警秘而不宣的疑问。

他闹出这么大的丑闻，是免不了要从科长的位置上引咎辞职的。但是上面没有训斥他，警察厅的监察官和警视厅的搜查二课也没有出马的迹象。要说起来，这确实极为奇怪。

"这就是所谓的运气好吧。"北冈夸张地摇摇头，"唉，要我说呢，他也是个普通人啊。不过，婚外情败露，他不会有麻烦吗？警察厅长官也会很不爽吧？"

"这个可就不清楚了。"

丘本暧昧地回答。

让这件事稀里糊涂地过去，不再追究责任，或许就是警察厅长官本人的意思。而且在这当中，一定还掺杂着佐伯父亲押川英良的意愿。因为，如果抓住佐伯的丑闻不放，很快就会波及押川英良。要赶在城门失火殃及池鱼之前迅速把火灭掉才是正事。

大部分刑警对此都很清楚。像北冈这样后知后觉的人迟早也会明白真相。佐伯确实对情人风波负有责任，他也并不打算逃避这一责任。但是，警察内部没有多少人理解这一点。佐伯已然坐如针毡。

"不要管别人的事。我们干好自己的工作就行。"

丘本斩钉截铁地说。

49

他陷入了深深的失望当中。

如此强烈的挫折感,他在人生中还是第一次体会到。他的头脑一片混乱,思考形态完全崩溃。他陷入恐慌,完全不知道自己该做什么。

他抚摸少女的身体,屡次摇晃她。因为他觉得这孩子或许只是睡着了。但是,少女的肌肤冰一般的寒冷,无论他怎么摩挲,体温都无法恢复正常。少女的生命已经结束,永远不再呼吸。

当他发现自己的努力都是徒劳之时,受到了极为沉重的打击。他抱着脑袋蜷缩在地上。巨大的期待,按照相同的绝对值由正数转为负数。他绝望了,如同陷入了无法逃脱的深深泥沼。

他不吃不喝,连续三天蜷缩着没有起身。他面颊消瘦,头发失去了光泽,变得毛躁不堪,双眼因为狂热而目光灼灼。

第三天,他终于站了起来。一阵眩晕袭来,让他双腿蹒跚。

因为他闻到了一股异臭。少女的尸体已经开始腐烂了。如果没有这股臭味,他或许会永远蜷缩在地上。这股腐败的气味让他回到了现实。

首先需要考虑的是如何处理尸体。这副身体已经没有用处了，必须找地方处理掉。幸亏有车可以搬运它，这里人也很少。只要不选错地方，应该不会有人发现。

他用黑色塑料垃圾袋把尸体包裹起来，牢牢地封住袋口，以免尸臭泄露出来。这样掩埋的话，狗也不会来刨。他迅速完成这些工作，把袋子、铲子和手套放在车上，半夜出发，到山梨县的深山里掩埋了尸体。

事情告一段落，他回到了很久未归的公寓。房间里飘荡着一股馊臭，但是他没有注意到。他没有开窗换气，直接抱着头坐在了沙发上。

为什么？为什么女儿没有苏醒呢？

他的大脑被这个疑问满满占据，难以进行其他的思考。整整一个月，他都像哲学家一样埋头思索，几乎无法着手做其他的事情。

然后，他终于想到了失败的原因。他得出了结论——自己的仪式不存在任何遗漏。这是他在脑海里一遍又一遍回忆仪式过程之后得出的结论。工具的准备、日期的选择也都准确无误。既然如此，唯一能够想到的原因就是依附物本身了。

依附物和女儿的灵魂不相容，他这样说服了自己。仪式万无一失。女儿的灵魂回应了他的呼唤，的确就在自己身边。但是关键的依附物却出了问题，女儿无法和这具身体融合。

他感觉雾霭散尽，眼前一片清朗。他的希望没有破碎，失败了重来一次就行。这个结论让他重新振作起来。

他再次开始行动。首先，他着手充实自己的知识储备。在司摩教授的仪式之外，或许还存在有效的魔法。他到书店四处购买古今中外的魔术书，都堆在桌上，争分夺秒地全部读完。他在大学笔记本上密密麻麻做好记录，还按照自己的理解添加解释并系统化。对于新学到的知识，他充满自信。

他重新配备了工具。曾经用过一次的东西全都丢弃，从零开始再次一一购齐，运到饭能。

关在小木屋里的小狗已经饿死了。搁置不管已经一个月有余，小狗的尸体腐烂得相当厉害。他用塑料袋把它裹好，不加掩饰地扔了。

接下来，他再次着手选择依附物。他又买了一只小狗。当然，为了不被人发现行踪，他是在另一家宠物店买的。

他不打算在选择依附物这件事上吝惜时间。他必须足够耐心地慢慢挑出和女儿相配的依附物来。

但是，即便这样也存在第二次失败的可能性，因为肉体和灵魂的相容性是无法事先了解的。

这样也没关系，他如此想道。失败的话，只需重来一次即可。无论多少次，无论多少次都没关系，直到女儿复活。

50

佐伯回到公寓，等待他的只有房间里寒冷刺骨的空气。打开灯也无法驱散寒意。他拿起遥控器，打开了空调。

录音电话的指示灯在闪烁，好像是有人留言了。他按下播放键，一边松开领带，一边听录音。那是伊津子的声音。

"你工作辛苦了！回来之后给我打个电话吧，任何时间都行。我等着！"

就这一条留言，没有其他信息。现在几点啊？他心想着，视线落在了右手腕上。手表指针指向1点。对于伊津子来说，这也就算刚天黑。

疲劳渗透进身体的每一处。从最近这段时间开始，他已经能意识到这种疲劳了。原来睡三个小时就够，但现在已经没办法这么瞎来了。单是脱下西装就已经让他耗尽了体力，真想就这样什么都不做直接钻进被窝。似乎是心理作用，胃也在丝拉丝拉地发疼，就像全身所有地方都出了毛病似的。

他撑起沉重的身体，给浴缸放上水。至少得泡个澡，否则明天早晨太难受。如果把疲惫带到第二天，身体会越来越乏力。今天的污垢今天除掉，是佐伯每天必做的事。

烫得让人想跳起来的热水冲刷着身体，让他清醒了一些。洗完澡喝杯乌龙茶，他感觉水分滋润了整个干燥的身体。

他一边使劲儿地擦着湿漉漉的脑袋，一边在沙发上坐下来，这才拿起话筒，按下了快捷拨号键。电话嘟嘟地连续响了几声之后接通了。

"喂！"

伊津子声音清脆，她应该还没睡。

"你打来电话了吧？"

佐伯没报姓名，直接问道。

"哦……是。"

她的回答听起来兴致不高。

"你在工作？"

"嗯，没关系，本来就是我叫你回电话的。"

"有事吗？"

"事情啊……嗯，是啊。"

她从来不像这样吞吞吐吐。他觉察到与平常的伊津子不相符的踌躇。

"怎么了？"

"嗯，我觉得情况很糟啊。"

佐伯并不清楚伊津子嘴里的"情况很糟"，指的到底是两人的关系被曝光，还是案子，据他判断应该两者都有。

"你这么忙，我还叫你回电话，对不起！"

"没事，倒是给你添麻烦了。杂志记者都蜂拥而至了吧？"

"来了。"伊津子总算扑哧笑了，"我觉得自己都成艺人了。挺好玩的。"

"没影响你工作就行。"

"我没关系，反而让我更出名了。"

佐伯无法判断她这么说是不是在逞强。

"可能他们早就在跟踪我了，我居然也没注意到。"

"是啊，这可不是你该犯的错。"

"就是呀！"

一阵沉默。

"……你累了吧？"

"可能是吧。不过我一直都这样。"

"你打破了自己定的规矩，所以受到了惩罚。谁让你查案子的时候往我这儿跑呀。"

"或许是这原因吧。"

"我说……"

伊津子开了头，却总也不往下说。佐伯沉默地等待着。

"最近你和平常不太一样，你注意到了吗？"

他感到伊津子是下了很大决心才说出这句话的。

"嗯……好像是有点。"

"你注意到了？"

伊津子叮问道。

"我想我是注意到了。"

"那么，你知道原因？"

伊津子的语气带着一种急迫感。

"原因？就是累了嘛。"

"你骗人！"

伊津子简短地说，就像在责备佐伯的搪塞。

"那你知道原因？"

他听见对方在话筒的另一端短促地吸了一口气。

"你如果认为我没注意到，那就太糊涂了。"

"你生气了？你在生什么气啊？"

佐伯不知道伊津子想要说什么，似乎伊津子被他的态度激怒了。

大约五秒钟之后，伊津子打破了沉默：

"我们暂时不要见面了吧。"

"你什么意思？"

佐伯祈祷自己的声音依然冷静，面对伊津子突如其来的要求，他的内心多少还是有些动摇。

"就算我不说，你也会有这种打算吧，毕竟这事儿影响到你的工作了。"

"如果你是在考虑我的立场，那不用担心。我的事情，我自己会处理。"

"即使是这样，在大家的议论稍有平息之前，我们不见面也是明智的选择。"

"嗯。"

佐伯只好点点头。

"就是这件事，我想说的就是这个。"

"你怎么了？是我说什么惹你生气的话了？"

伊津子说的完全正确，但是他总感觉这话还有些言外之意。

"如果我说是，你会反省吗？仅仅只是这样我都会受到伤害。"

"受到伤害？你是说我伤害你了？"

"你别什么都来问我，自己动脑子想想！"

"我可以道歉。但是，如果这样的话，我完全搞不清是怎么一回事。"

"你别糊弄！别糊弄我也别糊弄你自己！"

"糊弄自己？你是说我吗？"

"对！"伊津子简短地表示肯定，然后继续说道，"回头我再找时间给你打电话吧，你要注意身体。"

他还没来得及挽留，电话就断了。佐伯皱起眉头，把话筒扔到了桌上。

他双手交叉放在脑后,抬头望着天花板。空调很管用,室温令人舒适,但是寒意却仍未散去。难道是不像样的家具、煞风景的装修营造出了这种荒凉的氛围?如果是这样,那就要时不时地买点花回来。

忽然,佐伯意识到了一个事实,原来自己孤独得无可救药。回过神来,他发现一个人都没有。没有一个他不可或缺的人,也没有一个需要他的人。这就是所谓坚强地活着吗?一直不放松对自己的要求,就是为了度过这种寂寞的人生吗?如果是这样,我到现在为止究竟都在做什么呢?

呵呵呵——自嘲的笑声从他嘴里滑出。佐伯就像是打心底里感到极为可笑一样,肩膀颤抖着笑个不停。

51

　　冬天的气息悄然而至，不知何时已包裹了街道。寒风夺走了风景的色彩，一切都变得苍白。来来往往的行人，步履毫无意义地变得慌忙起来。无论人们情愿与否，它都在提醒大家腊月已经来了。

　　就在不久之前还让人焦头烂额的炎热夏季，就像没有来过一样。

　　还来不及感受秋天，冬季就在转瞬间到来。他宛如被巨浪吞噬一般，随波逐流，一警醒，发现自己已经来到了一个完全没有想到过的地方。牵着小狗漫无目的四处彷徨的自己，在他眼里就像个不认识的陌生人。自己会在凄凉的冬季外出遛狗，是一年前的他做梦都想不到的。发生在自己身上的事，就像电影、小说里的故事一样缺乏真实感。

　　他这几天经过的公园，空间很大，是孩子们奔跑追逐的好地方。红砖步道蜿蜒穿过金黄色的草坪，四处伫立的树木在寒风中颤抖着枯枝。

　　他喜欢这个公园。当他牵着健康活泼不惧寒冷的小狗遛达的时候,遇到了一位同样牵着狗的老人。老人的狗是身高接近人腰部的大型犬圣伯纳德,它大得让人分不清到底是谁在牵着谁走。和威风凛凛的大狗擦肩而过,他的小狗害怕地躲到了人行步道外面。圣伯纳德似乎对小狗的行为感到不解,盯着它看。他和老人也相视而笑。一过下午3点,小学生、初中生就放学了。他们聚集到公园里来,追逐着四处滚动的足球和排球。有的人在练习棒球接球,有的人在打羽毛球,但是风太大打不了。回过头来,他看见还有孩子在放风筝,风筝在天空中轻快地飞翔。黑色的三角形风筝乘着强风不断向高处飞去。

  幼儿园的孩子们还做不了这样的游戏。他们离开父母的监视,和自己的小伙伴们聚在一起,简单地追来跑去。捉迷藏、踢易拉罐的游戏规则,依然和过去一样。孩子们热衷于踢易拉罐,表现出的热情绝不亚于对电子游戏的兴趣。

  沿着步道向前走,是一条人工挖掘的小河,上面有一座桥。河两岸的常绿树木郁郁葱葱,白天也在地面上投下淡淡的阴影。小狗鼻子凑近潮润的湿气,好奇地钻进了茂盛的植物中。他也弯下腰来跟着小狗走了进去。

  系着链子的小狗一个劲儿地把他往树丛深处引,似乎有什么东西让它很感兴趣。他拨开树枝往前走着走着,看见绿叶的缝隙中露出了一抹黄色。小狗朝着它飞奔而去。

  "汪!"小狗叫了一声,"啊,小傻瓜!嘘!"他听到了一个稚嫩的声音。小狗吧嗒吧嗒摇着尾巴，跑到说话的人跟前去蹭她。

"嘘！"

一个穿着黄色衣服的少女，把手指放在唇边，瞪着小狗。小狗高兴地伸出舌头讨好她，然后在她身边坐下来，用尾巴敲打着地面。

少女留着娃娃头，像小男孩一样穿着短裤。她虽然两条腿都露在外面，却似乎一点都不冷。左膝上的擦伤证明了她有多调皮。

"不行！叔叔，你到那边去！"

少女轻声地表示了不满。他也弯下腰来凑近少女。

"你在做什么？"

"我在藏猫猫呀。"少女认真地说，"不能被找到！"

"是这样啊。真是不容易呐！"他也严肃地附和道，"不过，小狗找到你了。"

"小狗不算！"

少女竭尽全力地抗议道。小狗就像是听懂了大家在说它，兴奋地"哈、哈"喘气。

"不过这只小狗真可爱呀，我能摸一下吗？"

"嗯，可以啊。"

"它不会咬人吧？"

"不会的。它可老实啦，抱它都不闹呢。"

"真的?"

少女战战兢兢地伸出手去摸摸小狗,然后把它抱到了自己的膝盖上。小狗伸出舌头在她脸上吧嗒舔了一下。

"哈哈,好痒呀。小狗真可爱!"

"你喜欢小狗吗?"

"嗯,我们家也养狗,它叫团团,比这只狗大多了。"

"团团?"

"对。因为它圆滚滚的!"少女伸出一只手在空中大大地画了个圈,"它叫什么名字?"

"它叫小不点儿。"

"哦,就因为它小?"

少女笑着挠挠小狗的背。

"说对了。你叫什么名字?"

"我?"

少女昂首挺胸地报上了姓名。他微笑着说:"真是个好名字呀。"真的是个好名字。

"我说啊,既然叔叔都找到你了,你如果一直在这里躲着,一定会被发现。"

他郑重其事地皱着眉头说。

"因为叔叔太吵了,你不说话就不会被找到了。"

少女鼓起嘴巴说。

"叔叔知道一个更好的地方，躲到那里绝对不会被发现，一定不会！"

"真的？"

少女怀疑地问。

"真的，我可不撒谎。"

"在哪儿？"

"在那边。"

他指着停车场的方向。

"嗯。"少女似乎在思考，停下了抚摸小狗的手，"绝对不会被找到？"

"绝对不会被找到！"

他认真地保证道。

"那我们去！"

少女爽快地同意了。

他掩饰着自己涌上的笑意，转过身去，继续弓着腰往前走。少女抱着小狗跟在他身后。

他们穿过树丛来到停车场。因为是工作日，没停多少车，也看不见人。他背对着少女，轻轻地握起了拳头，掌心已经渗出了薄薄一层汗。

"这种地方，马上就会被找到！"

从他身后传来少女的埋怨。

"是吗?"

他转过身，同时迅速出拳击中了少女的腹部。少女发出了含混的叫声，但是身体立刻就软了下来，手臂低垂。她怀中的小狗落在地上，汪汪地叫起来，就像是在抗议它遭到的粗暴对待。

他把少女抱起来放进车里，他一开始就故意没锁车门。他飞快地让少女躺在后座上，给她盖上了毯子。

他抱起脚边的小狗，发动了汽车。从他走进停车场算起，还不到两分钟，附近没有一个人。

他对自己的身手十分满意，暗自称快。

52

　　警方认为那份文件来自犯人，因此把它送到警视厅科学搜查研究所进行了鉴定，但是没有获得任何线索。

　　信纸上没有一个指纹，信封上检测出的几个指纹都是邮递员的。牛皮纸的茶色信封、打字机专用纸都出自量贩店，无法从中寻到蛛丝马迹。唯一给人希望的打字机的型号，也是目前在售商品中销量最大的。可见犯人是经过了细致周密的准备才寄来信件的。

　　因为案件出现新进展而沸腾的搜查总部没有掩饰对鉴定结果的失望。面对如此露骨的挑战信，竟然没能找到任何线索，很多搜查人员不禁扼腕叹息。他们没有放弃这封信有可能是恶作剧的想法，也调查了与多田一家有关的人，然而依旧没有收获。

　　同时，为了回应高涨的社会舆论，佐伯警察厅长官终于出现在媒体面前。他对多田一家表示了遗憾，同时也流露出对犯人的愤怒。针对搜查工作迟迟没有进展的批评越来越激烈。

　　二月二十日，星期四。媒体接到了西尾久警察局的通知，说要召开紧急新闻发布会。与会的相关报道人员超过了两百人。虽然是严冬，但是会场热气腾腾，几乎连暖气都不需要。

通知里说发布会将在6点半举行。参加会议的有西尾久警察局局长和刑事部部长甲斐。由于前一阵的丑闻，警方不敢让佐伯出现在媒体面前，于是他坐在搜查总部的电视机前关注发布会的情况。

全体搜查人员集中在大电视前，谁都知道接下来将会进行重大的情况通报。而且，一想到这个结果有可能掀起的强烈反响，大家就不由得流露出紧张的神情。

从6点20开始，显示屏里就播放着会场的情况。手持麦克风的主持人把迄今为止的案件经过进行了大概的介绍。越过人墙，能看见对面的桌子，桌旁还没有人。

接着，西尾久警察局局长和刑事部部长甲斐出现了。一瞬间闪光灯如暴雨一般倾泻。刑事部部长甲斐坦然自若地坐了下来，而西尾久警察局局长则面部表情僵硬。

观看电视的刑警们鸦雀无声，只听得到有人在咽口水。佐伯双手环抱在胸前站立，两眼盯着显示屏。

西尾久警察局局长确认了一下身前的麦克风是否灵敏，然后缓缓地开口说道：

"我们有重大情况要通报大家。"

开门前山。他身边的刑事部部长甲斐板着脸，抱着胳膊。西尾久警察局局长略显笨拙地展开了手边的纸。

"今天，西尾久警察局接到了犯人的第二封信。"

记者席一片哗然。凝视电视机的刑警们全都纹丝不动。

"就是这个。"

西尾久警察局局长把信纸展开，以便摄像机能够把它拍下来。打字机录入的文字占据了整个屏幕。

"我现在开始读。"

西尾久警察局局长对记者席展示了一下信件，然后开始朗读。他的声音嘶哑。

——搜查总部部长：您好！我是前些天给报社寄信的人。

我寄出的信，似乎引起了很大反响啊。能引起社会上这么大的关注，连我自己都很吃惊呢。

我看了电视、杂志上出现的各种有关犯人形象的推测。有的在某一方面说对了，有的完全错误，真的很有意思。

让我吃惊的是，居然还有媒体至今依然暗示多田妆子小朋友还活着。这是因为警方逃避了判断，还是因为没有找到尸体呢？

所以，为了避免毫无用处的误解，我决定寄出第二封信。虽然时不时地寄信给您，对于我自身来说十分危险，但是这次就当作特别奉献吧。请看一下信里附带的照片。我说的话是什么意思，您应该能明白。

"……内容就是这些。"

西尾久警察局局长说完这话，把信纸叠了起来，然后拿起一张照片，伸长手臂给记者们看。

摄像机的特写镜头确实不一样，照片在电视机画面上出现了。

那是双眼紧闭平躺着的多田妆子。她身上的衣服和失踪时穿的一模一样。

"这，这确实是多田妆子吗？"

提问的记者嗓音因为紧张而跑了调。刑事部部长甲斐第一次开口，说道：

"我们请家属确认过了，不会有错。"

"这张照片不是家属拍的吧？"

"不是。他们对这张照片完全没有印象，而且这是拍的快照，多田家里并没有拍快照的相机。"

甲斐痛心地摇摇头。

"这么说，写信的人就是绑架多田妆子的人，对吗？"

"我认为可以这么判断。"

"这封信和前一封的文体差异很大，是同一个人写的吗？"

"我们正在努力进行调查。"

"如果写信的人不同，是不是可以认为，上回的信是个恶作剧呢？"

"现阶段还无法断言。"

记者劈头盖脸提出的问题，搜查总部也正在讨论。

第一次的信和这一次的信，从书面上来看文体明显不同。第一封信写得战战兢兢，似乎写信的人很害怕被抓住，内容本身也给人以稚嫩笨拙之感。而这封信甚至显示出很高的受教育水平。那格外傲慢的语气，就像在揶揄警察的行动迟缓。

可以明显指出的地方有那么几处，首先是汉字的用法。"明白"这个词，上一封信里写的是汉字，而这封信里却很随便地用了平假名。这是因为打字时忘记变换，还是文体上存在差异呢？大家的意见出现了分歧。

简单地考虑，会认为两封信不是同一个人写的。但是从信件没有留下任何蛛丝马迹的细致缜密来看，又推测出犯人原本智商就很高。如果有大学文化水平，文体的区分使用应当完全不在话下。

最终，搜查总部没能统一意见。唯一确定的，是第二封信的寄信人与多田妆子的行踪关系密切。

电视里，甲斐和记者之间的对话快要结束了。甲斐宣布，警视厅内部将要设置综合应对措施总部，总结了发言内容。

默默无语地注视着电视画面的搜查员们，终于开始叽叽喳喳议论了起来。除了搜查部门，交通、犯罪防止部门也会派人加入综合应对措施总部。再加上西尾久警察局，一张庞大的搜查网即将铺开。有的刑警为了案件的进展而兴奋，有的刑警则因前景的不明朗而黯然神伤。

佐伯依然面无表情地抱着胳膊，一言不发。

53

对他来说动荡不安的一年过去了，新年又一次到来。他在公寓和小狗作伴迎来了新年。他没有为正月做任何准备。除夕之夜也仅仅只是独自喝光了啤酒。

他没有什么想要去拜访的人，也没有人来看望他。虽然收到了几张贺年卡，但是他根本没有仔细看，就扔在了房间的角落里。当然，他也没有回信。

年末年初，他都泡在电视节目里。他并不是想要观看正月的特别节目，他关注的是新闻。自从开始举行仪式，他从不错过新闻节目。

媒体狂轰滥炸般地报道了幼女连续失踪案。今年也发现了尸体，几乎每天都有新闻在谈及此事。

眼下，一本正经的播音员正在显像管里宣读后续报道。他一只手端着啤酒罐，冷冷地盯着这幅画面。

"……一系列谋杀案，警方正在紧急寻找目击者。下一条新闻……"

电话铃响了。他不带丝毫情感地瞥了一眼电话。电话铃已经好几个月没响过了。他想不出这通电话会是谁打来的。

他费劲儿地站起身,慢慢伸出手拿起了话筒。

"喂。"

肯定又是打错电话的——他这么想着,按下了通话键,低声回应。

"我是司摩。"

不亚于他的低沉声音传了过来。他没想到打来电话的竟然是司摩,多少有些吃惊。

"哦。"

他不知道该说什么,好不容易才呻吟般地应了一声。司摩嗓音嘶哑地笑了起来:

"你真过分啊,已经把我忘了?"

"没有,当然不是了,我就是没想到而已。"

"没想到我会打来电话?"

"是。"

"原来如此。"

司摩似乎觉得滑稽,呵呵地窃笑起来。

"真是很久不见了啊。"司摩突然止住笑,说道,"你不来教会,我很担心呐。"

"是啊,很久不见了。"

"你不会是在考虑退会吧?"

司摩的语气没有发生变化，但是他却听出点诘问的意思来。

"我没有这种打算，最近身体不太好。"

他找了个借口。

"这可不能掉以轻心啊。"

"是啊。我一个人生活，要是病倒可就麻烦了。"

"你要注意啊。是感冒了吗？"

"嗯，像是感冒。"

"听说今年重感冒流行呀。"

"好像是的。"

"现在身体还不行吗？如果需要，我可以找个教会的人过去照顾你。"

"不用，还不至于，我已经好多了。"

"是吗？希望你下次健健康康地来教会！"

"我近期会去的。"

自从开始举行仪式，他就彻底远离了教团。因为他已经无法像原来那样热忱地投入其中了。或许，在目标已经明确的现在，他已经没有必要再向教团寻找心灵居所了。

"我等你来。"

司摩干巴巴地说完这话，换了个话题：

"对了……你最近看报纸了吗？"

"报纸？哦，倒是会浏览一下。"

他不知道司摩想说什么。

"你知道现在连续发生了多起小女孩被绑架杀害的案子吗？"

"我知道。"

他平静地回答，连眉头都没有动一下。

"真是可怕的案子啊。"

"确实是啊。"

"不是你干的吧？"

司摩直截了当地问。他装糊涂：

"啊？"

"不会是你干的好事吧？"

司摩不急不忙地再次问道。

"你在说什么啊？"他哈哈大笑，"我怎么会干这种事啊？"

司摩也干巴巴地笑了起来。

"是啊，你不能是犯人嘛。"

"是呀，这一点你是最清楚不过的。"

他装糊涂装到底。司摩手里应该没有任何证据。

"你以前不是特别积极地问过我降灵的方法吗？因为有过这样的情况，所以我才有些不放心。"

"不用担心。你教给我的东西，我很忠实地守护着呢。"

"这样就好。你这么说我就安心了。我本来也在想，案子最早发生的时间都合不上，一定是自己多虑了，也就是为了慎重起见才给你打了电话。"

"让你担心了,抱歉抱歉!"

他稳妥地回答道。

"那你的降灵进展得怎么样了?还顺利吧?"

"嗯,还算有用吧,女儿在我心中复活了呐。"

"是吗?太好了!"

"我一直没去教团,跟这个也有些关系呢。"

他巧妙地掩饰道。但是,究竟司摩能不能接受这个答案,他并没有把握。他认为不用担心。不过,能够看出他是这一系列案件元凶的人,除了司摩不会再有别人。

眼下,第二次仪式也以失败告终了。他必须尽快找到第三个依附物。为此,还是早一点排除司摩的疑惑为好。

他许诺最近会去教团,然后就挂断了电话。

54

综合应对措施总部设立后的第五天。

佐伯终于抽出了时间，和加入应对措施总部的全体人员见面、整理迄今为止所有工作的来龙去脉、讨论线索、确定今后的搜查方针、人员分组、分配搜查任务——光是开会确定这些内容，就花费了好几天时间。甲斐和佐伯站在统率全局的立场上，任务十分繁重，连一分钟属于自己的时间都没有。

这一系列手续结束之后，终于有了富余时间。佐伯再一次回到东日野警察局的搜查总部，担任齐藤奈绪美谋杀案的搜查总指挥。

上午10点。当搜查人员三三两两奔赴自己负责的区域时，佐伯伸手抓起了电话。他盯着从包里取出的杂志背面，拨了一个号码，请女接线员帮他接通《周刊春秋》编辑部。

"……是这样，二月十二日号上有一篇关于新兴宗教的报道，我想和报道的作者见一面。嗯，是的。这样啊，好的好的，那我等您联系。"

放下话筒，他注意到丘本正凝视着自己。

"怎么了？"

"没什么，我走了。"

丘本微微摇头，催促着北冈走出了房间。

三十分钟之后，电话铃响了。他拿起话筒，正是自己等的人打来的。

"我是须藤。"说话人的声音刺耳难听，"你找我了？"

"果然是你啊。"佐伯回答，"我还真没猜错。"

"你对我写的报道有什么不满意的吗？"

"我有话想问你，有空吗？"

没有回答，只听见翻动纸张的声音，对方似乎在确认工作安排。

"11点之后我有空。你能来吗？"

"11点啊。"佐伯确认了一下时间，说，"我要稍晚点，11点半之前能到。"

"好。你现在在哪儿？"

"我在日野。"

"那新宿合适啰？车站西口地下的'枞树'，能找到吧？"

"好。11点多在那儿见面！"

"我等你。"

对方语气生硬地说完这句就挂了电话。

佐伯立刻站起身来准备出发。他告诉坐在身边的第八组组长自己要外出，然后就离开了警察局。

他来到车站，恰好赶上进站的电车，四十分钟就到了新宿。须藤坐在窗边，正在喝意式浓缩咖啡。

"你等了有一会儿了吧？"

他用目光打了个招呼，坐下来点了杯咖啡。

"是啊。你迟到了二十分钟。"

须藤严肃地说。

"对不起！"

这家伙还是这么冷冰冰的——佐伯苦笑起来。

须藤是佐伯大学时代的熟人，是他法学部的同窗。须藤从大学时代开始就是个个性很强的男人，没什么亲密无间的朋友，却偏偏和佐伯合得来。须藤的独特之处，在于他敢于断言自己是天才。在人才济济的大学里，这种过度自信大放异彩。

他确实名不虚传，功课堪称完美。但是，须藤的特征，是他无人能及的博闻强记。他热爱读书，被称为百科词典。这一称呼诠释了他的奇异才能。须藤一张口便滔滔不绝，仿佛这世上没有他不了解的现象。这也理所当然地使得周围的人对他敬而远之。须藤自己也把别人当傻瓜，懒得去接近。

自己和这样一个人是因为什么而亲近起来的，佐伯已经想不起来了。或许是因为佐伯自身也有和须藤相同的乖僻之处。毕业之后，佐伯当了警察，须藤去了出版社，走上了不同的道路。但是，记不清从什么时候开始又互相有了联系。他们相互间的工作有着微妙的接触点，也是他们一直保持联系的原因。到现在为止，他好几次从须藤身上获得了工作上的启发。

"总是找你帮忙，不好意思啊，又有事需要请教你了。"

咖啡刚端上来，佐伯就开门见山地说道。

"我可没期待你对我表现出感人的友情。你就把我当成百科词典，不用客气，能用多少就用多少吧。"

须藤端起浓缩咖啡的小杯子喝了一口。毕业都十几年了，须藤的外貌没有发生任何变化。他身材结实，看上去像个习武之人，可实际上他根本不运动。他皮肤如女性一般白皙，五官端正，称为美男子也毫不夸张。只是眼角眉梢的轻微抽动，似乎暗示了他神经质的性格，给人一种难以接近的感觉。

"好，就这么说定了。"佐伯从包里取出周刊杂志，说道，"就是这篇报道。"

须藤毫无兴趣地瞥了一眼。

"哦，这个啊。"

"我就知道这是你写的报道。《春秋》上有点意思的报道，基本上都是你写的。"

"那是当然。"

须藤回答，没有露出一丝微笑。

"嗯，就是关于这篇报道了。请你给我开个讲座，仔细说说新兴宗教。"

须藤冷冷地盯着佐伯,佐伯面不改色。

"有个条件。"

须藤跷起二郎腿来。

"什么条件?"

"告诉我,这篇报道和案子有什么关系?"

"关系?"

佐伯姑且装傻充愣。

"你别磨磨唧唧的。你是警视厅搜查一科科长。现在社会上闹得正厉害的案子是什么啊?不就是幼女连续绑架案吗?你都忙得四脚朝天了,还有兴致跑来打听宗教的事?这话说出来连傻子也不会相信。"

"实际上我自己也不清楚。"佐伯老老实实地回答道,"所以才来找你。"

须藤歪着身子,毫不顾忌地上下扫视,瞪着佐伯说:

"哼,罢了,你在想什么我大概猜得到,我把知道的东西毫不吝惜地全都告诉你吧。"

"感谢感谢!"

佐伯微笑起来。须藤不是那种轻而易举就答应别人请求的人,这一点他十分清楚。

"你想了解新兴宗教哪方面的问题?"

"从零开始全都想听。你就当我没读过这篇报道,从头给我讲讲吧。"

"你真是个麻烦的家伙。"

须藤摆出一副不耐烦的样子,但是很快就侃侃而谈。

"虽然都叫做新兴宗教,但真实情况却各有不同。可以列出的重点跟星星一样数不清。你知道现在被称为新兴宗教的团体,在日本有多少个吗?"

"三千个左右吧。"

佐伯茫然地回答。

"二十三万个。"

须藤吐出这样一个数字来。

"有那么多吗?"

"厉害吧?它们各自崇拜不同的神,所以神的数量早就不止成千上万了。而且,这二十三万个团体拥有的信徒总人数,估算下来大概有两亿一千五百万人。这是日本总人口的大约一点八倍。"

"怎么会得出这样一个数字呢?"

"答案很简单。这个数字是文化厅编纂的《宗教年鉴》里记录的,这个年鉴的信息来源是各个团体公开的数据。也就是说,每个团体公开的信徒人数都有水分。当然,这当中也有人参加了多个团体。"

须藤喝口水润润嗓子,然后接着说:

"你是知道的,我才不相信什么宗教呢。管它是东方的还是西方的,是古代的还是现代的。所以,我接下来要说的,都是对这些行为可疑的团体进行的批判。如果你想听更为客观的意见,就去找别人。"

"知道了。"

佐伯苦笑道。

"新兴宗教的终极目的就是赚钱。怎样才能赚到钱呢?就是靠吸引信徒。你要知道,有名的团体信徒人数有一两百万。最大的S学会,信徒数量达到了一千七百万之多。不过这是它们对外宣称的。总之,假设信徒人数为一百万吧。就算是这样,每个人每月收取一万日元的会费,也有一百亿日元呢。这可是一百亿啊!这么大一笔钱,不声不响地就揣兜里了。世上哪有这么赚钱的生意啊,所以宗教团体才四处张罗着吸纳信徒嘛。"

"确实如此啊。"

佐伯深表同感。须藤似乎兴致也高了起来。

"宗教吸引人时采取的手段当中,你知道最有效的是什么吗?是超常现象。那些家伙使出各种各样的手法,搜罗了一帮傻子。

"这些鬼把戏大概可以分为五类。一种是通灵。这和占卜师玩的把戏非常相似。遇到身体有恙的人,他们就会说,我看见你背负着重担呢。或是说,你没有供奉祖先吧?总之,他们会瞎蒙一个放之四海皆准的原因。现在这年头，谁还会热衷于供奉祖先啊？所以，一旦被人郑重地指出这种问题，就会诚心诚意地感到折服。遇上手段毒辣的，还会对那些看似有钱的人进行调查，事先搜集好信息，装作这是通灵才知道的样子，直截了当地说出来。一些单纯的人看见初次见面的人居然对自己的情况了如指掌，就会以为他拥有无边神力。上当的人也真是够傻的。

"第二种叫做'灵动'。这指的是祈祷过程中物体发生移动的现象。不过是一种骗小孩的愚蠢把戏罢了。和巧妙的魔术是一样的。要是演技高超，这戏法看上去会像极其不可思议的现象。很多人相信这是神灵的力量。

"有些教祖擅长催眠术。我也亲眼见过，确实了不得。但是催眠术本身并不是什么超能力，医生也会呀。我觉得，如果要在当中发现神秘之处，那这种不可思议一定存在于接受催眠的人，而不是实施催眠的人。这话又有些偏题了。"

须藤没有看笔记，滔滔不绝地讲了下去。看来所有的信息都存储在了他的大脑里。佐伯沉默着，催促他继续说。

"第三种。这最为恶毒，就是挂出招牌号称自己能治病。只要有虔诚之心，多严重的病都能治好。你是知道的，无论怎么向神灵祈祷，癌症都是治不好的。更别说为教团倾其所有了，完全没有意义。有的人因为亲人患病，被新兴宗教剥了一层皮。我就不啰里啰嗦举这种悲惨的例子了。虽说愚蠢也该有个限度，但是我也真明白了人类是多么脆弱。

"第四种。这是吸引年轻人上钩的有效诱饵,就是宣传说信教就能拥有超能力。如果信教修行,你也能成为拥有超能力的人。心灵感应也好、心灵致动也好,都可以运用自如。就是这种感觉吧。这样的台词对年轻人来说出人意料的管用,这就是所谓的超人情结吧。这是自卑的人容易掉进的陷阱。当然,就算修行也不可能获得超能力嘛。如果他们因此而抱怨,反倒会被批评为不够虔诚,再捐一些钱就能获得神奇力量了。据说很多学生拼命打工赚来的钱都被宗教席卷而空了。"

"这种事滑稽可笑,却让人笑不出来。"

"是吗?"须藤扬起眉梢,"我可是哈哈大笑哦。唉,无所谓啰。我们接着往下说。最后一种是奇迹。这才可笑得让人喷饭呢。心诚则灵——过去的人说得真好,相信的人会得到拯救。天真的人是幸运的。你有没有听人说起,多亏信了教,公司躲过一劫,没有破产,或是濒临破碎的家庭又和睦如初等等?盲目信教的人,把什么事情都看作奇迹,归功于宗教。真是蠢到家了。

"讲了这么多,新兴宗教是用多么阴险毒辣的手段吸引信徒的,你应该明白了吧?"

"嗯,是啊。"

佐伯冷淡的回答似乎让须藤有些失望。他跷起另一条腿,傲慢地向后靠在椅背上。

"当然,骗子确实不好,被骗的人也有不好的地方。大部分信徒都期待自己能获得回报。很少有人是纯粹地相信神灵。大家都是为了某种目的才信教的。要我说,双方各打五十大板吧。

"这里有个很有意思的数据,是关于日本人宗教观的,就是有些年头了。几年前,国立统计数理研究所进行了一个问卷调查。提问内容是:'你有信仰或是相信什么吗?'回答'有'的人实际上只有32%,三个人里一个。NHK也进行了同样的调查,这回居然有56%的人说自己信教。这不是指加入宗教团体,而是例如扫墓、正月里参拜神社、寺庙,或是在佛龛、神坛前拜佛祭神之类的行为。大部分人都会做这些事。也就是说,任何人都有这样的基础。从这一点来看,只有极少一部分人有资格笑话那些热衷于宗教的家伙。"

"嗯,的确如此。"

佐伯表示赞同。

"我是极少数人之一。行了,我们继续说。

"那么宗教究竟错在哪里呢?它错在了彻底的商业化。在这世上,没有比宗教更赚钱的生意哟!

"首先,它不需要任何本钱。什么都不卖,钱就自己来了。不管是修建神殿还是举行活动,费用的名目立多少都可以。可实际上,它相当于是从取之不竭用之不尽的仓库里不断把钱搬出来装进自己的腰包。因为交钱的人并不要求物质上的回报。哪有这等无本万利的好事啊。

"第二，圈钱的手段堆得像山一样高。入会费、按月缴纳的会费自不必说，刚才提到的活动，每举行一次就要搞一回募捐。有的团体还强迫信徒购买各种物品，比如宣传单、宣传册一类的，还有报纸。S学会发行的报纸，据说已经达到四百五十万部了。每月的讲习资料费就是一千三百日元，销售总额大约五十八亿日元。生意规模巨大！然后还出版图书。现在不是炒什么宗教热吗？随便去一家书店都摆放着宗教书籍。一千五百日元一本，你算算看，一百万信徒购买会是多少钱。十五个亿啊。这样的畅销书百年难遇！假设纯利润占到七成，也是十亿五千万呐。这个数字让人目瞪口呆吧？

"我还没说完呢。最大的问题是，宗教团体赚钱是得到法律认可的。你知道宗教法人有税务优惠政策吧？收到的会费和捐款也是免税的。而且，连营业税也比普通企业要低得多。普通企业的税率为37.5%，而宗教法人是27%。哪怕它们开展的是同样的工作！

"他们的工作内容也很可笑。在现行法律之下，宗教法人可以从事的营利性业务有三十三种。我一一列举给你，你记不住吧？我就告诉你几个令人发笑的。例如经营浴场。我到现在都还没搞明白，开澡堂和宗教有什么关系。旅馆业也是。然后还有餐饮业、游戏业、游览场所业、场地租赁业。光听这些词语是搞不清这都是些什么生意的,简直就像是旅行社嘛。他们也可以搞美容美发,还能举行演出、传授技艺。房地产销售、不动产租赁、仓储、停车场也是合法的。地产公司脸都被气得发青了。

"最厉害的是贷款业务。宗教居然还能借钱给别人。这可是个有赚头的生意。不管怎么说,他们轻而易举就能筹措到资金,从信徒那里搜罗一下就有了。筹集来的钱是不缴税的,原封不动地转为贷款就行。补充说明一下,他们获得放贷许可不是无条件的,倒也有许可制度一说。但是这个制度,只要申请就能批,所以没有任何意义。

"总之,宗教团体要什么有什么,赚钱的一切手段都获得了法律上的许可。现在你明白,为什么到处都在成立宗教团体了吧?说到底,宗教就是个赚钱的买卖。"

须藤结束他的长篇大论,看了看佐伯,似乎在问他看法。佐伯认可地点点头,开始提问:

"你讲得浅显易懂。不过,我想问问你,宗教团体像这样赚钱,究竟是在做什么?"

"做什么?瞧你这问的!"

须藤摸摸下颚,高兴地说:

"让我来猜猜你想说什么。你是想说有些宗教团体在干坏事,对吧?"

"对了。"

"煽动人心的集体仪式在报道中也出现过,确实有些团体很变态哦。"

"也有所谓邪教的宗教团体吧?"

须藤的笑意越来越明显:

"拐走孩子的那种团体?"

"是的。"

佐伯肯定地回答。

"你到底在没在听我说话啊?我就知道你有这种想法,所以才拼命给你解释呐。"

佐伯惊讶地看着他。须藤把腿放下来,凑近他说:

"你听好了,宗教是一种买卖,是有法律保障的买卖。也就是说,它是个企业。你难道认为企业会去当人贩子?"

"那你认为这不可能啰?"

"不可能。一说起新兴宗教,普通人都会联想到邪教和黑魔术。现在的宗教要聪明得多!无论怎么说,他们是个营利团体啊!"

"原来这样啊。"

佐伯承认自己想偏了。见他这样,须藤有所保留地补充了一句:

"虽说如此,二十三万个团体里,也保不齐有那么一两个脑子有问题的呢。"

55

　　一进入二月，他就去了教团。铅灰色的厚重云层，让天空显得浑浊昏暗。虽然气象厅称今年为暖冬，但是翻过年来却觉得更加寒冷了。在外面走上一段，感觉脸上都干得起了皮儿。他下了车按完咪表，一路小跑进了教团的大楼。

　　上了三楼，大家都对他表示欢迎。认识他的人都在关心他的身体状况，于是他对大家说自己已经彻底康复了。

　　他在大厅里遇上了他的目标司摩。两人擦肩而过，打了声招呼。司摩依然不露声色，从表情无法判断是否还在怀疑他。妥帖地打完招呼，他们又谈起了卡巴拉。经过数月的学习，他的知识量已经得到了极大扩充，但是他故意装作不懂的样子，对司摩的话表示佩服。

　　"——对了对了，你和北村沙贵挺熟的吧？"

　　司摩转移了话题。

　　"也算不上熟悉吧。"

　　他摇摇头否定道。

　　"她脱离教团了。"

"是吗？"

他应了一声，并没有流露出惊讶的神情。沙贵已经不会在他心中荡起涟漪了。当下有很多这种心态浮躁的女孩接触各种宗教，她无非只是其中之一罢了。在沙贵身上感受到虔诚，只是因为当时的他就像个溺水之人，试图抓住一根救命稻草而已。事到如今，沙贵离开教团，也不会让他有丝毫惊异了。

告别的时候，司摩又一次催促他去参加仪式。他不便拒绝，只好答应出席。他又被要求捐款当作参加费用。他无奈地答应了，眼下尽量采取避免司摩产生怀疑的行动才是最重要的。

他和其他年龄较大的会员也亲切友好地畅谈了一番。在聊天过程中，一个话题引起了他的注意。一位中年女性谈到了一件小事。前些日子，她带孩子们去家庭餐馆吃饭的时候，偶然遇到了一名在那里打工的年轻女信徒。

他装作若无其事的样子竖起了耳朵，内心却闪过一道光芒。最近因为天冷，孩子们回家的时间提前了。他正在思考怎样才能查出孩子的名字。家庭餐馆——这是他完全没有想到过的地方。

从那天开始，他把吃饭的地方改到了家庭餐馆。菜品都是针对孩子的，点餐确实是个麻烦事，但是找一找还是有些味道不错的饭菜。他慢慢吃完饭，点了杯咖啡，打开文库本读了起来。他假装目光追随铅字，实则在注意周围的情况。他发现带着孩子来的家庭格外多。小孩子因为来餐厅非常高兴，免不了喧闹叫嚷，家长则多次叫着名字责备他们。每一次他都注意倾听，在脑海里迅速地把名字分解为罗马字。为了找到数字路径为 4 的孩子，他耐心地穿梭于各个餐厅。

一天，在交错的对话中，一个名字蹦入他的耳中。候选的名字早就烂熟于心。他立刻就明白，自己遇上了一直在寻找的孩子。

他装作若无其事，朝那张桌子望去。一位少女把意大利面撒到了膝盖上，她的母亲正在提醒她。她让母亲帮她擦裙子，自己则满不在乎地喝着果汁。那是个大眼睛的孩子，有着比一般幼儿更加端正的五官，椭圆脸蛋让他想起了活着时的女儿。

他满意地吃完饭，向端走餐具的服务生要了一杯咖啡。这是为了消磨时间，以便等那家人吃完饭回家。他装作不感兴趣的样子翻开文库本，抿了一口咖啡。

这家人是夫妇二人加一儿一女。两个孩子都还小。他推测他们是开车来的，这正中下怀。

大概三十分钟之后，这家人终于站起身来。母亲结账的时候，父亲和孩子们兴致勃勃地欣赏着展览的点心。他站起身来，拿着小票排在母亲的身后，就像什么都没有发生一样。

他事先准备好了包括消费税在内的现金，所以立刻就付完了账。他慢慢跟在这家人身后，看见他们下了台阶朝停车场走去。走下台阶来到停车场，他立刻迅速行动，启动了自己汽车的发动机。

　　大约两分钟后,那家人的车从他眼前经过。他也静静地出发了。

　　因为对方完全没有任何防范,所以跟踪起来很轻松。他跟得很紧,两辆车没有被红绿灯隔开过。汽车离开主干道之后,立刻就停在了一栋房子前面。他没有停,而是从旁边开了过去。他从后视镜里看见母亲和孩子下了车,朝玄关走去。他们应该是回到了自己家。

　　他连续四个右转返回原路,看见那辆车已经在车库里停好。他减速从房子前面经过,听见起居室传来了孩子们的声音。

　　他再一次确认了门口的名牌,然后心满意足地露出微笑,离开了这座房子。

　　三天之后,他顺利地带走了孩子。

56

二月的最后一天，对于新闻工作者来说，这一天成为了一个被迫承担繁重工作的日子。

多田妆子的尸体在她失踪多日之后被找到了。尸体是在多摩湖畔的森林中被一只狗发现的。

护林员上午巡逻的时候，看见一只野狗正在地上刨来刨去，地下露出了黑色的塑料垃圾袋。

最近，不在规定的日子里让保洁公司收垃圾，而是扔在公园森林里的人多了起来。所以护林员说，他刚开始认为这也是那些不遵守公共道德的人干的好事。但是，当他赶走野狗凑近一看，却闻到了一股腐臭味。他憋住气一看袋子里的东西，不禁大吃一惊。袋子里装的不是垃圾，而是幼儿的尸体。护林员吃惊得一屁股坐在地上，连滚带爬地回到了办公室。一进屋他就拨打110报了警。

接警的警视厅立刻派遣第一机动搜查队迅速赶往现场，将尸体运送到大和警察局的遗体安置室。遗体服装完好，装在用于厨房垃圾的塑料袋里。袋子的一部分已经破了，如果完全密封，估计野狗也不会去刨。能发现尸体完全是凭运气。

接到紧接通知赶来大和警察局的家长，按要求要确认遗体。父亲陡然间颓丧得精神恍惚，母亲流着眼泪肯定，这就是他们的女儿。

发现尸体的消息立刻传遍了所有媒体。案发现场挤满了抱着照相机的新闻工作者和不负责任、凑热闹的人，一时间局面陷入了混乱。

警视厅当天就召开了新闻发布会。对于警视厅来说，这场发布会令人痛恨。说到底，为一个案子屡次召开发布会，本身就是一件屈辱的事。

甲斐刑事部部长本人和佐伯出席了记者会。这是从一开始就指挥一线工作的佐伯无法逃避的义务。

一贯沉稳的佐伯，此时此刻也难掩愤怒之情。他轻眯双眼，目光凌厉，浑身上下如同带电一般让人战战兢兢。

出席发布会时，佐伯心里已经有了成形的想法。搜查陷入胶着状态，警方始终落后犯人一步，这一想法也显示了佐伯的焦急。

佐伯在搜查会议上说，他打算对犯人进行挑衅。他期待犯人中计，多少留下些线索。

"挑衅？"提出质疑的是东日野警察局的刑事科科长，"怎么来挑衅？"

"在记者会上劝他自首。"佐伯说,"我并不认为这样做犯人就真会自首,但是他有可能做出某种回应。这样一来,我们就有相应的机会找到线索。"

"理论上没错,但是太过危险。"刑事科科长不肯罢休,"如果犯人因此再次作案,你打算怎么办?"

"我不打算激怒他。这件事请交给我办。"

"能交给你办吗?"刑事科科长激动地拍起了桌子,"你把人的性命当成什么了?搜查可不是纸上谈兵!不怕一万就怕万一,挑衅犯人这种危险的事绝对不能干!"

佐伯冷冰冰地反问面红耳赤的刑事科科长:

"那么,你们有更好的方法吗?"

没有一个人接他的话。在场的人十分清楚,他们已经无计可施了。

"我不管了。无论发生什么事我都不管了!"

刑事科科长把脸扭向一边,威胁似的怒吼道。

佐伯无视这一争执,麻利地宣布了几件事。包括尸体已经确认为多田妆子,要进行司法解剖,没有找到犯人遗留的物品,等等。

"这起案子,和一月份发现尸体的齐藤奈绪美绑架谋杀案,是否可以认为是同一个人作案呢?"

记者们立刻纷纷开始提问。

"她们都是被人用手勒死的，弃尸情况也雷同。从作案手法相同之处较多这一点来看，十有八九是同一个人作案。"

佐伯平静地回答。

"寄送那封信的人会是犯人吗？"

"很有可能。"

关于尸体状况、弃尸现场的提问结束之后，记者席上响起了批评搜查进展缓慢的声音。表情沉痛的甲斐对此进行了解释。

被问及怎么看待犯人的时候，佐伯沉稳地回答：

"如果现在你正在看电视，请尽快忏悔你的罪过。社会不会容许你的存在。法网恢恢疏而不漏，如果你认为你能逃得过，那就大错特错了，警察一定会抓住你！"

在回答记者提问的过程中，他的情绪不知不觉激动了起来。他的发言比最初预计的要强势。但是佐伯并不认为自己做得过火了。

欠缺冷静、真情流露的佐伯，屡次暴露在闪光灯下。他紧咬牙关，连眼睛都没有眨一下。

然后，佐伯的挑衅如同他预想的一样，让犯人产生了反应。

57

他终于坐不住了。

连续三次失败,让他无法再从容不迫地做准备了。在家庭餐馆找到的少女,和死去的女儿容貌相似,这更让他为失败感到惋惜。他在明白少女不会醒来的那一瞬间感受到了巨大的失望。每每回忆起这种失望,他的心底都会涌上深切的丧失感。

虽然尚未发现尸体,但是第三起绑架案已经轰动了社会。连日以来的头条新闻都是幼女连续绑架案的后续报道。动静这么大,他也就难以采取行动了。年幼儿童的家长似乎相当警惕,看来寻找第四个依附物的计划很难开展了。

他感觉到自己的压力越来越大。他发现自己常常不知不觉因为怒气而烦躁地抖腿。反复的绝食让他脸颊消瘦,容貌大变,让他变得比以前尖酸刻薄而神经质。

警察的动向也令他担心。就报道情况来看,目前警察似乎还没有注意到他。公开的采访也显示出搜查已陷入混乱。

但是,警察是不容小觑的,他没有低估警方的实力。疏忽大意往往出现在轻视对方的时候。关注点越多越好。虽然眼下没有人看见过他,也没有留下任何线索,但是今后会发生什么谁也不知道。

第三次仪式失败后,过了几天发生了这么一件事。

他眼神凌厉地盯着电视。已经接近9点,晚间新闻要开播了。

他倚靠在沙发上,一条腿弯着,胳膊撑在膝盖上,面朝电视,手里依然拿着这几个月从未离手的啤酒罐。标题之后,播音员哭丧着脸出现在画面上。他百无聊赖地咽下一口啤酒。

播音员首先告诉大家,失踪的少女尚无音讯,接着缓缓地公布了新的情况。据说一名自称罪犯的人给媒体寄了一封信。

"什么?!"

他大吃一惊,啤酒罐也险些从手中滑落。

"犯人寄来了一封信?"

播音员不带感情地念完了书信,幼稚而拙劣的文字充满对警察的嘲笑。

这件事他完全不知情。他不记得自己曾经寄过这样一封信。这明显是不相关的人搞的恶作剧。如他所料,信里没有写任何具有决定性作用的事实,文字里没有包含只有犯人才知道的信息。

这是理所当然的。这是一封作为犯人的他都感到吃惊的信。这样一封信怎么可能写有详细情况呢?

他也知道,这种恶作剧是很多的。一旦发生轰动社会的案件，警察和受害人家属就会接到好几千条信息，自称为犯人的信件和电话也不少。这封信就是属于这种类型，只是它恰好寄到了媒体，因而被大肆宣传。

干这种事，到底有什么乐趣？他莫名其妙地感到一种愤慨。他觉得这封信玷污了他基于崇高目的的行为。世上总有这类不理解受害者心情、不负责任找乐子的人。就为了让自己高兴，他们不顾受害者的心情，闹得社会不得安宁。这和犯罪没什么两样。坏就坏在搞恶作剧的人自身并没有意识到自己是在犯罪。

第二天，同一时段的新闻也提及了这封恶作剧的信件。一位被称为犯罪心理学教授的白发男性也出现在屏幕上阐述他的观点，似乎他对一切都了如指掌。播音员还仔细地公布了打印信件使用的打字机型号。

他看到这个，忍不住开始嘲笑警方信息管理的疏忽大意。假如其他搞恶作剧的人也用同样型号的打字机来写信，又该如何区分才好呢？恶作剧还好说，如果他这个真正的犯人也用同样的打字机写封信寄去，警方会如何处理？他们究竟打算怎样鉴别真假呢？

哼哼。

很久未见的扭曲笑容浮现在他的脸上。搜查总部的混乱似乎近在眼前。他巴不得警方被恶作剧搞得更加糊涂。越是如此，他这个如假包换的犯人才越容易采取行动。

这个社会越是不安宁，他距离实现愿望的目标就越近。

58

三月四日，星期二。犯人的第三封信寄来了，这次收件人是警视厅。信封上的地址同样是用打字机打出来的。收件人写的是"警视厅搜查一科佐伯搜查一科科长先生"。信封是茶色的牛皮纸，邮戳是中央邮政局的。

佐伯立刻被叫回警视厅看了这封信。信件已经拆封，送到了科学搜查研究所，因此佐伯看到的是复印件。

信是针对佐伯写的。

佐伯搜查一科科长：

您好！我前些日子在电视上看了您充满热忱的发言。您充满正义感的精彩演说让我感动。您真不愧是天下第一警视厅的搜查一科科长啊，我备感钦佩。

兄台的发言，或许让世上大部分的父母都放心了。一定有很多人认为，既然有您这样一位领导坐镇一线进行指挥，逮捕犯人只是时间上的问题。

兄台在追查幼女连环绑架案穷凶极恶的犯人时，还频繁出入于情人的公寓，生命力旺盛。可以说，国民是相当信赖您的。

鉴于您是一个出色的人，我有一个不情之请。请您尽快收手，放弃搜查。小生我开始渐渐感到压抑难过。如果你们步步紧逼，让我压力不断增加，我会不得不再去寻找下一个孩子，我又会渴望凭借孩子的力量获得净化。这是一个交换条件，我已经提出了建议。如果这一建议未被采纳，您一定会后悔的。

以甲斐刑事部部长为首，所有读过这封信的人都对犯人极为愤慨。如此愚弄警方的犯人是前所未有的。这种愤怒无处宣泄，气得他们踢翻了椅子，挥拳砸向了墙壁。墙壁震动，天花板上的尘埃四处飞舞。

被嘲弄的佐伯本人，读完信后一言不发，默默地把复印件交还给甲斐，只是他的面部在表情僵硬地颤抖。他使劲儿攥住双拳，指甲都陷入了手掌中。他试图静静地将几近疯狂的愤怒沉淀到心底。

大家很快就得知，内容完全相同的书信也寄到了报社、各家电视台。电视台立刻原封不动地公开了全文，佐伯的名字瞬间传遍街头巷尾。

当然，搜查总部也围绕书信进行了激烈的讨论。警视厅内部设立的综合应对措施总部已经变更为幼女连环绑架谋杀案的特别合作搜查总部。东日野警察局、多摩警察局、西尾久警察局、大和警察局的刑事科都派出了一大半的人员参与总部工作，形成了一个大家庭。警视厅投入的人力非同一般。

"这次寄信的明显和上一回是同一个人。从文体上看，一致性一目了然。"

"'兄台'这个词语年轻人是不用的，犯人可能年龄较大。"

"不一定，他有可能是预料到我们会这么想，所以故意用了这个词。单凭一个词语不能作出判断。"

"不管怎样，不得不承认这家伙受教育水平很高啊。"

"第一封信是故意写得那么幼稚拙劣的吗？"

"或者说，只有第一封是货真价实的恶作剧。"

"他有可能只是利用了恶作剧。第二次的家伙一定是凶手。"

"寄信的地点三次都不一样，不过都在东京的23个区以内。犯人或许住在东京市中心吧？"

"也可以认为他上班的地点在东京市中心。绑架的作案现场和弃尸现场都在23区以外。从这一点来看，他住在多摩地区的看法比较稳妥。"

"如果是这样，他的工作可能跑外勤的时候比较多。因为每一封信的邮戳都是工作日，而且投入的信箱也在不同地点。"

"也可以认为他并没有工作啊，比如说学生。"

"学生这条线确实也难以排除啊。如果在上大学，这种文章也是写得出来的。"

"但是，两起案子的作案时间都是星期一，这又该如何解释呢？如果是空闲时间多的学生，时间上是不受限制的。"

"学生可不像一般人想象的那样清闲。他有可能是平时认真上课的学生，只有周一才没课。"

"有道理。"

"无论如何，这凶手一定是被逼急了，所以才让我们停止搜查。"

"这一点是我最不放心的，犯人明显是在暗示我们他要再次下手了。"

"可是我们不能因此就中断搜查啊。这家伙估计一时半会儿也动不了手。说不定，他已经进入我们的搜查范围了。"

"这种可能性很大。我们或许应该把列在名单上的人重新搜查一遍。要说起来这事可真是让人火冒三丈啊。居然敢做这种交易，也太不把警察放在眼里了吧。"

"还不是因为有人干了不被人放在眼里的事！"

大家都沉默了。所有人的目光都集中在了一点。佐伯双臂交叉在胸前，并未躲避这几十双眼睛投来的视线。搜查总部的气氛显得有些尴尬，在这之下涌动的暗流，是对佐伯无言的批评。

佐伯需要经受的考验还没有结束。在当天5点召开的新闻发布会上，记者问起了犯人指出的情人一事。甲斐预想到会有这种情况，所以不允许佐伯在媒体面前露面，但是佐伯却故意要去接受媒体的洗礼。

"站在追究这一穷凶极恶的犯人的立场上，您对自身的社会伦理观作何考虑？"

问题毫不留情。

"本人可以自负地说，我的伦理观无愧于人。这一点，我希望由了解我的人来判断。"

佐伯毫不怯懦地毅然回答。

追问的内容更加具体了：

"请在此解释一下您和妻子以外的女性交往一事。"

"我认为这是个人问题，与本案毫无关系。我现在没什么要解释的。"

佐伯泰然自若的态度，引发一片低声揶揄。佐伯明明白白地听见有人说："这种话居然也说得出口！"

佐伯的脸庞像能剧的面具一样毫无表情，无法从中揣摩他的内心。

59

这一天刮着大风。

冰冷的风一大早开始就吹过大街,卷起行道树的枯叶。在风中飞舞的枯叶四散,落在地上,挡住了行人前进的步伐。

城市在寒冷中颤抖。人们把下巴藏在外套的前襟和围巾里,慌慌张张地快步前行,往来的速度是夏天的一点五倍,看上去就像录像带的快进。

寒冷的强风似乎拥有掳走人们温情的力量,大家都显得很不高兴,不愿开口说话。极少见到笑容,也看不到一边聊天一边行走的人了。人们对彼此不再关心,如同干燥的沙子一样缺乏连带感。

萧瑟的风景,奇妙地贴合着他的心情。他的心就是沙粒。沙子发出响声,被吸入空穴之中,没有一个人前来阻拦。连他自身,也不愿再倾听自己心灵下坠的声音了。

或许是因为风太大,没有孩子在外玩耍了。只有枯叶飞舞的公园,清净得让人有些毛骨悚然。在大风中摇晃的秋千,不停吱吱嘎嘎地悲鸣。在他眼里,让秋千晃动的,是孩子们想要继续玩耍的留恋之情。

或许是心理作用，小狗也显得没精打采。要是平时，它出来散步从来不愁没有孩子跟它玩。小狗总是很受欢迎。但是，在这寒冷的日子里，连小狗也不得不忍受孤独了。

"回家吧，今天一个人都没有。"

主人牵着系在小狗脖子上的带子，难得地对它说了一句话。他的心灵一片空虚，说话的对象没有回答，他也一点都不在意。

他提防着警察，也注意避人耳目，每次都改变绑架孩子的区域，绝对不在同一个场所出没。他一直在大人少、孩子多的游乐场所逡巡，这些地方很快也会越来越少了。他之前仅在熟悉的东京市区行动，但是接下来或许应该把脚步延伸到其他县了。如果案件跨县，负责的警察总部也就会变成两个。看重面子的警方，有可能会提供给他自由行动的机会。

这里不行，他已经断了念头。附近还有一个中等规模的公园。如果走到那里还没有孩子的话，今天最好作罢。这么大的风，再精神的小孩也受不了。就只是遛遛狗，都感觉寒风刮在脸上像刀割一样。

他走出公园，慌慌忙忙向下一个地点走去。风在耳边刮得呼呼作响，让人愈加感到冷飕飕的。

他忽然回头一看，身后一个人都没有。这是没有什么特殊意义的、出自本能的行为。他也不明白为什么自己会回头看。

走了大概十分钟，他到达了另一个公园。这是个没有特色的普通儿童乐园。这里有秋千、滑梯、攀爬架和沙坑。公园四周围着一圈树丛，点缀着以大象、河马为原型的抽象雕塑。

放眼望去，路对面的沙坑里只有三个孩子在玩耍。三个孩子都穿着短裤，一点都不在乎这冷得滴水成冰的寒风。他们干劲十足地不断从饮水处把水运来，倒在沙坑里，然后用铲子把潮湿的沙子固定成形。因为没有别人打扰，所以他们的沙子城堡已经有了相当大的规模。

远远看去分不清这些孩子是男是女。他牵着小狗转了个身，从树丛的空隙走进公园。小狗一见孩子，就高兴地使劲拉着他往里去。

凑近一看，他便失望了。三个孩子都是男孩儿。今天还是不行啊。在外面转悠了一天，没有任何收获。他拽了拽小狗的绳子，要打道回府。

就在他回头的那一瞬间。一个人影在他眼角的余光中一闪而过。他赶紧转头看去，但是慢了半拍。人影转过街角，消失在住宅区里。

不知是不是多心了，他总觉得有视线落在自己身上，有人在盯着他。因为他的回头，那人慌忙缩回了头。在人影的动作里，他读出了些许狼狈。

他一路小跑，向那人消失的街角追去。警报在脑中低声地响起。越谨慎越好,他再一次想起对自己的告诫。

转过街角,他目光敏锐地观察四周,没有一个人。只有寒风刮起的落叶在干巴巴地沙沙作响。

警报声迅速变小,很快就消失了。或许是心理作用吧。他摇摇头。有可能最近接二连三地遭遇失败,在不知不觉中累积了疲惫,看来应该放空大脑休息一阵了。

他再一次谨慎地环顾四周,已经感觉不到视线的存在了,体会到的只有一个人时的寂寥。

是不是被人跟踪了呢?他问自己。不,不可能。警察不可能盯上自己。可以追溯到自己身上来的线索,他应该一条也没有留下,不存在被人发现的理由。

他摇摇头,转过身走了。

60

发动汽车开了大概十分钟,他才留意到,因为太过紧张,肩膀和脊背都发僵了。佐伯在等红灯的间隙,慢慢地转动脖子,听见脊椎发出令人愉快的声音。

他十分清楚,自己是因为意气用事才逞强的。他宁肯死,也不愿意让别人看见自己的痛苦。如果佐伯能在大家面前低低头,哪怕只是个形式,至少搜查总部的氛围会有所变化。但是他完全没有这种想法。因为他认为,就算是低头也无济于事,没有任何意义。这不是单纯的逞强,而是矜持,是佐伯眼下唯一的支柱。佐伯之所以是佐伯,就是因为还有这种骄傲,如果连这种骄傲都丢弃,他就一无所有了。不管激起多大的反感,他都要保持超脱的态度。

他知道,这样做又会加重自己的疲惫感。这种清高的性格,连他自己都感到怜悯。笨拙就是笨拙,绝对不是耍帅。客观地看,自己不过是个傻瓜。每当他独处的时候,都会深切地体会到这一点。佐伯已经彻底厌倦了这样的愚蠢,但他偏偏改不了这种生存方式。

把车开进停车场放好，他向公寓走去。又要回到冰冷的房间了。返回空无一人的房间，洗个澡睡觉。第二天又要在部下和同事饱含恶意的目光中埋头工作，而且还不知道这工作何时是个头。这真是令人愉快的日常啊。

佐伯回到房间之后，也没有自暴自弃地窝在沙发里，而是麻利地换好衣服。一边给浴缸放水，一边洗脸。一旦放松下来，整个人就懒得动弹了。只盼望着赶紧放空自己，像一摊泥似的沉沉睡去。

突如其来的电话铃打破了寂静。他立刻看一眼表，才刚12点。

"是我。"

他拿起电话，听见低沉的声音从话筒中传来。这略带沙哑的嗓音，是他一度认为动听无比的、妻子的声音。

"啊。"

佐伯略感惊讶，暧昧地应了一声。美绘极少打电话过来。

"你回来了。"

电话接通似乎也让美绘感到意外。拨电话的时候她大概并没有抱什么希望。

"我刚进屋。"

佐伯态度生硬地回答。

"我，看了电视。"

美绘一个字一个字地说出了这句话。她指的好像是昨天的新闻发布会。

"……"

佐伯没有回答。他不想回答。

"态度毅然决然啊,你可真了不起。"

发布会的情况,谁知道都没关系,可他唯独不愿意妻子看见。美绘的讽刺,无情地刺痛了他的胸口。

"你打电话来就是想说这个吗?"

说完他就后悔了,为什么不能换种说法呢?这样只会让美绘更加讨厌自己。

"'我认为这是个人问题,与本案毫无关系。'"

美绘模仿佐伯把他的话重复了一遍,话语里没有一丝一毫的幽默,只有充满恶意的嘲弄和冰冷的愤恨。

"你说得真对!既然这样,对于和这一问题相关的我们,你又该说些什么呢?"

"……"

"你说话啊!发布会上的伶牙俐齿上哪儿去了?"

美绘的追问毫不留情。佐伯好不容易挤出一句话:

"你想让我说什么?事到如今,你还想听我说声对不起?"

"我已经无所谓了。站在第三人的角度来看,我也有错,你也有值得同情的地方。但是,与此毫无关系的惠理子怎么办?凭什么要让惠理子为了你这种人受苦?"

"惠理子怎么了?"

佐伯的语气变得严厉起来。

"今天她是哭着从幼儿园回来的。她被人欺负了!"

"是因为……我?"

他茫然地问道。

"当然了!的的确确是因为你!就是因为你恬不知耻、满不在乎、死不悔改!"

"……"

"你知道这世上的人觉得你有多么不要脸吗?幼儿园的小朋友还什么都不懂,家长说什么就听什么。多过分的家伙呀,在外面乱搞,还不肯低头道歉!听见家长这样说你,孩子就把你当成坏人了。既然惠理子是坏人的孩子,那就可以欺负。孩子就是这么残酷的生物啊!"

"她……受这么大委屈啊?"

连他自己都觉得这个问题很愚蠢,自己怎么就那么不会说话呢?

"我暂时不想让惠理子去幼儿园了,说不定该给她转园呢。"

"是惠理子自己说不想去的吗?她被欺负得那么厉害吗?"

他的手心在冒汗,无法抑制的自责像老虎钳一样紧紧地夹住他的胸口。

"太可怜了,我不想再说了。不过,有一点我无论如何也要告诉你,我要让你知道!"

美绘停顿了一下。这一停顿在佐伯看来是如此漫长,似乎会永久延续。

"惠理子打心底里蔑视你。她说,再也不愿意看见你了。"

美绘说的究竟是什么意思,他没能在第一时间听懂。尽管她的语气清晰明确,可是佐伯听起来却像外语一样,必须经过分析才能明白。他在脑中把美绘的话语拆散,让它们的意义一点一点沉入心底。否则,这些话会像强酸一样瞬间腐蚀他的心。一点,一点地理解。否则……

"我想和你离婚,不仅是为了我们,也是为了惠理子。"

美绘接下来的话,从他的左边耳朵进右边耳朵出。这不是什么重要的事,当作耳旁风也不要紧。

等他回过神时,电话已经断了。佐伯缓缓地把电话放在了桌上。

他没有感到锥心之痛。佐伯并不是那么心神不宁,这让他自己都觉得意外。他脑子里突然闪过一个无聊的念头。他在揣摩,被手枪击中心脏,和被大货车碾压成肉饼,究竟哪一个更加痛苦。

不可思议的是,佐伯没有受到太大冲击,完全可以用"平静"来形容他的状态。但是,他感到一种沉重的东西将自己包围。它慢慢地、慢慢地逼迫过来，让他难以呼吸。

　　喘不过气来。佐伯倾诉着痛苦。氧气似乎突然变得稀薄，胸口沉重而发闷，就像被人狠狠踩在脚下。在不知不觉中，这沉重感在实实在在地增加，压迫着他的气管，让他无法呼吸。

　　他大大地张开嘴，咆哮眼看就要迸发。但是，咆哮堵在了他的喉头不肯出去。他身体僵硬，无能为力。

　　我该怎么办？我到底应该怎么办？

　　佐伯全心全意地期待着答案。如果能够得到答案，他甚至不惜抛弃人生的一切。

　　佐伯无声的咆哮还在持续，在无休止地苦苦追问，直到找到答案。

61

他驱车沿着17号国道的辅路北上。过桥一进入埼玉,不知为何,风景立刻呈现为郊区景象。只能看见仓库、大型商店、家庭餐馆,郊外的氛围非常明显。仅仅只是隔了一条河,却连空气的色彩似乎都变了模样。

乌云笼罩,沉重的云层带着巨大的压迫感低沉地覆盖整个天空,看来要下雨了。

他严格遵守着六十公里的时速,专注地向前行驶。到了这种时候,他可不愿意因为超速被逮捕。大货车和轿车一辆接一辆从他右侧超车,也没有打乱他的节奏。

把行动范围扩大到埼玉可能也没什么不好。他自言自语,眼睛却不忘关注四周。因为是在国道辅路上,所以才这么土气。再往里走一些,风景应该更为清静。

埼玉县警方和警视厅有水火不容的传统。如果在这里,在埼玉县境内发生绑架案,县境为了让警视厅丢面子,一定会积极采取行动。他们相互之间的信息交换一旦滞后,就会产生对他有利的时间差。没有比警察内部的互掐更令人高兴的事了。

车开过大宫，继续向北。他在栗桥线右转，朝久喜方向开去。他的目的地在白冈。

他给白冈的农户打了电话，说自己今天要去。态度冷淡的男主人告诉他随时去都行。

他打算买完鸡就直接去饭能。他决定把饭能作为今后的活动基地。在东京已经难以施展拳脚了，从今往后，埼玉的孩子将成为他的目标。

很快，霏霏细雨如眼泪一般开始滴落在前挡风玻璃上。雨终于下了起来。这雨一开始还下得很有节制，可是一瞬间雨势陡然增强，整个视野变成白茫茫的一片，一眨眼工夫车就湿透了。他面无表情地打开了雨刮器。

他瞟了一眼车内后视镜。因为雨水倾盆而下，他连后面跟着的车是什么类型都无法分辨了。他收回目光，继续关注前方。

这是他无意识的举动。自从在公园里感觉有人注视自己之后，他开始留心身后的状况。他觉得自己是多心了。在那之后，暴露在别人视线之下的感觉一次都没再出现过。现在看来，或许是他避人耳目的意识反过来让他产生了错觉。

虽然如此，关于警方注意到自己的可能性，他还是慎重地揣摩了一番。如果警方追查到他，有可能是因为有人目击到了他的绑架行为。真的被人看见过吗？

答案是否定的。初冬的天气到现在为止一直都对他有利。大人不想外出，就让孩子独自在室外长时间玩耍。这是个绝好的季节，可以神不知鬼不觉地就把孩子带走。

要不就是告密。一个健全的成年人，成天不上班，游手好闲，确实会引起别人的注意。但是公寓里的居民了解他的情况，事到如今不会再有人说三道四了。饭能小木屋的邻居就更不用说了。最近这几个月，他一次都没看见隔壁有人。

不会是警察，他再次确信。警方的搜查能力，在被害人和犯人缺少关联性的时候，出人意料地难以发挥作用。想想过去那些陷入迷局的案件，这一点就不言自明。在路上随意杀害他人的恶魔得以抓捕，不是抓个现行，就是存在目击者，要不然就是纯粹的侥幸。

那么，会不会是警方以外的人在跟踪自己呢？不，这更不可能，谁还会关注他现在的行动呢？

无论思考多少回，结论都是一样的。没有必要担心，自己只需要操心仪式的事就可以了。他对自己说道。

在栗桥线转弯，左右拐了几次之后，他终于到达了农户家。越过宏伟的大门，他看见了几间日式瓦屋。在屋子旁边是大型暖棚，一看就是典型的农户。他在门前停下车，从后备厢取出鸡笼，打着伞，踩着石板向玄关走去。

"有人在吗？"

因为没有门铃，所以他自己打开格子门朝里面喊道。

从铺着地板的走廊对面传来电视机的声音。有人站起身走了过来，是一位个子特别矮的五六十岁的妇人。

"您好！我是来买鸡的。"

听他说明来意，她只是点点头没有说话。她脸上连一丝笑意都没有，嘴巴也闭得紧紧的，态度比男主人还要冷淡。

她傲慢地叫他出去，自己也走到玄关的水泥地上，穿上了拖鞋。他再一次撑起伞在外面等着。

妇人撑起一把塑料伞，朝房子后面走去，也并不催他，他默默地跟在后面。因为之前来过，所以他知道房子后面有一个鸡棚。

妇人打开镀锌铁皮门，走近了鸡棚。男主人正在这间阴暗的小屋里。他抬头看看天花板，发现屋顶正在漏雨。混凝土地面两旁，养着大概五十只鸡。被网隔开的鸡群，争先恐后地发出奇特的叫声。

男人认出了他，挥手叫他过去。他没有开口，沉默地就像忘记了怎么说话似的。

男主人用下巴指指小屋角落里的那个笼子。和往常一样，里面老老实实地关着一只黑鸡。他把自己手里的鸡笼组装起来，然后伸出手去捉鸡。男主人并不帮忙，只是一直俯视着他。

"你——"

当他蹲下身子打算把鸡抱起来的时候，突然有人叫他。他转身一看，一直默默不语的妇人正盯着他，她的目光里带着一种奇怪的神色。

"怎么了？"

他应了一声，手上的动作并没有停。他打算赶快把鸡装好，马上离开这间阴暗的屋子。

"你到底干了些什么？"

他迅速地拎起鸡，从一个笼子移到另一个笼子。

"您说什么？"

他态度生硬地反问，没有流露出一丝惊讶。

他关上笼子站起身来。男主人和妇人都无言地凝视着他，他冷冷地迎着视线说：

"您在说什么？"

听到他再次询问，妇人终于开口了，脸上还略带些畏惧的神色：

"前一阵警察来了。"妇人淡淡地说，"来打听你们的事。"

他故意紧紧地皱起眉头，摆出一副一无所知的样子来。

"警察到底问了些什么呀？"

"那个刑警问呀，你们这些信教的人，从我们这里买了什么东西，我就实话实说了。"

听妇人说话的语气，似乎她只是想表明自己并没有干什么应该受人责问的事情。

"然后呢?"

他装作不怎么感兴趣的样子问道。

"还问我为什么你要买鸡,我说不知道。"

"就这些吗?"

"就这些,我也答不出别的呀。我们跟你们又没有什么关系。"

"对呀,当然没关系了。再说我们又没干什么坏事,你们实话实说就行。"

为了不让他们产生警惕心,他语气温和地回答道。

"还说了你的事。"

站在一旁的男主人突然开口了。他像是听到石头说话一样,吃惊地转过头去。

"不该说吗?"

男主人表情依然固执。

"没关系。你们怎么说的?"

"我说,还有教团的人来给自己买鸡,把名字也告诉他了。"

他在心底连连咂嘴,到底是发生什么事了?

"是哪儿来的警察,你们知道吗?"

"说是警视厅的。"

妇人说道。

"给你们看警官证了吗?"

"看了。"

他们点点头。

"是两个刑警吧?"

"不是,只有一位中年刑警。"

"一个人?"

他讶异地皱起了眉头。刑警通常是两人一组行动,怎么会一个人来呢?他有些不放心。

"这就奇怪了,他不会是假警察吧?"

听他这么说,夫妇二人的表情并没有变化。

"教团有很多竞争对手。我觉得那个警察可能是假的,是其他团体故意整我们的。"

他自己都觉得这不是一个好借口,但是必须让这对夫妇暂且安下心来,不能让他们一直存有怀疑之心。

他付完钱匆匆忙忙地离开了。走出鸡棚,他快步穿过前院,把笼子放在汽车后座上,打开汽车引擎,表情僵硬地盯着前方。

警察追查到自己身上了?可即便如此,刑警一个人行动也很奇怪。究竟发生什么事了?

不安的黑云翻滚而来。他开动了汽车。大雨依然滂沱,遮挡了他的视野。

62

门没锁。佐伯觉得很奇怪,慢慢拉开了门。

水泥地上的女鞋映入眼帘,佐伯略感吃惊。

"你来了?"

他一边走进起居室一边说道。伊津子坐在沙发上。她的背挺得直直的,双膝紧扣,正注视着佐伯。一双眼睛似乎在对佐伯倾诉着什么。

"怎么了?"

他走过去问道。一种情况非同小可的氛围笼罩着伊津子,他想起了前些日子两人在电话里的交谈。

"对不起,你这么疲惫地回到家,我还来打扰你。"

"到底出什么事了?"

"嗯。"伊津子短促地点点头说,"你随意。换衣服、洗脸,干自己的事就好,不用在意我。"

"你有事要跟我说?"

"是的。所以,我希望你能认真听。"

"好。"

佐伯松开手，走进里屋，麻利地换好衣服，在伊津子斜对面坐下来。

"你说吧。"

佐伯催促道。伊津子思虑过度的样子让他放不下心来。

原本低着头的伊津子决绝地抬起头来，"嗯"地点点头说：

"你工作很疲劳，我不想给你增加烦恼。我接下来要说的话，连我自己都厌烦得不得了，我就是个愚蠢的女人。"

"没关系，你说吧。"

佐伯往前躬身，两手握在一起，他发现自己汗津津的。

"我会吓着你。不过，如果我现在不说，你一定会不高兴。"

伊津子似乎迟迟不想进入正题。她一反常态地吞吞吐吐，开场白很长，也不愿意看佐伯的眼睛。

"我，今天，去医院了。"

"医院？"

这句话完全出乎佐伯的意料，他不由得重复了一遍。

"嗯，我去刮宫了。"

"刮宫？"

他没有立即反应过来。间隔了十秒左右的沉默，他才理解了这个词语的意思。在这沉默的过程中，伊津子一直凝视着佐伯交握的双手。

"是人流吗？"

佐伯终于搞清楚了,他茫然地问道。伊津子干脆地点点头。

"你怀孕了?"

佐伯因为惊愕而目瞪口呆。他受到了一种物理打击,就像后脑勺被突然击打了一样。

"都一把年纪了,却干出这种蠢事,我自己都讨厌自己了。"

伊津子自嘲似的轻轻摇头,似乎厌倦了自己所说的话。

"然后,你把他打掉了?"

佐伯眼睛一眨也不眨。他脑中的语言都挥发了,完全不知道自己在说些什么。

"是的,打掉了。"

伊津子的话说得一清二楚,让人没有听错的可能性。

"为什么?你怎么不和我商量?"

他的语气是一种诘问,因为他觉得这事太不合情理了。

"这是我自己的事,我想自己做判断。"

"怎么可能呢?这是你和我的事!"

他们互相瞪着对方。佐伯放松了肩膀,又往前凑了凑,说道:

"这是真的吗?"

"如果不是真的倒好了……"

"你已经做完手术了?"

"是的。"

佐伯用左手撑住前额,闭上了眼睛。

"你为什么不跟我商量一下啊?"

伊津子把手放在膝盖上,目不转睛地盯着自己的手指甲。

"我知道这样做对不起你。但是,假如我找你商量,情况就会有变化吗?"

"我不会让你把孩子打掉。"

"你会让我生下来?"

"当然,如果你愿意。"

"我不愿意啊,我们又不是夫妻!"

"结婚就行了。"

"你夫人怎么办?"

"我和她离婚,她也愿意的。"

"那你女儿呢?"

佐伯无言以对。

"你不能和女儿分开吧?"

"我女儿……她不需要我。我女儿恨我。"

"可是你呢?你不需要女儿吗?"

"我……"

他不知该说什么好,像个傻子似的张着嘴。

"我知道,我看你这几个月的样子就知道。"

伊津子寂寥地说出这句话。她接着说:

"看到小女孩被杀害,你比别人要心疼几倍。你表面上硬撑着,其实心里难受得不得了。我知道这其中的原因。我上次打电话的时候不是提过吗?"

"……"

"你是在为自己女儿心痛。不在一起生活的女儿,是你最放心不下的。对吧?"

佐伯想要说些什么,却什么都说不出口。

"这一点我很清楚,而且很吃惊,因为你慎之又慎地掩藏着这种心情。"

"我没有掩藏。我……"

"你没必要掩藏,如果你老老实实告诉我——"伊津子打断了佐伯,"如果你一开始就告诉我,我也不会这么受打击!"

"打击?"

"是的。"

伊津子肯定道。佐伯没有听懂。

"什么意思?"

伊津子没说话。在短暂的沉默之后,她开口了,却没有回答佐伯的问题:

"你没想到自己的心情被我看透了吧?"

"你是说上次的电话?如果我做错了我道歉!"

"我是想再一次确认,你到底有多么需要孩子。"

"确认？"

伊津子的话语支离破碎，他的理解力难以跟上。

泪水眼看着涌上了伊津子的双眸。她似乎一直在强忍着不哭，而现在，这压抑不住的泪水决堤而出。

"对不起，我觉得我是个特别讨厌的女人，再怎么道歉都不够，我伤害了你……"

"什么意思？"

佐伯温柔地问道。

"我……根本没有怀孕。"

伊津子呜咽着说。佐伯感到吃惊，却没有表露出来。

"对不起，我撒谎了。我是想确认一下你的想法，想知道你到底有多在意孩子。"

佐伯闭上眼睛，轻轻摇摇头。

伊津子并不打算拭去眼泪，泪珠接连不断地落在她的膝盖上。

"我有事瞒着你。我瞒着你的是……"伊津子抽抽搭搭地说，"我离婚的原因，我没告诉你。"

"这种事一点关系都没有，我从来没有在意过。"

"你没有在意，我非常高兴。但是我觉得，如果一开始告诉过你就好了。我们互相之间都有秘密。"

"我们是成年人，想要保密的事总会有那么一件两件啊。"

"但是，这是不行的。"伊津子否定道，用力地摇着头，"因为这件事很重要。我……生不了孩子。我结婚之后发现了这件事，所以才离婚的！"

"……"

他无法回答，这简直就是晴天霹雳。这件事，伊津子迄今为止连暗示都没有给过一回。

"我瞒着你，是我不好。所以……"伊津子毅然地抬起头来，"所以，你明白了吗？"

确实，他到现在才终于明白了伊津子难以理解的一切言行。然后，他为自己深深伤害了伊津子的事实感到极为懊悔，虽然他并不了解实情。

"我不知道，不过那些都是小事，如果你是在揣摩我的心思……"

"对不起。"

不知道这是伊津子今天第几次道歉了。伊津子没有理睬佐伯的话，而是打开了身边的包。

他以为伊津子是在找手帕，于是默默地注视着她。没想到，她从包里取出一个小金属片放在了桌上。

那是这套房子的钥匙。

"我不知道该如何向你道歉，我就是这样一个蠢女人。所以，我必须把这个还给你。"

"等等！你误会了，我才不管什么孩子……"

"你不要再撒谎了。"她的言辞出人意料的激烈，"到了这个年纪，我已经不需要安慰了。"

伊津子起身向他深深地鞠了一个躬，朝玄关走去。佐伯抓住伊津子的手臂，但是没有找到能将她留下的话语。

伊津子什么都没说，只是两眼泪汪汪地看着佐伯。她抓住佐伯的胳膊，慢慢地推开。

然后，伊津子走出了房间，不再回头。

63

二月二十九日,是教团高阶会员的集会日。虽然他对教团已经失去了兴趣,但是也不能无视这一活动。他已经升到了"被免达人"(第四级别),如果缺席会引起其他会员的注意。

集会2点开始。他和往常一样开车来,因为路上车流量小,所以提前半个小时就到了。他在大厅一边喝咖啡一边和认识的会员聊天。

生命之树的高阶会员,基本上年龄都比较大,像他这样不到三十五岁的人很少。不过,也有几个热情的年轻信徒从来不缺席今天这样的集会,他自然也加入到这些年轻人当中。

三十多岁的人共同的话题就是"孩子"。大家都有年龄相近的儿子或女儿。幼升小的季节很快就要到了,大家都在热烈地讨论着升小学的准备工作。

他没有插嘴,只是静静地听着。孩子的话题,他是无法加入的。就在他假装上厕所正要起身离开的时候,话题出人意料地转变了方向。

"对了,听说又发现女孩子的尸体了。"

一个女会员提起了这个话题。

"哦,是的是的,我也听说了。"

"这是第几个了呀?"

"我们家女儿也这么大了,我挺担心的呢。"

"我们家两个都是男孩,应该没关系吧。"

"不知道呀。说不定和男女无关呢。"

"真变态啊。"

"一想到有这种异常的人在四处转悠,我就不敢让孩子一个人去上学。"

"是啊,警察到底在干什么呀?"

"对了,你说警察我想起来了,前一阵有警察到这儿来了。你们知道吗?"

"不知道啊,真有警察来了?"

"真的哟。"

"这又是为什么呢?"

"我也不知道具体是怎么一回事,好像他们刨根问底地了解了教团的体系和教义。"

"这是怎么回事呢?我们并没有做什么会被警察盯上的事情呀。"

"不会和女童谋杀案的调查有关吧?"

"听说刑警没有说具体情况。不管怎么样,教团的运营一直都很干净,所以,听说教团没有多问就毫无隐瞒地协助了警方。"

"真让人放不下心来,难道他们认为犯人在教团内部?"

"不会吧?"

"不会的,我认为不可能,再怎么说也不会有这种事的。"

"是啊。不过,警察里也有光是听到宗教二字就感觉可疑的人嘛。"

"或许有这种情况,我们教团绝对不是……"

"不过这么一想,我觉得社会上的偏见还真是根深蒂固呢。"

"警察找错目标了。"

"是呀,所以才一直抓不到犯人嘛。"

会员们不知道罪犯本人就在旁边听着,继续批评警方。他默默地抽着香烟不说话。

集会结束之后,他装作若无其事的样子问前台的女性:

"刚才我听人说,前一阵有警察来是吧?"

"是呀是呀,确有此事。"前台的姑娘两眼放光,低声说,"吓我一大跳呢。"

"他们来干什么啊?"

"说是找信息参考参考。"

"做什么参考呢?"

"不知道。我听那个刑警嘟哝,就算是明知没有用处,警方也必须打听各种消息,绝对不是认为我们教团做了什么。"

"哦。"

"听说他们还看了花名册呢,别有深意吧。"

"看了花名册?"

这是什么意思?

"他们还说什么了?"

"没说别的了,我只是接待了他们而已。"

"嗯,是啊。"

"松本先生,你是做什么坏事了吗?"

前台的小姑娘调皮地翻着白眼看着他。

"怎么会呢!你可别告诉别人哦,其实啊,我打算开始写推理小说。"

"啊?好厉害!"

"所以想找点参考信息。真正的刑警是什么样的,很难有机会了解嘛。"

"是呀,出书了你可要送我一本哦。"

"好啊。不过,我找你问警察情况的事,你一定要保密哦。"

"没问题。"

前台姑娘眉开眼笑。

"哦,对了,刑警是两个人一起来的吗?"

"不是,是一个人。"

离开教团大楼,发动汽车的他,就像能剧的面具一样面无表情。虽然谈不上为难,但是他确实无法再假装平静。

警察马上就要查到自己身边了,他们到底是嗅到了什么?

他应该没有留下破绽。自己是以完美无缺的身手带走孩子的。他无论如何也不认为警察会注意上他。

警察是对教团感兴趣吗?会不会是教团的秘密仪式泄露,所以被警察盯上了呢?

这是有可能的。为了打听情况,警察都跑到白冈去了。这也是一个佐证。或许因为没有线索,警察正难以破案。而这时恰好传来新消息,他们就抱着姑且一试的心态来调查了。

他忽然开始关心起警察的动向来。他驱车回公寓,想要阅读一下这些天的报纸验证一下情况。

大概三十分钟后,他回到公寓,把堆在玄关的报纸拿进屋,仔细地阅读了社会版。新闻笼统地报道了发现尸体的消息,但是没有提到进一步的情况。这是因为警方封锁消息吗,还是真的没有值得公开的信息?

尸体被找到是他的巨大失策。他坚定地认为短期内是不会被发现的。但是,他也清楚,这不可能永久地隐瞒下去。他以尸体会被发现为前提掩埋了它。即使被发现,也不会有任何证据指向他。但是,如果存在他没有注意到的失误……

他打开了电视机。距离6点的新闻还有一段时间,他焦躁不安地等待着时间的流逝。

就在太阳开始西沉，从窗口能够看到鲜艳夕阳的时候，新闻节目开始了。戴着银框眼镜的播音员首先登场，然后镜头立即切换到了警方的新闻发布会。画面上出现了哭丧着脸的警视厅刑事部部长和搜查一科科长。对着草草准备的长条桌上林立的话筒，搜查一科科长开始讲话。他全神贯注地凝视画面，不愿错过一字一句。

没有什么重大发表。就讲话大意来看，搜查尚未取得进展。他安下心来。

当记者问及搜查一科科长有什么话想对犯人说的时候，科长瞪着摄像机，视线直逼他而来。

搜查一科科长声音颤抖着，一句一顿。他听着这番话，鼻子里发出了冷笑：

"哼！绝对不原谅犯人？说的话都是一样的啊。"

就在这时，他突发奇想：这个搜查一科科长有女儿吗？如果有的话，或许可以耍弄一次警察。

这不过是转瞬即逝的一个念头，但是一旦出现在脑海里，却让人觉得是个出人意料的好主意。对啊，还有这样一手呢。让这个逞威风的男人尝尝和自己一样的苦头。到时候，这个男人会作何反应呢？

光是想想都让人觉得后背发凉。只是逃脱警察的掌心也没什么意思。假如已经查到了自己身边，何不干脆来个逆袭？搜查总部惊慌失措的样子也很值得一看呐。

要暂时改变计划，推迟把基地转移到埼玉的时间，无论如何也要给警方来个出其不意！

对于他来说，这是件轻而易举的事。

64

那是三月六日星期四，下午6点的时候。

一个电话打进了警视厅办公大楼，要找正在十七层会议室的佐伯。总机的接线生说打电话来的人叫佐伯美绘。

"转过来。"

一听到美绘的名字，他便想起了前些日子她留下的话。她想要具体讨论离婚的事吗？就算是这样，把电话打到特别搜查总部来也太不寻常了。迄今为止，美绘一次都没有给他单位打过电话，包括新婚燕尔之时。

几声短促的"滴滴滴"之后，电话接通了。

"喂！喂！"

美绘的声音显得很焦急。

"怎么了？"

佐伯简短地回答。他不希望引起旁人注意，所以不愿意说太久。

"不好了！不好了！"

美绘显得很狼狈，在电话的这一头都能感受到她的慌乱。

"你冷静点！什么不好了？"

佐伯强有力地说道。虽然他并不指望这能让美绘觉得可靠，但多少还是看出些效果。

"有、有个可疑的男人总在我们家周围转来转去。"

"可疑的男人？"

佐伯压低声音，环视四周，正注视这边的几个办事员慌忙低下头去。

"等等。你现在在家？"

"对呀。"

美绘的声音在颤抖。

"知道了。我先把电话挂掉，然后给你打过去，你等一下。"

"好。"

佐伯放下话筒，走出房间。他坐电梯下到一楼，走出一楼大厅。在眼前流淌的护城河边上，应该有电话亭。

他穿过路口，飞奔向电话亭。他把电话卡插好，按下了正确的号码。电话刚响了一声就接通了。

"你接着说。"

佐伯催促道。

"有个奇怪的男人，我很害怕。"

美绘吓坏了。

"怎么个奇怪法？"

"我刚才买东西去了。回到家就发现有个男人目不转睛地盯着我们家看。"

"他确实是在看我们家?"

"我觉得……是。"

美绘的回答突然变得模棱两可起来。

"不会是迷路的人吧?"

"不是。我从他旁边跑过去,他吃了一惊立刻就走了。"

"什么打扮?"

"打扮?"

"穿的什么衣服?"

佐伯焦急地换了种说法。

"哦。他穿着灰色的外套,头发长度一般。"

"然后呢?"

"不知道了,我只是看了一眼他的背影而已。"

"个子呢?大概年龄知道吗?"

"我害怕得没敢看,所以不知道啊!"

美绘发起脾气叫了起来。完全欠缺冷静,大小姐的靠不住暴露无遗,让佐伯有些哑然。

"那个男人已经逃掉了,不用担心了。"

佐伯回答。他觉得美绘似乎有些神经过敏。

"可是,没准儿他是杀害幼女的犯人呢?"

"犯人出没的地区没有代代木，你想多了。"

"你没看见，所以不知道！他的样子真的很奇怪！"

"我请巡逻车留意一下！"

佐伯厌烦地说道。

"光是这样可不够，我们家需要特别警备！"

"这怎么可能啊？"

"你不是警视厅搜查一科科长吗？你想想办法啊！"

"巡逻车归巡逻部管，我又说不上话。再说了，即便是可以，我也不能只给自己家搞特别警备啊。"

"你不管惠理子吗？"

美绘歇斯底里地叫起来。佐伯把话筒从耳边移开。

"我也求了爸爸，可是爸爸说这事不在他的权限范围内。"

"当然了。"

"所以我才给你打电话了。我是第一次求你办这种事，我也是厚着脸皮才说出口的，求求你加强警备吧！"

"我办不到。"

佐伯干脆地说。

"我明白了，我不会再求你了！"

美绘狠狠地撂下电话，佐伯的耳朵被震得生疼。他厌倦地放下话筒，在走出电话亭的时候，已经把美绘恳切的请求抛在了脑后。

65

搜查一科科长在演说时一副了不起的模样，住的地方却出人意料的好找。只要不吝惜金钱，这些事都好办，在这世界上总有后门可走。

首先，他为了了解搜查一科科长的家庭构成去了区政府。如果搜查一科科长没有女儿，那么这个点子就毫无意义。但是不知为何，他坚信科长一定有女儿。他强烈地感受到一种所有事情都命中注定、皆有定数的感觉。

驱车前往区政府的路上，他找到了一家规模较大的文具店，把车停了下来。在商店门口摆放着一个旋转式的印章架，吸引他的就是这个。

他转动架子寻找着自己想要的姓氏。虽然不是随处可见的姓氏，但是也不至于罕见到零售店买不到的程度。他立刻找到了搜查一科科长的姓氏。

他买来印章，再次回到车里。这个印章，是今天的调查中不可或缺的东西。

区政府的停车场车非常多，队伍都排到门口的马路上了，于是他放弃了把车停在这里的念头，转过头把车开进了附近的民营停车场。

走进正门大厅的入口，就看见一长串柜台，大厅里的椅子上坐满了等待叫号的人。年龄大的人很显眼，穿着西装的男性也很多。或许是因为年末，办事的人比平时还要多。

摆放着各种申请表的写字桌前，人们围成一圈。他老老实实地排在后面等候。

不到一分钟，前面的人走开了。他找到居民登记表的申请表，取了出来。然后尽量改变笔迹，写下了搜查一科科长的姓名。在家属登记栏里，圈上了"全家"这一栏。

写完后，他又仔细地读了一遍，用刚买来的简易印章在名字后面盖了个戳。他把表格交到柜台，然后取了一个号。

办事窗口说，居民登记表必须是本人，或是持有本人委托书的代理人才能领取。可实际上，窗口并不要求办事人员出示身份证明文件，只是马马虎虎地确认一下是不是本人。只要在窗口叫到名字的时候点点头，就被当作是本人了。盖在申请表上的印章，也可以用售卖的简易印章。也就是说，只要有这种想法，毫无关系的外人都能获得其他人的居民登记表。由区政府、市政府管理的私人信息，几乎处于完全公开的状况。

很快，工作人员叫了搜查一科科长的名字，号码出现在电子显示屏上。他慢慢地走向窗口排队。

窗口的职员机械地确认他的名字。

"嗯,是我。"他自然地点点头。职员毫不怀疑地把登记表放在柜台上,要求他付手续费。他从钱包里掏出了零钱。

"劳烦您了。"

他离开窗口,听见身后传来工作人员没有诚意的声音。他的目光被手里的居民登记表所吸引,在户主和妻子的栏目之下,还有一格,是个女孩。

他确认了年龄。从生日推算,她现在应该是五岁,很理想。

然后他停下脚步,把女孩的名字分解成罗马字。他在脑中迅速地计算,然后睁开眼睛再次确认了一下她的姓名。

没错,女孩的数字路径是4。

他怀疑自己是不是看错了。这是怎样的一种偶然啊,搜查一科科长的女儿具备所有依附物的条件。

他之前并没有抱如此大的期望。瞄上搜查一科科长的孩子,本意只是为了让警方难堪。这究竟是怎么一回事?居然如此幸运!

这就是所谓卡巴拉的法则吗?他心领神会。卡巴拉认为,这个世界的一切都是按照作为秩序的法则构成的,不存在偶然,一切都是有必然联系的。也就是说,他所感到吃惊的偶然,实际上只是巨大规律中的一个而已。

他对尚未谋面的第四个牺牲者产生了强烈的连带感。他切身地体会到，肉眼所看不见的因果之线确实存在。

这一次或许会一切顺利。这一次的依附物，正是盛放女儿灵魂的容器。这一次不会有错，因为这一切都是既定的事实。

他微笑起来，把居民登记表折叠了起来。

66

发现齐藤奈绪美的尸体已经两个月了,从她失踪算起,已经过去三个月的时间了。在此期间,虽然搜查总部获得了一些片段性的证词和证据,但是还没有找到能够追查到犯人的确定性物证。

搜查总部的每一个人都做好了长期战斗的思想准备。这一案件,成为了警视厅成立以来导致警方颜面尽失的一起大案。媒体的报道一天天升级,煽动人们的好奇心。警视厅的干部们也成天愁眉苦脸。

搜查总部主张回到起点,重新调查。迄今为止的搜查范围,应该已经将犯人包括在内了。只能重新验证,别无他法。

调查变态者、收集黑框眼镜男子的目击信息、调查深蓝色Sylvia轿车车主等搜查工作在踏踏实实地继续进行。警察的手法也只是局限于常规套路。

三月十七日星期一,下午5点28分。

警视厅通讯指令中心再一次接到佐伯美绘的电话。电话立刻转接到特别合作搜查总部所在的大会议室。

"惠理子、惠理子没有回来。"

话筒里传来美绘狼狈而震耳的声音。佐伯猛然看了一眼时间。

"她去了幼儿园就没再回来？"

他费了很大劲才没让自己发出嘶哑的声音。仅仅只是听到美绘的声音，都让他心跳加速。

"是啊。平时这个时间点她早就回来了！"

美绘尖厉的声音暴露了她的心慌意乱。

"一般她是几点回家的？"

他逼迫自己事务性地问道。

"4点，最晚不超过4点半。虽说幼儿园的面包车会绕着路走，但是开到这里不会超过这个时间。"

"你和幼儿园联系了吗？"

"嗯，早就联系过了。他们说，她和平常一样在解散地点下了车。"

美绘哭着说完这话，毫不掩饰地擤了擤鼻涕。

"从解散地点到我们家，两分钟左右就走到了对吧？"

"嗯，是的。"

美绘抽泣着说。

"你当时在干什么？"

"茶、茶会呀。你不是知道吗？我每周一有茶会呀。"

美绘喊叫起来，似乎害怕因为自己当时不在家而遭到怪罪。

"家附近你找过了吗？"

"找过了。"

"公园呢？"

"她不在！"

"她不会是去朋友家了吧？"

"我打过电话了，她没有去任何人家里。"

"再打打电话，给幼儿园每个小朋友家里都打一遍！"

"好的。"

"我也会做安排。"

"你快点！"

"这还用你说吗？"

"你说，"美绘紧紧追问："会不会是上次那个可疑的人把惠理子带走了？"

"不要这么想，她一定是在朋友家。"

"你骗人！她平时爱去玩的好朋友家，我都打过电话了！"

她的声音突然高亢起来，完全陷入了歇斯底里的状态。

"那也没关系，一定在朋友家，不要担心。"

"你让我不要担心？！不担心这个担心什么？"

"你冷静下来。"

佐伯加重了语气。

"我冷静不下来。惠理子被绑架了,她会被杀了的!"

"怎么可能呢?"

"不,当然有可能!你当时如果认真对待我说的话,就不会发生这种事了!"

"又没说一定是被绑架了。这才5点半,你不要大叫大嚷。"

"你真薄情!惠理子发生什么事都不要紧吗?"

"当然不是啦!"

佐伯终于忍不住发火了。周围的视线都集中到了他身上。

"你听好了,总之,你先冷静下来。冷静应对!你要是心慌意乱,她就真不会回来了。懂了吗?"

"……嗯。"

"你先给所有认识的人家里打电话,我这边也立刻安排人手!"

"如果惠理子被杀了,那就怪你!"

"你在说什么啊?混蛋!"

佐伯摔了电话。

"怎么了?"

见他的态度不同寻常,一名下属问道。

"我女儿没回家。"

佐伯压低声音说道。一道看不见的冲击波穿过会议室。

"这是我的私事,本不应该这么做,但是我要请代代木警察局出动巡逻车。"

佐伯自语道,然后把话筒放在耳边,接通电话冷静地说明了情况。打听情况归来的刑警们集中到了佐伯身边。

"可能只是迷路了而已,你们不用慌张。"

打完电话,佐伯左右看看围在他身边的刑警们,这样说道。

"现在不是说这话的时候。科长,我们也去。"

部下们都忘记了平时的反感,异口同声地请命。但是佐伯恭敬地拒绝道:

"我希望大家不要小题大做,还不到搜查一科出动的阶段。"

"但是……"

"就这样。"

见佐伯如此坚定,大家都静了下来。佐伯挥手让大家散去,然后用手掌撑住了额头。

自己比任何人都想赶快飞奔出去寻找惠理子,焦虑之情似乎要将他的身体烤焦。他虽然坐在椅子上,却觉得身体已经浮动起来,太阳穴一个劲儿地跳痛,一股泛着酸味的东西从胃里涌了上来。

惠理子有被绑架的可能吗?佐伯无法判断。他相信她只是到稍微远一点的地方玩去了,美绘不过是小题大做,不会有什么大事。

对自己说的这番话,他无法真正接受。犯人写在信里的话一刻也没有离开过他的脑海。犯人说过，如果继续搜查，他会寻找下一个孩子。这难道是对佐伯的威胁？

但是，冷静地想来，就算犯人要调查自己的住址，也是无法查到的。警察干部的住址是不公开的，当然也不会登记在电话簿上。正因为如此，佐伯才对美绘提到的可疑男子并不在意。

犯人不可能对惠理子下手，佐伯在心里不断重复这句话，像是在宽慰自己。只要这一情况属实，惠理子被绑架的可能性就很小。

但是，这个想法突然被打断了。他突然注意到，自己忘记了一个致命的事实。他想起了不知何时与石上监察官的一番交谈，石上监察官不正是在追查花名册泄露案吗？

住址泄露了！想到这一点的时候，佐伯彻底愕然。他注意到自己相当失态。应该不会这么巧吧？但是……令人发狂的焦躁感在苛责他。

佐伯一一验证了迄今为止使出的种种方法。自己是在什么地方犯错的呢？能够想到的，是自己不顾反对断然挑衅了犯人。犯人真的会因此而情绪激动，以至于犯下绑架惠理子的罪行？倘若真是这样，无论怎样斥责自己也不为过啊。自责的念头紧紧地压迫着他的胸口，令他无法自如呼吸。

他想要立刻动员搜查总部全体人员去寻找女儿。但是，佐伯不能这样做。如果出事的是部下的孩子，他会毫不犹豫立刻做出决断。但是事情发生在自己身上，他却无法做到了。他从来没有像现在这样厌恶自己的血缘关系。如果不牵涉到各种情面问题，他早就采取行动了。他才不在乎别人说他在搜查中掺杂个人感情呢，哪怕是抛下科长的职位不干也没关系。

但是佐伯不能这样做。精英官员的头衔、岳父的存在，还有父亲的影响力，让佐伯继续端坐于此。

时间无谓地流逝。6点多，美绘再一次打来电话。她几乎处于半癫狂的状态，告诉他自己给所有朋友家里都打过了电话，可是依然没有找到惠理子。美绘暴露出她不成熟的一面，不断啰啰嗦嗦责备佐伯，佐伯一气之下挂断了电话。

之后归队的刑警们听说这件事后，都表情各异地注视着佐伯。所有人眼神中共同的东西，是对佐伯的同情。佐伯懊恼的神情，让所有看到的人都感到心痛不已。佐伯手撑前额，紧闭双目，像是雕像一般纹丝不动，全心全意等待着代代木警察局的电话。

过了7点，美绘打来了第三次电话。他满怀期待地回应，却被告知惠理子仍然没有找到。美绘反反复复地表达着对佐伯的痛恨，佐伯心甘情愿地承受她的抨击。

7点半，听说此事的佐伯警察厅长官冲进了会议室，脸色苍白。迎接他的佐伯，在仅仅几个小时以内就像变了个人一样。双目之下的黑眼圈、明显的焦急神情。岳父一看他的脸色，没有说话，就已明白了事态的严重性。佐伯显示出让人叹服的自控力，沉着地说明了事情经过。

"应该出动机动搜查队了。"岳父说道，"虽说是亲骨肉，也没有必要客气，事出紧急啊。"

关注事态的刑警们纷纷表示赞成。令人备感讽刺的是，事情发展到这一步，大家对佐伯的反感似乎一下子烟消云散了。

"谢谢大家！"

佐伯无力地表达了谢意，然后通过甲斐刑事部部长申请派遣第一机动搜查队。

晚上8点，常驻分驻地的机动搜查队加入了搜寻工作，在代代木附近铺开了搜查网。

以佐伯为首，几乎所有的刑警们都彻夜未眠地等待着联络。这是搜查总部终于团结一致的瞬间。

但是，期待落空了。当天没有任何发现。惠理子突然无影无踪了。

67

连续三天踩点,然后间隔一周,再监视三天。

这样一来,搜查一科科长女儿的行动模式基本就搞清楚了。上幼儿园的小姑娘是坐班车上下学的。每个区域都设有集合点,面包车在固定的时间到达那里。早晨母亲把女儿送到集合点,但是回家的时候,小姑娘会独自走上两分钟回家。这两分钟就是他的目标。

回家的时间是固定的,幼儿园上下学的路线也总是相同的。小姑娘会在固定的时间,通过固定的路线。

搜查一科科长的家位于一片高档住宅区的一角。这个住宅区安静优雅,每家每户的占地面积都很大。附近因为有主干道穿过,所以并不偏僻,但是来往的人很少。和车辆的往来相比,人的往来更是稀少。

他看上的地方,是一块无人打理的空地。金黄色的杂草长得又高又茂盛。旁边的道路和主干线平行,但是处于住宅区内部,所以马路虽宽,车流量却不大。从布局上来看,这里是块绝佳的地皮。估计是因为地价下降,现在是想卖也没法卖了。最近东京市区常常见到这样的死区，这是其中之一。

3点50分他把车停在了空地的旁边。过不了五分钟，小姑娘应该就会从这条路走过了。

他抬头仰望天空，今天也是灰蒙蒙的，这阴郁的颜色让人感觉不到春天的到来。

发现她女儿的那一天，也是这样一个阴天，非常寒冷的早晨。

缓过神来，他想起女儿被杀害之后，一年的岁月已经过去。那是和绝望作斗争的日日夜夜。直到现在，他一想到失去女儿的那一瞬间，依然心如刀割。他知道，胸口洞穿的空穴，在一点一点地侵蚀四周。

这是懊恼和后悔的一年。一年前的那个瞬间，他的人生遭遇了彻底的毁灭，他听见了曾经支撑自己的一切瓦解的声音。

在那之后，他的人生不过只是余生了。他只是在倦怠中苟延残喘而已。他对失去的东西抱有渴求之心，这腐蚀着他的精神，让他消瘦衰弱。是的，他能做的只有渴求这一件事。

即使是渴求也得不到。但是，拯救来到了眼前。还有一分钟，他就能够触及他渴望不已的存在了。终于，他到达了，这是一条漫长而黑暗的道路。

后视镜里出现了少女的身影。她的脚步毫无畏惧，对自己将要迈入的未来没有感到任何不安。

死去的女儿在那一瞬之前，应该也丝毫没有怀疑过，自己的人生将会永远地持续下去。没有任何不安，一切都光芒万丈。然而，女儿的短暂人生被无情地斩断了。

他第一次感觉到了紧张，手心在冒汗。他短促地吸了一口气，在裤子上蹭了蹭手掌。

少女从汽车旁经过，没有看他一眼。

他确认了一下道路前后的状况，没有一个人。他慢慢起身，走出汽车。

寒冷的空气包裹了全身，让人觉得身体紧绷绷的。他猛地打了个冷战，然后往前迈出了一步。

少女走得很慢，离他不远，只需走上几步就能追上她。

他的膝盖在颤抖，他指挥着自己，然后将手伸向了少女。

就在那一瞬间。

"住手！"

有人在他身后制止他。他吃惊得肩膀一抖，小心翼翼地回头一看，认出了那个出乎他意料的人，他顿时停在了原地。

"收手吧，佐伯！"

丘本说道。

68

平成三年三月十九日,拂晓。

那一天,东京都的河岸少见地笼罩着晨雾。潮湿沉重的雾霭似乎吸收了一切声音,静静地笼罩着世界。

这是一个冷得似乎要结冰的清晨,一点没有初春该有的气息。车窗玻璃上凝结着水珠,模糊了视野。

汽车疯狂地鸣响警笛,打破了寂静。红色的灯光将雾霭渲染出幻想般的色彩,像是在召唤所见之人进入梦幻世界。

佐伯环抱双臂,一动不动地盯着前进方向,几乎没有眨一下眼睛。或许是因为睡眠不足,他的眼睛闪闪发光,让人想起受伤的野生动物。浮着油光的脸庞面色黑紫,没有一点精神。一整夜的焦虑,使佐伯的面颊消瘦得令人心痛。

汽车在晨雾中径直往前行驶,就像是漂浮在云朵之中,奇妙地缺乏现实感,一切如同梦境。这是一夜噩梦的终点。

佐伯乘坐的车,停在了已经到达现场的巡逻车行列旁,虽然车已停下,但是同车的人没有一个叫他下车。

佐伯无言地起身,打开车门走进了晨雾中。

寒意袭来，令人身体发紧，脑袋也一阵发麻。

在巡逻车周围站着几个警察。警察认出佐伯，先是吃了一惊，然后慌忙向他行礼。

"大家……辛苦了！"

嗓音嘶哑，完全像是别人在说话。佐伯觉得自己的声音似乎来自遥远的地方。

"……在哪儿？"

他自言自语一般地问道。他费了很大的力气才张开了口，如果可以，他会紧闭眼睛什么都不看，就那么逃走。

"在这边。"

一位年龄较大的刑警走了过来。他可能是辖区警局的警察。他表情僵硬，看来已经知道了所有的情况。

"鉴定科刚刚勘察完现场。您要看看……不，您要见她吗？"

"嗯，我想见见。"

佐伯机械地回答道。

"在这里。"

刑警伸出手给佐伯领路。佐伯跟在刑警身后来到河堤。

天气冷得让人觉得像是处于严冬。倒春寒来得不同寻常，只是在外面站站就觉得脸颊发僵，手脚麻木。一想到在如此寒冷的清晨，女儿躺在无人经过的河滩上，他就觉得悲哀得难以忍受。哪怕换个更暖和些的早晨……

河堤的最低处有一群人。他们都抬起头，目光迎向佐伯，停下了手里的动作。

佐伯在人墙中心，看到了一张白色塑料布。塑料布似乎覆盖着什么东西，看得见隆起的轮廓。但是下面的这样东西，比塑料布小得太多，所以周围富余了一大圈。

佐伯的目光被白色塑料布紧紧地吸住，仿佛被一条看不见的线系在一起，一刻也没有移开。人墙向两侧分开，为他让出了一条通往塑料布的通道。佐伯迈出脚步。

他的耳朵在鸣叫，就像两个高频音叉在耳边震动。佐伯机械地挪动双腿，没注意到有人在跟他说话。

没有人拦住他，佐伯站立在了塑料布旁。

紧迫感令人心痛。有几个人实在忍受不了，将视线从佐伯身上移开。佐伯缓缓地跪了下来。

他伸出左手，触碰塑料布，就那样一动不动，感受着塑料布的温度。冷得像冰一样。

他抬起头，正视着投向他的目光。他的脸上看不出丝毫动摇。

"我可以……掀开塑料布吗？"

"啊，可以。"

五十来岁的鉴定人员回答道。佐伯点点头，视线落在下方。

他双手抓住塑料布的一端，慢慢地提了起来。人的头发徐徐露出，接着出现的是惠理子如同沉睡一般的脸，她的肌肤如同蜡制品一样通透。

佐伯脸上的肌肉纹丝不动。他只是面无表情地把左手放在惠理子的脸颊上。

冰冷的触感,不是人类肌肤的温度。彻底冻僵的寒冷,似乎要割裂触摸它的手指。

佐伯歪着头,仿佛难以理解似的凝视着女儿的脸,用拇指的指腹抚摸着她的面颊。他一遍又一遍执拗地重复着这个微小的动作。

佐伯没有任何反应,这给围观的人带来了一种奇异的印象。既不哭也不喊叫,只是静静地抚摸遗体的脸颊。这样的佐伯显得格外可怕。

佐伯的眼眸是干燥的,没有涌上一滴眼泪。他的感情枯竭了,失去了作为人的反应。佐伯的眼睛变成了映照这一场景的镜子,没有任何意义的镜子。

佐伯听见了沙粒沙沙滑落的声音。这个声音,周围的人都没有听见,只有他听见了。一开始是缓缓滑落的声音,渐渐地速度越来越快,最后变成瓦解的声音。一个巨大的洞穴被打开了,周围所有的东西都被它吞没了。佐伯内心柔软的部分被大洞连根吸入。它越来越大,谁都无法阻止这场雪崩。

佐伯没有感觉到悲哀,也没有愤怒和仇恨涌上心头。后悔、懊恼、迷惘和绝望,一切感情都消亡了。

佐伯面无表情地继续抚摸女儿的脸颊,这就是佐伯的恸哭。

69

平成四年三月十六日，傍晚。他在警视厅六层的审讯室。

这里是一年未曾来过的警视厅。一年前离开警视厅的时候，他万万没有想到，会以这样的形式再次归来。

没有任何装饰的房间，没有唤起他丝毫的感触。仅仅才过了一年，关于这里的回忆就朦胧地像小学时代一样了，没有一点亲近感。这里已经是和他无缘的地方了。对于曾经的职场，他没有一丁点的怀念。

他平淡地讲述了迄今为止所有的事情。他早就决定，在被捕的时候要爽快一点。和女儿死别的那个时候开始，他就对一切事物失去了执着之心，已经没有丝毫留恋了。丘本要求他到警视厅协助调查的时候，他完全没有试图反抗。

他简洁而不带感情色彩地对丘本讲述了自己的经历。因为过度疲劳而最终住院，就那样辞掉了警察的工作。因为自责而受尽折磨，转而求助于宗教。在入会的教团参与了黑魔术。接着举行了女儿的复活仪式。

丘本默默地听着他的讲述，时而瞠目结舌，时而心痛不已。

或许是丘本事先打了招呼，审讯室里没有其他刑警，只有他和丘本，以及记录他供词的书记员。只听见他干巴巴的声音和笔尖的沙沙声撞击着墙壁，发出回响。

"好了。"他讲完后催促丘本说，"这是我们一开始说好的。我供述了所有的事情。现在轮到你来讲讲，为什么能看透我的罪行？"

他凝视着丘本的眼睛，正视着他，一刻也没有转移视线。这反倒让丘本有些退缩。要说起来，丘本以前也是这样，一旦被他凝视就笨拙地避开视线。虽然现在双方立场交换，这一点却依然没有改变。这让他多少感到有些滑稽。

丘本开口要说，但是立刻又犹豫地闭上嘴，似乎不知该如何措辞。丘本取出香烟，递给他说：

"来一支如何？"

"恭敬不如从命。"

他用左手抽出一支烟来，用丘本递过来的打火机点燃。

丘本自己也深深地吸了一口香烟，朝一旁吐出一口气。就在这时，丘本依然关注着他的行动。

"你身体还好吧，佐伯。"

他轻轻摇摇头：

"我和妻子离婚了，现在姓松本了。"

"对啊，我忘了。"

丘本点点头，停顿了一会儿。他也保持着沉默。横亘在丘本与他之间的沉默，不知为何并不让他感到难受，反倒是丘本显得有些困惑。

丘本似乎忍受不了沉默带来的沉重感，缓缓地开了口。

"——我刚开始的时候是听到了传闻，说你热衷于新兴宗教。你辞职后的情况在一段时间内是大家常常聊起的话题，这只是其中的一个传闻。"

丘本抬眼偷偷看了他一眼，似乎是在关注他的脸色。他用下巴示意丘本继续往下说。

"具体情况大家都不知道。传闻只是在小范围内扩散，很快就消失了，没有一个人留意。

"唯独我有些放不下心，因为我记得你以前曾经找杂志的记者咨询过宗教的情况。"

他想起来了。自己和须藤联系的时候，丘本确实在观察自己。

"你究竟是对什么产生了兴趣呢？我很在意。于是我立刻去见了记者须藤，然后请他把告诉你的话对我说了一遍。

"我搞清楚了你在担心什么，须藤说你当时并不是心悦诚服。他好像认为，你在听了他的介绍之后，依然认为屡次犯下罪行的有可能是疯狂的宗教团体。

"听了这番话，我的脑中出现了一个设想。你以前关注的事实,和辞职后热衷于新兴宗教的传闻,必然引出了一个结论,那就是:你现在依然在独自追查犯人。"丘本说到这里,脸上流露出痛苦的表情,"没想到结果却不是这样……"

"你继续说。"

他冷冷地说,与表情苦涩的丘本形成了鲜明对照,然后随意地在烟灰缸里掐灭了香烟。

"如果你是在独自追查犯人,那警方就不能置之不理。不仅仅是因为危险,还因为我们不能让你抢先一步。这一点你很清楚,对吧?"

"我明白。"

他不露声色地点点头。

"我把情况汇报给了你的继任者片桐科长,然后请求他允许我独自跟踪你的动向。

"就我所调查的情况而言,你的行动是毫无根据的。但是我却不能置之不理。科长允许我单独行动。一个人行动,不占用其他人力,对于我来说也是件幸事。

"我监视了你一段时间。得到的感受是,你是真心诚意专注于宗教。

"这让我很失望,我不过是想多了而已。于是我放弃了,打算不再监视你。

"就在这个时候,来了一封信。我们每天会收到很多封来信,这是其中之一,正好送到了我手里。第一个读到信的人似乎认为这是无聊的玩笑。"

丘本伸手端茶。他似乎因为紧张而喉咙发干。作为审讯犯人的刑警,丘本显得相当不自在。

"那是一封检举信,寄信人没有署名,只是指名道姓说你一定是犯人。内容讲的是,前警视厅搜查一科科长松本,为了举行黑魔术的仪式而不断杀害小女孩。"

原来如此,他完全明白了。司摩果然没有相信他的辩解。想来也是,司摩这样一个人物,怎么会轻易上当呢?是他过于轻视了。

"写信的人是谁,你有头绪吗?"

丘本注意到他的神情,问道。他摇摇头。

"没有,你继续说。"

丘本似乎并不相信,但是注视了他一会儿,又继续往下说:

"我当然不相信这封信了,我和你一起追查过幼女连环谋杀案的犯人。你不是犯人,这一点我是最清楚的。

"但是,这封信勾起了我对教团的兴趣。黑魔术这个远离尘世的词语,不知为何让我感觉很真实。如果你入会的教团在举行那样的黑魔术,那么我当初的推理未必是个错误。因此,我一边关注教团的动静,一边开始学习黑魔术。

"产生了兴趣之后才知道,到一般的书店就能够轻而易举地买到所谓黑魔术的相关书籍。而且书的数量很多，甚至能占据整整一个柜台。我买了大量的书，多得堆成山，拼命学习。毕业以来我可再也没有那样认真学习过了。"

丘本的表情略有放松，但是一看见他正默默地注视着自己，又紧张了起来。

"我这样学习黑魔术，是为了和你站在同样的视角。你到现在还和案子有关系，这一点是确定的。只是，我没搞清，这种关系是什么，我想弄明白。

"我监视了教团的经堂支部。我猜想，可疑的仪式会在晚上举行。虽然我没有确切的把握说举行仪式的地点一定是在经堂，但是我没有时间，也没有其他人能够分担任务，所以我决定姑且监视经堂一段时间。

"果然，有一天晚上出现了动静。半夜三更的时候，人们陆陆续续地集中到这里来了。我知道我成功了，果然教团在举行黑魔术。

"我一直监视到第二天早晨。会员们离开之后，出现了一辆负责事后处理的车，我跟踪了那辆车，发现它到不远处的垃圾场倾倒完垃圾后就返回大楼了。我把垃圾都搜罗起来，发现了被割掉脑袋的鸡。于是我确信，自己的推测是对的。"

"原来如此。"

他佩服地点点头。他不是在愚弄丘本，而是发自内心地对丘本的行为感到佩服。就像他记忆中的一样，丘本是个踏踏实实进行搜查的刑警。

"在那之后，我又尾随同一辆车，找到了他们买鸡的地方。到那个时候为止，我还认为教团才是案件的真凶。

"但是，我在白冈的农户家了解到了一个惊人的消息。原来，还有一个叫松本的人，以个人名义在买鸡。

"我想起了检举信里的文字，觉得难以释然。就从那一刻起，我对本以为属于搜查方的你产生了疑问。

"我绞尽脑汁也想不出你需要用鸡的理由。这一行为和想要揭露教团恶行的你太不相称了。于是，虽然我自身都难以置信，但是我决定换一个视角来思考这起案子。"

丘本看看他，就像在确认自己的想法是否正确。而他就像听取下属汇报的上司一样点了点头。

"我假设检举信的内容属实。这样一来，我发现了一件奇怪的事。包括尚且行踪不明的香川雪穗在内，到现在为止一共有七人遇害。平成二年十月的香川雪穗，同年十二月的齐藤奈绪美，平成三年二月的多田妆子，以及同年三月的佐伯惠理子。"

丘本停顿下来，他的眼睛连眨都没眨一下。

"间隔一段时间之后，同年十月是山本万里子，十二月是太田早苗，还有今年二月的桂美子。一共七人。

"她们都是被勒死的，也都在星期一被绑架。因为相同点多，所以警方到现在为止一致认为这些案子都是同一个人犯下的罪行。我自己也这么想。

"但是，重新梳理七名受害者的数据之后，我注意到了一个奇怪的共同点。香川雪穗是四岁，齐藤奈绪美是六岁，多田妆子是四岁，在那之后的受害者全是五岁。这是偶然的吗？

"我脑中突然产生了一个念头，我试了一下魔术书里的名字计算法。按照所谓卡巴拉的规则，解读了受害者的名字。这不过只是突然产生的念头而已。我没有抱任何期待，当作游戏似的尝试了一下。

"没想到，结果却是惊人的。卡巴拉利用名字里隐藏的数字来进行计算的方法非常简单。字母A到I分别对应1至9的数字，按照同样的要领，J是1，K是2，就这样接着数下去。数到R之后，S又返回1，T对应2。然后把分解成罗马字的姓名对应的数找出来相加。如果结果是两位数，把个位和十位上的数再一次相加，这样计算而来的数字具有一定意义。"

丘本问他是否正确，他回答："是这样的。"

"你的女儿惠理子，罗马字是ERIKO，5加9加9加2加6，等于31。再用3加上1得到了数字4。这被称为数字路径。然而，经过同样的计算，我发现万里子、早苗和美子的名字，计算出来的结果都是4。这是偶然的吗？

"我不认为这是一种偶然。因为我通过学习了解到，在黑魔术中，数字的一致是一个重要的因素。我并不相信，但是犯人相信这一点很重要。联想到此前频繁出现的'黑魔术'这个关键词，我坚信，犯人一定专注于可疑的仪式。

"而且还有一点，这一系列的案件的罪犯，真的只是一个人吗？我对此是质疑的。我感觉罪犯不是同一个人。去年三月以前和十月以后的犯人不是同一个人，这种看法更加合情合理。我学习了黑魔术，我知道对于死者复活的妄想来说，年龄和数字路径的一致性是多么重要。犯人的动机已经一清二楚了。"

"干得真漂亮，丘本。关注名字可是一大功劳！"

他称赞道，就像说的是别人的事情。丘本似乎也并没有把他的话当成讽刺。

"再补充一点，我注意到了一件可怕的事，就是现任搜查一科科长片桐的女儿尚且年幼。大家都知道片桐很晚才有孩子。

"你女儿的周年忌就要到了，这让我非常不安。你该不会……这个念头一直在我脑中盘旋。我不相信你这个前任警官会伤害警察。而且，你自身也承受过女儿被杀害的痛苦，所以你更不会干出这种事来。但是，我对自己说的话是空虚徒劳的。我确信你就是幼女连环谋杀案的犯人之一，你已经不再是过去的一科科长了。

"我为了谨慎起见，向片桐科长确认了他女儿的姓名和年龄。她五岁，名叫和子，数字路径是4。这个偶然的结果让我绝望。

夸张一点地说，我感觉到了神的存在。而这神的存在是可怕的、充满恶意的。

"虽然片桐科长很在意我向他提出的问题，但是我没有把自己的推理告诉他。因为太过突然，也完全没有证据。即使是告诉他自己的推理，也会被当成恶意中伤吧。日本的哪一位警官，会相信前警视厅搜查一科科长是凶犯呢？我无法对任何人谈及自己的想法。

"我唯一能做的，就是保护片桐科长的女儿。随着惠理子的忌日逐渐临近，我越发坚信你会出现。然后，你真的出现了。"

丘本说完这番话之后，焦渴地咳嗽起来。丘本凝视着他的眼睛，但是当他面无表情地迎接他的视线，丘本发怵似的扭过头去。

"我……"他终于说话了，是严冬里冻僵的声音，"我一开始就想过，逮捕我的一定会是你。"

"为什么？"

丘本依然言语恭敬。

"为什么？"他的脸这才活泛起来，嘻嘻地笑道，"我一开始就对你说过呀。"

"一开始？"

这个回答似乎在丘本的意料之外，他不解地张开了嘴。

"你不记得了吗？在你儿子考上初中的时候，我不是告诉你吗？'如果是我女儿，我会疯的。'你忘了吗？"

丘本瞠目结舌，仿佛看见了打心底里感到害怕的东西，向他投去恐惧的目光。他却满不在乎地看着丘本。

"你……你为什么要干出这种事啊？既然你咨询过记者须藤，应该明白新兴宗教是假货啊。"

他又一次笑了起来。

"这是个愚蠢的问题。丘本，人只会去相信自己想要相信的东西。我因为愿意相信女儿会复活，所以才相信，就这么简单。在这一点上，天下的父母都是一样的。"

"不……"

丘本想要反驳，但是不知为何却咽下了想要说的话。丘本看来很沮丧，失去了气力。

"有件事我想问问你。"

听见他冷冷的声音，丘本抬起眼来，发现他的感情在他眼睛里第一次苏醒。

"杀害我女儿——杀害惠理子的犯人，找到了吗？"

丘本痛心地摇摇头：

"没有……还没找到。"

后记

我本来不愿意在自己写的小说后面添加后记一类的文字，但是因为有几句话想要补充，所以才提起了笔。

首先想要说明的是，本书纯属虚构。因此登场的组织、团体、人物全都是想象的产物，完全不存在原型。如果阅读本书的读者会联想到某些实际的存在，那不过是偶然的巧合。

另外一点需要写明的是，在本书问世的过程中，得到了东京创元社主编户川安宣和北村薰先生的大力协助。如果没有两位先生的好意与建言，没有任何门路的纯外行不可能出版自己写的东西。对于这样的帮助，笔者言辞贫瘠，无法表示感谢，但是无论怎样，至少想在此真诚地道声谢。

1993 年初夏

笔者敬上